DU MÊME AUTEUR :

Revenant
Le Voisin
Mystification
Sang Bleu
Poker Face
Le Serpent
Brumes
Continuum
Dystopia
Echo Funèbre
Fleur de Mort
Galatéa
Hortense
L'affaire Le Guirrec
Intra muros
Jeu de dupes

DISPONIBLES SUR
www.editions-ramses6.com
www.fnac.com
www.amazon.fr
www.cultura.com
et dans toute librairie sur commande

N° ISBN : 978-2-919578-30-6

Chapitre 1 – La lettre

Sidéré, le baron Alistair Farquart fit pivoter son fauteuil roulant près de la fenêtre à croisillons, pour relire la missive qu'il venait de recevoir, entassée avec d'autres courriers bordés de noir sur le plateau de son petit déjeuner. Une seconde lecture lui fit comprendre qu'il n'était pas en train de rêver, il s'agissait bien d'une lettre d'Aileen lui annonçant son intention de revenir à la maison à l'occasion du décès de sa mère. *Aileen* ? Aileen serait donc vivante, après toutes ces années de silence ? Il relut une troisième, puis une quatrième fois le court message, cette fois enclin à examiner l'écriture de près et noter chaque détail. A première vue et autant qu'il s'en souvienne après tout ce temps, il s'agissait bien de l'écriture de sa fille disparue.

Mon cher Daddy

Je sais que cette lettre va te surprendre, mais j'ai su par les journaux que Mummy nous avait quittés la semaine dernière. Nous n'avons pas été toujours d'accord, mais j'aimerais assister à son enterrement et peut-être me réconcilier avec toi. Ma vie passée est derrière moi, et j'espère que tu m'accueilleras à Argyllion en souvenir des années heureuses.

Avec mes fidèles pensées,

Aileen

Le vieil homme secoua sa tête aux cheveux blancs, l'esprit égaré. Gardant la lettre ouverte dans son giron, il rejoignit la petite table et se caressa la barbe. Ses sourcils de neige broussailleux se rejoignirent dans un pli anxieux. Que fallait-il dire aux autres ? Comment les préparer ? Ian allait bientôt arriver de Londres, et il fallait ménager Niel de toute émotion. Quant à Nora… il était impossible d'anticiper sa réaction.

Après réflexion, il pressa le bouton attaché au cordon qui ne le quittait jamais.

Quelques secondes plus tard, compétente et efficace, son infirmière privée Lynn Fairchild apparut.

- Vous avez sonné, Monsieur le baron ?

- Oui, Mademoiselle Fairchild. Je m'inquiète pour notre prochaine réunion de famille, au vu de ce que j'ai appris ce matin. Je voudrais votre avis.

Immédiatement, l'infirmière s'exclama, à la grande surprise de l'infirme.

- Vous vous inquiétez inutilement, à mon avis, Monsieur le baron. Nous avons toutes les infrastructures et avons anticipé les précautions pour parer à ces problèmes exceptionnels. Tout va bien se passer.

Stupéfait, le vieil homme s'exclama.

- Mais vous savez déjà de quoi il retourne ? A quel sujet je voudrais vous parler ?

- Vous parlez de la tempête qui est annoncée pour très bientôt, n'est-ce pas ? J'ai moi aussi entendu les prévisions de la météo ce matin. Bien qu'elle semble exceptionnellement forte, même si nous sommes temporairement isolés par une inondation sur le sentier du village, ou des arbres qui tombent sur la route, nous ne devrions pas trop en souffrir, je pense. Nous disposons d'une centrale électrique propre en cas de coupure, et l'antenne du château nous connecte toujours à Internet et au réseau mobile. Il n'y a pas lieu de s'inquiéter.

Le ton volontairement rassurant et maternel de l'infirmière irrita Alistair, qui eut un geste agacé de la main.

- J'ai des soucis autrement plus importants que cette tempête ! Je vous parle d'un invité inattendu.

- Comment, Monsieur le baron ?

- Oui, Mademoiselle Fairchild. Je voudrais que vous preniez connaissance de cette lettre, et que vous me donniez votre opinion. Lisez ceci, s'il vous plaît. Cela concerne le récent décès de ma femme.

- Mais, monsieur, il s'agit de votre courrier personnel. Je ne peux…

- Justement, vous êtes une étrangère à la famille, coupa-t-il. De plus, vous n'êtes ni sotte ni bavarde. Voilà pourquoi votre avis m'intéresse. Que pensez-vous de cette lettre ?

Immaculée dans son uniforme empesé, l'infirmière se saisit de la missive et ses sourcils s'élevèrent dans les airs au fur et à mesure de sa lecture.

- C'est… extraordinaire, Monsieur le baron ! Il s'agirait donc…

- De ma fille Aileen, compléta-t-il. Disparue voilà bientôt vingt ans sans laisser de trace ou donner de ses nouvelles. Que pensez-vous de cela ?

Chaudement recommandée par la famille de sa défunte femme, Lynn Fairchild, blonde et grande, était une femme à la quarantaine posée et pragmatique. D'origine anglaise, elle était arrivée voilà dix-huit mois des Etats-Unis au château d'Argyllion pour s'occuper à temps plein du baron infirme, et lui donnait toute satisfaction. En fait, le vieil aristocrate avait craint qu'elle ne s'ennuie, vu ses compétences, à cause de la situation isolée du lieu en plein cœur des Highlands. Heureusement, cela ne semblait pas être le cas et un cousin venait régulièrement la visiter de Londres, ce qui égayait un peu sa situation. Pour l'heure, elle relut une dernière fois la lettre, fronça les sourcils et dit lentement.

- Une farce ? Peut-être…

Elle ne termina pas sa phrase, mais regarda vers la fenêtre où le parc verdoyant s'étalait en contrebas. Le baron Farquart comprit immédiatement l'allusion tacite et répliqua sèchement.

- Vous vous trompez, Mademoiselle Fairchild. Neil peut avoir des réactions imprévisibles ou incontrôlées, mais je le vois mal monter une mystification pareille, même s'il était très attaché à sa grande sœur à l'époque.

- Bien sûr, mais le choc de la mort de sa mère a pu ramener des souvenirs à la surface, objecta doucement la garde-malade.

Tout en reconnaissant intérieurement et avec un pincement de cœur le bien-fondé de cette remarque, le vieil homme secoua énergiquement la tête.

- Non, je n'y crois pas. Cela ne correspond pas selon moi au caractère de Niel.

- Eh bien, dans ce cas je dirais qu'il s'agit probablement d'une tentative d'escroquerie, Monsieur. Votre fille a disparu depuis de longues années, et sa réapparition soudaine me semble fortement sujette à caution, pour ne pas dire abracadabrante. De plus, il faut compter avec... les circonstances.

L'infirme approuva vigoureusement de la tête.

- Là, je vois que nous suivons la même logique, Mademoiselle Fairchild. Mon épouse était extrêmement riche en son nom propre. Tout ceci me paraît très suspect, d'autant qu'Aileen était sa fille préférée. Je suis certain que sa mère aurait accédé à toute demande d'argent provenant d'elle de son vivant. Mais bien sûr, elle n'aurait pas été dupée par une quelconque imposture. Cependant, je ne vois absolument pas qui se cache derrière une lettre pareille, ni quelles seraient les raisons de cet envoi...

- Que comptez-vous dire à vos autres enfants ? Dois-je garder le silence sur ce que vous avez reçu ?

Le vieil homme réfléchit.

- Pour l'instant oui, Mademoiselle Fairchild. Je ne comprends pas pourquoi ceci m'a été adressé, ni pourquoi une tromperie serait montée après si longtemps. De plus, nous ignorons toujours si les bijoux qui ont disparu en même temps qu'Aileen et ont été revendus plus tard à Londres avaient bien été volés par elle. Voilà pourquoi ma femme s'était opposée à ce que nous fassions appel à la police à l'époque, et s'est bornée à racheter tous ceux qu'elle a pu trouver. Après tout, il est possible – juste *possible* – qu'Aileen ait été innocente de ce vol et souhaite sincèrement reprendre contact avec nous, auquel cas mes enfants le découvriront bien assez tôt. Mon fils Ian verrait certainement cette réapparition soudaine d'un très mauvais œil. Je ne désire pas ébruiter cette lettre pour l'instant.

- Très bien, Monsieur.

Le baron revint près de la fenêtre, et regarda pensivement au-dehors le paysage de lande écossaise désolée et rase qui s'étalait au-delà des quelques arbres du parc. On n'y percevait que de la bruyère et des buissons maigres à perte de vue.

Le château d'Argyllion se dressait depuis toujours dans la vallée d'une région sauvage et désertée de Caithness, au nord des Highlands. Bien que plusieurs villages l'aient entouré dans les temps anciens, ceux-ci avaient fini par être rasés sur ordre des autorités locales, l'exode rural les ayant vidés en grande partie de leur population au profit d'Inverness.

Ne subsistait plus qu'un village à peine plus grand qu'un hameau composé de maisons de pêcheurs blanchies à la chaux, à quelque distance de la côte, appelé Lochmory. C'était par l'accès à la mer que l'approvisionnement se faisait, tout autant que par la route étroite et sinueuse qui desservait le village et se prolongeait vers le château. Il existait également un sentier pierreux plus court, parfois utilisé comme raccourci entre les deux, mais il était escarpé et peu propice au transport. On ne pouvait même pas y circuler à bicyclette. Contrairement au reste de l'Ecosse du Nord, l'endroit n'offrait que peu de relief. Toutefois, dans les dernières années, le tourisme des visites du château et les randonneurs avaient amené un peu d'animation dans Lochmory, qui prenait des allures éphémères de bourgade balnéaire chaque été.

Malgré leur situation isolée, les châtelains d'Argyllion avaient su faire prospérer leur domaine au cours des siècles, s'arrangeant pour pactiser avec les autorités locales et anglaises. Leur titre de baron remontait à des temps immémoriaux, lorsqu'un aristocrate saxon en conflit avec le pouvoir royal s'était enfui en Ecosse avec sa fortune, et les aristocrates suivants avaient épousé suffisamment de riches héritières et de filles des clans avoisinants au cours des âges pour se maintenir florissants et se faire accepter.

Le châtelain actuel n'avait pas dérogé à la règle, et Mademoiselle Liz Gregor, riche héritière d'un industriel américain, avait été fière de renouer avec ses origines en épousant le baron Alistair Farquart, tout en lui apportant une dot plus que conséquente.

Alistair Farquart se laissa aller au fil de sa rêverie. Bien que décidé pour des raisons d'intérêt entre les deux familles, son mariage n'avait pas été si malheureux, il avait peut-être été plus heureux que beaucoup d'autres. Les deux époux s'étaient même plutôt bien entendus, et s'étaient toujours estimés mutuellement. Qu'il s'agisse des travaux à apporter dans la demeure ancestrale ou de l'éducation de leurs cinq enfants, ils avaient toujours su trouver des compromis et prendre en considération l'avis de l'autre. L'accident de Niel avait de surcroît resserré leurs liens… ces sentiments n'étaient-ils pas devenus de l'amour, au fil des années ? Le cœur d'Alistair se serra. Il ressentait douloureusement la perte de celle qui s'était toujours tenue à ses côtés, mais maintenant, Liz était morte, et comme elle l'aurait voulu, sans souffrir inutilement de longues années. Un cancer du foie foudroyant l'avait emportée en quelques mois. Sa fortune personnelle restait très importante, et Alistair ne doutait pas que Liz l'avait laissée à leurs enfants, tout en préservant l'entretien du domaine ancestral… lui-même se sentait très fatigué par sa perte de mobilité survenue quelques années auparavant, et dans ses heures sombres aurait presque souhaité rejoindre sa femme. Plus âgé qu'elle, il avait tellement pensé partir le premier…

Il soupira. Mais s'il s'en allait, le prochain baron serait Ian… quel dommage que Kenneth n'ait pas vécu plus longtemps... Ian, querelleur, désagréable et arrogant, ne ferait sans doute pas honneur à la lignée, tandis que Niel, son fils cadet, mentalement diminué depuis son accident, était placé sous tutelle et incapable de reprendre la position de châtelain.

Quant à Nora et Aileen, du fait de l'existence de leur frère aîné, elles ne seraient a priori pas concernées par la transmission du château et du titre. Cependant, elles n'étaient pas coupées de la lignée successorale, car Ian ne s'était pas marié et n'avait pas d'héritiers. Toutefois, peut-être changerait-il d'avis après avoir hérité du titre de baron et du château. Nora était restée célibataire, et la réapparition de la sœur cadette qu'elle avait toujours jalousée provoquerait certainement quelques heurts.

S'agissait-il bien d'Aileen ? Cette missive impulsive et décidée lui ressemblait assez... et elle ne s'inquiétait même pas dans sa lettre des conséquences que sa réapparition soudaine pouvait provoquer, cela aussi lui correspondait bien, ayant toujours possédé l'assurance égoïste de l'enfant la plus choyée de la famille.

- Père ?

Revenant brutalement à la réalité, l'infirme plia en hâte la lettre qu'il remit dans l'enveloppe.

- Bonjour, Nora. Comment vas-tu ? demanda-t-il gentiment.

La diaphane femme brune d'âge moyen, à la stricte raie médiane, eut une ombre de sourire sur son visage pâle.

- Je venais voir si vous n'aviez besoin de rien.

Elle désigna le plateau.

- Vous n'avez pas faim, semble-t-il, remarqua-t-elle avec une once de reproche dans la voix.

- Si, si, répondit-il en hâte. Ce sont ces courriers de condoléances qui ont provoqué un peu de mélancolie, rien de grave.

- Vous ne devez pas vous laisser abattre, père.

- Tu as raison comme toujours ma fille, dit-il en prenant sa fourchette avec un entrain légèrement forcé.

Après quelques instants, la femme à la quarantaine austère s'éloigna en refermant discrètement la porte derrière elle. Sa robe noire stricte, bien qu'elle lui seyait, faisait ressortir ses traits nets de tout maquillage et son teint lunaire. Une croix d'or sobre, son seul ornement, brillait sur sa poitrine. Comme à chaque fois qu'il la voyait, son père éprouva un sentiment de culpabilité à son égard.

Aileen avait certainement eu une enfance dorée, gâtée par ses parents, car son physique de blonde poupée aux yeux bleus s'était accordé avec une nature vive et enjouée, qui avaient relégué son aînée brune et plus réservée inévitablement à l'arrière-plan. Nora avait certainement dû en souffrir pendant de longues années, sans que ses parents ne s'en rendissent vraiment compte…

L'infirme ferma les yeux, revivant les inquiétudes qu'il avait partagées avec son épouse lorsqu'il s'était avéré que Nora avait essayé de pousser sa sœur d'une fenêtre… et malgré leurs attentions, la thérapie et les voyages réguliers outre-Atlantique dans la riche famille américaine de sa femme, leur fille aînée s'était aigrie au fil des années. Nora était d'ailleurs absente du château lorsque sa sœur avait disparu, et même s'ils ne se l'étaient jamais avoué, les deux époux avaient partagé le même soulagement qu'elle ne puisse y être pour quelque chose. Depuis cette date, culpabilisée sans doute à cause de cette aversion envers la disparue, elle avait développé une piété rigoriste et sans chaleur en matière de religion anglicane. Alistair ne pouvait voir Nora silencieuse devant lui, toujours sanglée dans une tenue sombre, sans éprouver de regrets sur le passé.

Après son petit déjeuner, il fit rouler son fauteuil près de la fenêtre d'où il vit Neil et sa gouvernante sortir dans le parc pour sa promenade. Le grand jeune homme dégingandé aux mouvements maladroits, visiblement diminué, était fermement et patiemment guidé par la femme d'âge mûr qui l'avait élevé depuis sa tendre enfance. Elle avait raison de profiter de cette occasion, car le vent allait certainement se lever très vite, les nuages s'amoncelaient déjà dans le lointain.

Il poussa un nouveau soupir de lassitude. *Si seulement Kenneth avait vécu*, se répéta-t-il…

Son regard tomba sur l'enveloppe qu'il avait gardée sur ses genoux, et la pensée d'Aileen revint au premier plan. Préoccupé, il se rendit à son secrétaire et l'enferma à double tour dans le tiroir central. En fait, la réapparition d'Aileen, si elle se révélait véridique, leur causerait des problèmes à tous. Mieux valait attendre et voir venir.

Pourvu que ce ne soit pas elle au final... pourvu qu'il ne s'agisse que d'une cruelle plaisanterie ... se surprit-il à penser.

Chapitre 2 – Inverness et Lochmory

L'étude Remington, Remington et Steele occupait toujours les mêmes locaux depuis le dix-neuvième siècle. Plus aucun Remington n'en faisait partie mais le nom avait subsisté, porteur de l'honorabilité d'une firme établie depuis des générations. Les hommes de loi actuellement en charge de l'étude, Galbraith père et fils, possédaient tout de même un lien distant avec les anciens associés prestigieux de la firme, Maître Galbraith père ayant épousé la dernière demoiselle Steele.

Pour l'heure, son fils Mark Galbraith, un homme blond et mince de trente-huit ans au regard bleu, relisait les dernières volontés de feue la baronne Farquart et la liste des legs prévus avec un brin d'ironie. Il ajusta ses lunettes d'écaille qui lui donnaient un air intellectuel de premier de classe. L'octroi du château d'Argyllion au fils aîné Ian était assuré par la lignée successorale paternelle, ne restait donc à allouer entre les héritiers que la fortune personnelle de la baronne, héritée de son industriel de père… la maison de famille de Londres avait été subdivisée en appartements et assurait un revenu régulier confortable au présent châtelain, ce qui ne les concernait pas. Sa future indivision entre les enfants du couple en cas de décès avait été établie quelques années plus tôt.

Au moment où il glissait la liasse de papiers officiels dans sa serviette, alerté par un instinct, l'homme de loi leva la tête. Son père, un vieil homme aux cheveux grisonnants et aux yeux fatigués, entra dans le bureau d'un pas circonspect, et demanda timidement en lissant machinalement sa veste de tweed :

- Est-il bien nécessaire de t'y rendre, Mark ? Nous pouvons peut-être tout leur expliquer à distance…

- Tu sais que ces nobles anciens sont des gens férus de tradition, père, répliqua l'avocat gentiment mais fermement. Fais-moi confiance et laisse-moi me débrouiller, je n'y resterai que deux jours et procéderai dans les formes à la lecture du testament et aux explications nécessaires.

- Si tu crois qu'il vaut mieux procéder ainsi... acquiesça le vieil homme à contrecœur, restant dubitatif.

Il s'avança à pas lents vers la fenêtre, et regarda un instant la grande rue animée et commerçante qui s'étalait à l'extérieur.

- Tu m'as déjà demandé une fois de te faire confiance, et je n'ai pas eu à le regretter, fit-il. Mais...

Il s'interrompit. Il y avait une certaine mise en garde dans sa voix qui n'échappa pas à Mark.

- Que veux-tu dire ? répliqua-t-il en fronçant les sourcils.

Maître Roderick Galbraith se retourna lentement, l'air grave. Son fils et lui étant de taille moyenne, il vrilla son regard dans celui de Mark, exactement à sa hauteur.

- Je veux dire que cette famille Farquart a toujours été réputée pour porter malheur... Ce coup de téléphone du baron au sujet de cette mystérieuse lettre m'inquiète, figure-toi. Je te demande seulement d'être prudent. Je ne voudrais pas qu'il t'arrive quelque chose, et ai comme un pressentiment. Avec cette histoire de malédiction sur la famille... fais attention à toi.

Incrédule, l'avocat dévisagea son père, puis éclata de rire.

- Comment ! C'est toi, l'homme de loi le plus respecté de toute la ville, qui va céder aux superstitions écossaises ! Y aurait-il des secrets que tu aurais négligé de m'apprendre sur la famille Farquart ?

Sans répondre directement, le vieil homme reporta les yeux vers la fenêtre.

- J'ajoute que le temps ne me dit rien qui vaille. Une grosse tempête est annoncée, et j'ai peur que tu ne restes bloqué là-bas.

- Le château d'Argyllion fera un abri de fortune convenable, je pense, sourit le jeune homme. Il est ultra-sécurisé par crainte des cambrioleurs, et il y a suffisamment de personnel. Ne t'inquiète pas, voyons, je t'appelle dès que j'y suis arrivé et avant d'en repartir, si cela peut te rassurer. Et puis, elle disait quoi, cette malédiction ? Que tous les hommes de loi de la famille seraient maudits à travers les siècles ?

Le jeune homme s'esclaffa, mais son père conserva son sérieux en lissant à nouveau son veston.

- Non, mais elle dit que tous les membres de la famille mourraient un jour et que l'harmonie ne serait restaurée qu'avec l'arrivée d'une femme comme chef de clan.

- Brrr. Quel programme. En tout cas, cela ne me concerne pas. Je ne suis pas de la famille Farquart, père, et ai fait tout seul mon chemin dans la vie, dit-il avec peut-être un peu plus d'amertume qu'il ne l'aurait voulu.

Son père l'observa un instant, et décida de changer de sujet.

- Le fils aîné, Ian, va arriver de Londres… Tu te rappelles de lui ?

- Et comment ! Il fanfaronnait déjà lorsqu'il était adolescent, cela doit être bien pire maintenant.

- C'est le seul à être parti, et à avoir fait son chemin tout seul, lui aussi, murmura Roderick Galbraith. Nora et Neil sont restés là sans bouger, tandis que le pauvre Kenneth nous a quittés trop vite…

- En roulant à tombeau ouvert en pleine nuit sur une route embrumée, lui rappela son fils d'un ton sec. J'ai un peu de mal à le plaindre.

- Et enfin Aileen…

Il se figea. Ce dossier lui resterait toujours dans la gorge comme un échec personnel. Toutes ces années à essayer de rassurer les parents, et à diriger les recherches des détectives privés embauchés à tour de rôle… et maintenant, cette lettre remettait tout en cause. En deux enjambées, Mark fut auprès de lui et le prit affectueusement par l'épaule.

- C'est le passé, papa. Un passé révolu, maintenant. Tu as fait ce que tu pouvais pour essayer de la retrouver. Je te disais à l'époque que cela ne servirait à rien, rappelle-toi. J'étais certain qu'elle avait filé avec les bijoux de sa mère à l'étranger, histoire de mener la belle vie. Et par la suite, quand on n'a plus entendu parler d'elle…

- Tu as pensé qu'elle était morte, c'est ça ?

Leur regard se croisa, et Mark baissa les yeux devant celui du vieil homme.

- Je l'ai toujours pensé, reconnut-il avec franchise. Quelle que soit la raison de sa disparition, si elle était restée en vie, elle aurait essayé de contacter ses parents, depuis toutes ces années… même si elle n'avait pas vraiment de raison de les aimer lorsqu'elle s'est enfuie.

- Alors, qui a écrit cette lettre ? Et surtout, pourquoi ?

******

Dans le même temps, à plusieurs centaines de mètres de là, une grande jeune femme d'une vingtaine d'années, brune et mince, s'affairait à égoutter des pâtes fumantes dans une minuscule arrière-cuisine d'un deux pièces tout en hauteur. Elle avait laissé la porte ouverte pour que la chaleur de la cuisson profite un peu aux deux autres pièces, car il n'y avait pas de chauffage central. Bien que très pauvre, le minuscule habitat reflétait un effort d'aménagement et la volonté de créer un intérieur aussi douillet que possible, avec des objets visiblement dénichés dans les bric-à-brac de charité mais choisis avec goût. L'ensemble, malgré sa simplicité, reflétait une atmosphère cosy où il faisait bon vivre.

- C'est bientôt prêt, maman ! lança-t-elle derrière son dos.

La fragile femme mince aux traits doux et aux cheveux blonds et blancs qui lisait silencieusement dans son fauteuil ne répondit pas tout de suite. Elle ne pouvait détacher ses yeux de l'entrefilet qui s'était présenté à elle par hasard dans le journal local, prêté par un voisin.

- Ainsi donc, elle est morte… après toutes ces années, murmura-t-elle pour elle-même.

- Qui ça ? demanda vivement la jeune femme.

Son interlocutrice ne répondit pas tout de suite.

- C'est quelqu'un que tu ne connaissais pas, ma chérie, répondit-elle en haussant le ton.

Les bruits de vaisselle remuée et de couverts dans la cuisine lui apprirent qu'elle avait encore quelques minutes devant elle.

Elle se leva péniblement, saisit sa canne et se rendit jusqu'à un tiroir fermé dissimulé dans l'ombre d'une table, et dont elle gardait toujours la clef autour du cou. Elle en sortit quelques photographies et plusieurs papiers, qu'elle regarda longuement. Son visage n'était guère bienveillant, et se teinta même de mépris en regardant les photos de ceux qui l'avait humiliée et rejetée. Elle repoussa brusquement le contenu dans le tiroir qu'elle referma en attendant sa fille arriver derrière elle.

- Tu viens, maman ? demanda-t-elle avec bonne humeur.

La femme à la quarantaine prématurément vieillie claudiqua jusqu'à la cuisine, et s'assit. Elle regarda autour d'elle le pauvre habitat, qui vieillissait sans trop déchoir grâce à ses soins incessants, pâle souvenir d'une période de faste ancien... Tant qu'elle avait pu travailler et subvenir aux besoins de sa fille, tout allait plutôt bien… mais l'estomac de la mère se contracta soudain. Sa fille aurait dû connaître un destin mirifique, sans la stupidité de ses parents. Elle avait droit à une meilleure existence, quels qu'en soient les risques.

- Je crois que je vais écrire une lettre, ma fille.

- Tu veux que je la poste ? demanda-t-elle aussitôt. Je ne retourne au travail que dans une demi-heure.

- Non, merci. Je vais m'en occuper moi-même.

Mon cher père va enfin entendre parler de moi, ajouta-t-elle dans sa tête.

*****

Lochmory, miraculeusement épargné par la civilisation moderne, offrait un cadre de vie rêvé à qui appréciait la vie au grand air. Le jeune policier local Duncan Webster comptait au nombre de ces amoureux de la nature. Pour l'heure, le constable anglais, à la grande taille et bien découplé, rentrait en sifflotant de sa promenade matinale accompagné de Clancy, son épagneul breton blanc et roux. Le chien s'ébroua joyeusement à côté du paillasson, dûment entraîné à ne pas salir l'intérieur de la kitchenette du minuscule logement de fonction de la station de police de Lochmory. Il leva des yeux pleins d'espoir vers son maître, qui secoua la tête.

- Désolé, mon vieux. Pas le temps de jouer aujourd'hui. J'ai un tas de paperasses à traiter, et cela fait trop longtemps que je remets ça à plus tard. Après, il faut que j'aille vérifier si les mesures qu'on a installées en prévision de la tempête tiennent bien la route.

Les oreilles de Clancy tombèrent comiquement, et il traversa la kitchenette pour s'installer avec résignation au creux de son panier dans le bureau attenant. Duncan n'avait pas menti, la table croulait sous le poids des différents dossiers qui l'encombraient. Avec un soupir de résignation, le policier lissa ses courts cheveux bruns, installa sa carrure imposante et son mètre quatre-vingt-dix sur une chaise de bois qui craqua dangereusement, et commença à trier les chemises par ordre. Il avait saisi près de la moitié des affaires sur son ordinateur lorsqu'on frappa à la porte extérieure, et Daniel Murray, un homme rubicond d'une cinquantaine d'années, entra.

- Salut, Duncan ! fit celui-ci sur un ton légèrement condescendant. Alors, travail de bureaucrate aujourd'hui ?

Duncan s'était levé à demi, soucieux de préserver son image auprès du maire du petit village, qui était aussi le patron du pub local. C'était grâce à son appui qu'il avait pu être nommé à ce poste à sa sortie de l'école de police… ce qui lui permettait de passer voir ses parents de temps en temps, et de s'assurer au cours de ses rondes que la vieille tante Miffy allait bien.

- Oui, Monsieur le maire, répondit-il aussitôt.

- Relax, mon vieux, continua-t-il avec le sourire. En fait, j'ai un service à te demander.

- Oui ?

- Tu sais, les châtelains du bout du monde… les Farquart.

- Eh bien ?

- Ils subventionnent beaucoup de choses, ici, fit Daniel Murray. Ils contribuent même à ma campagne, figure-toi. J'ai reçu un coup de fil de la part du vieux baron tout à l'heure. Est-ce que tu peux faire un saut à Argyllion aujourd'hui et t'assurer que tout ira bien pour eux à l'approche de la tempête ? Il avait l'air d'y tenir.

Duncan haussa le sourcil.

- Ils ont tout le confort, là-bas, bien plus qu'au village, objecta-t-il. Les murailles d'Argyllion et tous leurs équipements modernes les rendent capables de soutenir un siège.

- Je sais, fit le maire d'un ton apaisant. Mais il faut leur montrer notre prévenance au niveau de la commune, et les précautions que nous prenons envers tous ses habitants. Prends cela comme une opération de bon voisinage. Après tout, ils sont seuls dans la lande à plus de douze kilomètres à la ronde. Le sentier qui y mène depuis ici sera probablement en partie inondée, et la route sera barrée à cause de l'ouragan. Comme la route principale qui mène à Inverness, tout cela sera interdit à la circulation dans quelques heures, avec la tempête qui approche. Pourras-tu t'en charger ?

- J'irai en voiture tout à l'heure, accepta le jeune homme de mauvaise grâce, car il trouvait que la journée s'annonçait déjà assez chargée.

- Tu fais bien, le sentier devient déjà dangereux à emprunter avec les bourrasques de vent et la proximité de la falaise.

- Dommage qu'on n'ait pas découvert le passage secret de la tante Miffy, ce serait plus simple, grommela Duncan.

Le maire s'arrêta, une main sur la poignée de la porte.

- Un quoi ? demanda-t-il légèrement surpris.

- C'est une vieille légende de ma grand-tante. Elle soutient qu'elle a entendu dire par sa propre grand-mère qu'un passage secret relie le village au château des barons et existe depuis le Moyen Âge. Mais comme elle n'a jamais pu nous dire d'où il partait ni où il aboutissait, on n'y a jamais vraiment cru, mon frère et moi. Pourtant, Dieu sait que Rory et moi l'avons cherché, enfants ! Cette histoire nous avait enflammé l'imagination. Bien sûr, la pauvre Miffy avait dû confondre avec un trou de prêtre[1], ou autre chose.

- Passage secret ou non, je crois que tu ne feras pas l'économie d'un voyage en bagnole, rit le maire. Bon, je peux compter sur toi ?

- Ok, ronchonna Duncan.

Mais il était bien loin d'avoir prévu la réception qui lui fut faite au château. Il sonna à la grande porte d'entrée, au-dessus de laquelle trônait le blason de la famille en pierre flanqué de sa devise latine en grosses lettres, « *Sequere me* », gravée au-dessous. Il s'attendait à recevoir une assurance sèche de la part du majordome que toutes les précautions avaient été prises en prévision de la tempête, et dûment reconduit à la porte. A sa grande surprise, il fut introduit tout de suite en la présence du baron Farquart, qu'il n'avait encore jamais vu que de loin à la fête du village. Le magnifique salon d'apparat du château l'impressionna, avec ses meubles de prix tendus de soieries coûteuses, bien que la pièce fût de dimensions relativement modestes – il devait apprendre plus tard qu'il ne s'agissait que du petit salon de réception. Il essaya de dissimuler sa timidité tout en se tenant debout devant le fauteuil roulant qui abritait l'aristocrate, et sa surprise ne connut plus de bornes lorsque celui-ci lui demanda :

---

[1] Un **trou de prêtre** est une cachette pour un prêtre construite dans un certain nombre des principales maisons catholiques au Royaume-Uni au cours de la période où les catholiques ont été persécutés par la loi anglicane.

- Bonjour, constable Webster. Excusez mon sans-gêne de vous faire déplacer ainsi au milieu des préparatifs de la tempête. Pouvez-vous m'assurer que les routes qui mènent au château seront barrées d'ici quelques temps ?

- Oui, c'est exact, Monsieur le baron.

Le vieil homme le dévisageait avec une drôle d'expression. Il semblait… quoi ? préoccupé ? fatigué ?

- Avez-vous l'heure approximative de fermeture ?

- Cela dépend de la vitesse de la tempête, mais elles seront de toute façon fermées vers dix-sept heures. Pourquoi ?

- J'ai des invités, et je veux savoir s'ils seront à même de repartir ce soir.

- C'est très peu probable, Monsieur le baron. Vous feriez mieux de vous préparer à ce qu'ils passent la nuit ici. Sont-ils déjà sur place ?

- Mon homme de loi est arrivé d'Inverness, et mon fils aîné de Londres un peu plus tôt dans l'après-midi, répondit le baron – presque à contrecœur.

Le policier devinait qu'on ne lui avait pas donné la vraie raison de ces questions, mais ce n'était pas à lui de bousculer l'aristocrate. Duncan attendit donc d'être congédié, mais l'ordre attendu ne venait pas. Comme le silence s'éternisait, finalement, il demanda.

- Est-ce tout ? Puis-je faire autre chose pour vous ?

- Je voudrais vous demander un immense service, constable.

- Oui ? fit Duncan, levant légèrement le sourcil.

- En prévision du cas où nous serions isolés, je voudrais que vous restiez avec nous au château d'Argyllion jusqu'à la fin de la tempête.

Le jeune homme resta ahuri.

Chapitre 3 – Un temps de chien

Des bourrasques balayaient la route sans merci, et déjà les hommes encapuchonnés dans des vêtements fluo s'accrochaient aux portières des véhicules aux gyrophares tournants pour se déplacer sans risque. Le temps s'était assombri à une vitesse effrayante, et le ciel noirci grondait de temps en temps dans le lointain. Il ne pleuvait pas encore, heureusement. Duncan revenait d'inspecter à la torche le sentier côté village qui avait été dûment barricadé et interdit d'accès, et s'arrêta pour échanger quelques mots avec la police et les services de sécurité.

- On va arrêter la circulation d'ici deux heures, dit un des policiers. De l'autre côté, ils ont déjà bloqué certains accès à la route depuis quelques villages de la côte. Et vous, comment ça se présente à Lochmory ?

- Pas trop mal, répondit Duncan appréciateur devant la taille des camions qui allaient bientôt condamner la bretelle de la route nationale vers le village. J'ai fait du porte-à-porte et me suis assuré que tous les habitants avaient de quoi se chauffer et s'éclairer, même si l'électricité était coupée, et traverser la tempête avec suffisamment de nourriture. Ils peuvent tous rester en autarcie plusieurs jours, le temps que tout soit rétabli.

- Avez-vous une idée de la durée de ce fichu ouragan ?

- On sait que ce sera un des plus durs que nous ayons eu à traverser, mais sans plus. Des volontaires ont entassé des sacs de sable aux endroits susceptibles d'être inondés, et Lochmory a vu d'autres tempêtes dans le passé… les gens ont l'habitude, par ici, et ils s'entraident tous.

- Celle-ci sera exceptionnellement forte, mon vieux, répliqua l'autre d'un ton soucieux. Espérons que nous n'aurons pas de victimes. Qu'est-ce que vous allez faire maintenant ?

- Normalement, je devais rejoindre du comité de sécurité de la ville qui va se tenir au pub comme QG avec les volontaires secouristes et un poste médical mobile, se renfrogna Duncan. Mais il se trouve que les châtelains du lieu ont la frousse, et m'ont demandé de rester avec eux. J'étais plutôt d'avis de les envoyer promener, car je ne suis pas à leur service dans ces circonstances, mais le maire m'a supplié d'accepter – ils financent une partie de sa campagne, et les pintes de bière du club sportif local. Il m'a assuré qu'il pourrait se débrouiller avec les Mac Gregor, le docteur Campbell et les fils Sinclair pour surveiller le village. Quelle poisse…

- Ça a l'air de vous ravir, fit l'autre policier avec un soupçon de sourire.

- D'aller jouer le baby-sitter pour aristos alors que d'autres gens peuvent avoir vraiment besoin d'aide ? Ça oui, vous pouvez le dire, je nage dans le bonheur. Vous savez quelle est leur devise ?

- Non, sourit son vis-à-vis.

- « *Sequere me* », j'ai fait du latin, ça veut dire « Suis-moi ». Ils auraient pu ajouter « et ferme-la ! », grogna Duncan. En tout cas, j'emmène mon clebs avec moi, que cela leur plaise ou non. Allez viens, mon vieux.

Avec un claquement de langue à l'adresse de Clancy, Duncan s'installa dans la voiture de police. Tout avait été prévu du mieux possible… maintenant, il enrageait de devoir prendre une tasse de thé le petit doigt en l'air avec ces froussards plutôt que d'aller vraiment se rendre utile. Poules mouillées… Il mettait le contact lorsqu'un souvenir lui traversa l'esprit. Inconsciemment, il traduisait dans ses propos ce qu'il avait ressenti lors de son entretien. C'était le regard que le vieil aristocrate dardait sur lui pendant leur courte conversation qui était resté à l'arrière-plan dans sa mémoire. Tout d'abord, il avait hésité à qualifier son attitude, partagé entre l'inquiétude sur la tempête approchante et l'égoïsme du riche propriétaire terrien à qui tout est permis, mais il se rendait compte maintenant qu'aucune de ces hypothèses n'était la bonne. Non, ce vieil homme avait *peur*. Voilà pourquoi il parlait de froussards. Mais de *quoi* ou de *qui* est-il effrayé ? se demanda-t-il fugitivement. Ce n'était pas de la tempête, il en aurait mis sa main à couper. Il n'avait jamais fait appel au village dans le passé. Pourquoi la baron Farquart estimait-il avoir besoin de la présence d'un policier ?

*****

Dans sa chambre d'Argyllion, Mark Galbraith était en train de défaire sa valise lorsque Kate, la petite femme de chambre, passa le nez par la porte.

- Monsieur Galbraith ?

- Oui ? demanda-t-il, légèrement surpris.

- Je vais bientôt m'en aller, comme les autres. Je voulais savoir si vous n'aviez besoin de rien avant que je ne parte.

- Vous quittez le château ? Mais pourquoi ?

- C'est à cause de la tempête, Monsieur. Le personnel qui ne vit pas sur place a été autorisé à rentrer chez lui. Cela peut durer plusieurs jours, la cuisinière a prévu des plats à réchauffer et tout le nécessaire. Nous serons absents peut-être toute une semaine, en fonction de l'état des routes. Cela dépend quand on nous autorisera à circuler de nouveau.

L'homme de loi se passa la main dans les cheveux, un peu perplexe. Il n'aimait pas particulièrement se retrouver ainsi en petit comité avec la famille.

- Qui va rester ?

- Oh, vous ne serez pas laissés seuls, monsieur. Mademoiselle Fairchild, l'infirmière du baron, reste ici, ainsi que Mademoiselle Andrews, la gouvernante de Monsieur Neil. Gail est d'accord pour rester et s'occuper des chambres en notre absence. Par ailleurs, le gardien Ferguson et sa femme Barbara, qui habitent dans le pavillon au fond du parc, viennent s'installer ici exceptionnellement. Barbara assurera le service à table et la cuisine avec l'aide de Gail, et Ferguson continuera à assurer la sécurité, il connaît le château comme sa poche. Tout est prévu pour le confort des invités. Au fait, monsieur…

- Oui ?

- Monsieur Ian a sa chambre habituelle, mais savez-vous pour qui l'ancienne chambre de Mademoiselle Aileen a été préparée ? Le baron a donné des ordres un peu plus tôt dans la matinée. La cuisinière nous a dit qu'elle devait prévoir un couvert de plus. Mais personne n'est encore arrivé.

Le notaire tritura ses lunettes d'écaille, avala sa salive, et répondit.

- Non, Kate, je n'en ai pas la moindre idée.

La domestique partie, il se remit à ranger ses affaires, un sombre pressentiment à l'esprit.

*****

La voiture de police de Duncan pénétra dans la cour bien aménagée du château qui se dressait devant lui, surplombé par un ciel orageux et dont les arbres du jardin témoignaient par leur agitation des violents coups de vent qui balayaient le site. Duncan prit soin de garer sa voiture à l'ombre d'une muraille de granit, autant que possible à l'abri des rafales, et la verrouilla soigneusement. Puis il rabattit son col et tint sa casquette sur sa tête tandis qu'il courait vers le perron, traînant presque le pauvre Clancy balloté par les bourrasques. On devait le guetter, car la porte s'ouvrit aussitôt et une petite femme de chambre rebondie aux joues roses l'accueillit, qu'il reconnut tout de suite. Gail Riverdale avait été sa camarade d'école sur les bancs de l'école primaire. C'était une fille un peu ronde, très gentille et travailleuse qui n'avait pas eu trop de mal à intégrer la domesticité du château où l'on privilégiait surtout l'emploi local.

- Gail ? Quel plaisir de te voir ici !

- Bonjour, Duncan, dit-elle avec un grand sourire. Sale temps, hein ?

- Tu n'es pas rentrée au village ?

- Non, mes parents se débrouillent bien tout seuls et Stuart fait partie du comité de surveillance, il va tout le temps rester au pub avec les autres pour aider en cas de pépin. Autant que je ne bouge pas d'ici, le baron m'a promis une prime exceptionnelle et m'a laissé une chambre à occuper pour tout le temps que je serai là. Ça nous aidera pour le mariage, Stuart et moi.

Duncan hocha la tête, et indiqua d'un mouvement de tête l'escalier de bois verni majestueux qui écrasait de sa masse imposante le hall antique aux panneaux lambrissés et aux décorations moyenâgeuses.

- Et eux ?

- Ils sont tous là ! On va être onze en tout. Le baron t'attendait pour te présenter aux autres.

Gail lança un regard par-dessus son épaule, et baissa la voix.

- Entre nous, je ne sais pas ce qu'ils ont, mais ce n'est pas comme d'habitude. Je sais bien que l'enterrement a eu lieu il y a deux jours, et que l'homme de loi d'Inverness est là pour lire le testament de Madame, et que tout ça c'est triste pour eux, mais ils n'ont pas vraiment l'air de regretter la mort de la baronne, non c'est plutôt…

- Comme s'ils avaient peur ?

- Oui, c'est cela ! s'exclama la jeune fille, soulagée. On a l'impression qu'ils redoutent tous un malheur… au début, je pensais que c'était l'inquiétude à propos de la tempête, mais maintenant je suis sûre que non. Il y a eu de drôles de choses.

- Que veux-tu dire ?

- D'abord, on a demandé de refaire la chambre de Mademoiselle Aileen. Tu sais, c'est celle qui avait disparu il y a vingt ans, et aussi de compter un couvert de plus aux repas. Mais pour l'instant, personne d'extérieur n'est venu, ni à l'enterrement de la baronne, ni depuis.

- Peut-être a-t-elle averti qu'elle ne viendrait finalement pas ?

- Je ne sais pas, tout est maintenu pour cet hôte invisible... mais ils commencent à me flanquer la frousse, tous là à se dévisager sans rien dire dans le salon. Même le notaire n'a pas l'air trop à son aise. Tu te rappelles que la famille est réputée avoir une malédiction ? Que tout le monde devrait mourir un jour ou quelque chose comme cela ?

- Allons, ne te laisse pas impressionner, sourit Duncan. Toutes ces vieilles familles traînent à foison des fantômes ou des malédictions.

- En tout cas, je suis mal à l'aise. On a l'impression qu'ils ont tous peur qu'elle ne reparaisse.

Duncan réfléchit.

- Tu sais quelque chose à propos de cette disparition ?

- J'ai seulement entendu Fiona, la cuisinière, m'en parler avant de rentrer à Lochmory. Il faut dire que cela l'avait drôlement secouée d'apprendre que Mademoiselle Aileen pouvait reparaître, elle l'a connue quand elle était gosse. Le baron en avait parlé à Mademoiselle Andrews qui le lui a répété.

- Comment a-t-elle disparu, au juste ?

- Eh bien, il paraît qu'elle s'était acoquinée avec un mauvais garçon, en tout cas quelqu'un que ses parents n'auraient pas voulu qu'elle fréquente. Elle avait des flirts à droite et à gauche, on pensait qu'elle reviendrait vite après une fugue.

- Qui c'était, ce garçon ? Quelqu'un du village ?

- Aucune idée. Quelqu'un des environs, Fiona m'a dit.

- Ils se seraient enfuis ensemble ?

- D'après Fiona, elle était partie le rejoindre.

- Le rejoindre ? Alors, c'est qu'il n'était pas du coin, observa Duncan, sourcils froncés.

- En tout cas, un matin, pfuiiit. Plus personne dans la chambre, les bagages faits et une valise disparue, seulement une note à ses parents disant qu'elle s'en allait avec celui qu'elle aimait et qu'ils allaient se marier.

- Elle avait quel âge ?

- Seize ou dix-sept ans, je crois. Je ne te dis pas le scandale dans le coin...

- Bon, et après ? Une gosse disparue qui refait surface, ce n'est pas si terrible, non ? Elle a certainement entendu parler de la mort de sa mère, et vient réclamer sa part d'héritage. Pas de quoi en faire un drame.

- Ouais, opina Gail qui semblait peu convaincue.

- Tu peux t'occuper de Clancy le temps que j'aille les voir ? demanda Duncan en lui donnant la laisse.

- Bien sûr. Allez, mon chien, viens à la cuisine avec moi.

En rangeant soigneusement le coupe-vent détrempé dans un placard dissimulé dans les lambris de l'entrée, elle tendit le menton vers une porte double ouvragée, à gauche du majestueux escalier.

- Tu n'as qu'à aller les rejoindre.

*****

Dans le grand salon de réception très rarement utilisé, de larges sofas, fauteuils et chaises magnifiquement ouvragés voisinaient avec quelques têtes de fauves empaillées au mur, souvenirs d'un lointain grand-oncle colonialiste et chasseur, et d'anciens portraits de famille. Les lourds rideaux en velours jaune des grandes baies vitrées et les tonalités claires des meubles réussissaient à installer une atmosphère plutôt gaie à l'ensemble, malgré les rafales de vent mugissantes et la pluie battante qui tambourinait contre les vitres. L'agencement dénotait l'opulence des propriétaires des lieux, mais également une certaine discrétion de bon aloi. La massive cheminée au manteau artistement ouvragé trônait au centre de la pièce, avec un immense blason antique sculpté dans l'âtre. Un peu intimidé, Duncan salua collectivement, puis s'avança dans la pièce et fut immédiatement accueilli par le vieil homme qui trônait en fauteuil roulant à la place centrale.

- Quel plaisir de vous revoir ! Tout le monde, je vous présente le constable Webster, qui va surveiller le château pendant la tempête qui s'annonce. Permettez-moi de vous présenter les personnes dans cette pièce… voici mon fils Ian Farquart.

Le grand homme rougeaud aux yeux porcins et au cheveu rare dévisagea Duncan sans la moindre aménité, et hocha brièvement la tête. Son costume rayé de businessman londonien le rendait d'autant plus arrogant.

- Voici ma fille Nora Farquart, continua-t-il.

La maigre femme spectrale habillée tout en noir, aux cheveux bruns noués en un chignon strict, salua brièvement avec une ébauche de sourire. Sa grande croix d'or et son maintien rigide évoquaient irrésistiblement la directrice d'un pensionnat religieux.

- Bonjour, constable.

Le ton de sa voix s'harmonisait avec sa tenue, très grave et discrète.

- Mon autre fils Niel n'assiste pas à notre réunion, mais je le représenterai, continua le baron. Je vous présente aussi notre homme de loi, Maître Galbraith, qui arrive d'Inverness afin de procéder à la lecture des dernières volontés de mon épouse.

L'homme blond et mince aux lunettes cerclées d'écaille sourit. Il correspondait tout à fait à un stéréotype de premier de classe myope et studieux, mais semblait dépourvu de l'arrogance qu'Ian Farquart exsudait ouvertement.

- Bonjour, constable, dit-il courtoisement. Mon nom est Mark Galbraith. Je vous remercie de votre présence par ce temps, et m'excuse que nous n'ayons pu annuler cette rencontre malgré la situation actuelle. Cette réunion était arrangée à l'avance et nous pouvions difficilement la remettre, à cause des agendas de chacun. C'est vraiment très gentil à vous de vous proposer d'assurer la sécurité du château pendant la tempête.

- Oui, bon, est-ce tout ? Intervint Ian avec irritation. Maintenant, peut-être ce policier peut-il quitter la pièce afin que nous puissions continuer ?

Avec un regard désapprobateur à son fils, le baron inclina légèrement la tête vers Duncan, qui salua et se dirigea aussitôt vers la porte.

- J'aurai quelques mots privés à vous dire tout à l'heure, constable Webster, ajouta le baron. Il s'agit d'une affaire personnelle. Je tiens à vous parler d'une possible malversation concernant la famille. Aurez-vous l'amabilité de revenir dès que la réunion sera terminée ?

- Bien sûr, fit Duncan en sortant de la pièce.

Alors qu'il refermait la porte, Gail accourut vers lui.

- J'allais entrer et vous interrompre, lui dit-elle. On te demande au téléphone.

Chapitre 4 – L'héritage

Après le départ du policier, toute la famille Farquart convergea ses regards vers l'homme de loi. Maitre Galbraith s'avança vers la table, et retira de son attaché-case une liasse de papiers. Ajustant ses lunettes, il déclara d'un ton docte.

- L'étude Remington, Remington et Steele s'étant occupée des intérêts de la famille Farquart depuis sa fondation, je remercie le baron Farquart ici présent d'avoir conseillé à son épouse de confier la gestion de ses deniers personnels à mon père et ses anciens associés, et d'avoir continué ensuite à nous honorer de sa confiance pour les actes civils de la gestion de la famille. Le testament de la baronne Farquart a été rédigé il y a une quinzaine d'années, et n'a pas été changé depuis. Les dispositions en sont très simples. Si l'on excepte des legs aux différents membres du personnel et à certaines œuvres de charité, la totalité de ses biens est répartie pour moitié au propriétaire légal d'Argyllion au moment de la lecture de cet acte testamentaire, à charge pour lui d'entretenir le domaine. L'autre moitié est divisée en parts égales entre ses enfants et payable immédiatement, à l'exception de l'argent revenant à sa fille Aileen. Celle-ci ayant disparu lorsque le testament a été rédigé, il est prévu que sa part de l'héritage sera placée dans un fonds spécial qui sera liquidé soit à la réapparition de celle-ci, soit à la preuve officielle de son décès. Dans l'intervalle, les sommes produiront des intérêts qui seront divisés également entre ses frères et sœurs, ou entre leurs ayant-droits. En cas de reconnaissance vérifiée du décès et en l'absence d'héritiers directs, la somme sera partagée également entre les frères et sœurs d'Aileen Farquart ou leurs descendants.

- Ma part, ça fait combien ? demanda brutalement Ian.

Légèrement réprobateur, le jeune homme prit son temps avant de répondre.

- A l'heure actuelle, vous pouvez espérer deux millions de dollars américains chacun, environ. Tout sera bien sûr converti en monnaie anglaise. Je précise que, conformément au contrat de mariage, chacun des enfants possède le droit de vivre au château d'Argyllion jusqu'à sa mort.

- C'était si bon de la part de mère, murmura Nora. Elle n'a pas fait de différence…

Tout à coup, elle releva la tête.

- Et la part de Niel ? Suit-elle les mêmes conditions ?

- Niel est en tutelle, tu le sais, Nora. C'est moi qui m'occuperai de ses intérêts jusqu'à la fin de ma vie, et par la suite les associés de l'étude de notaire, lui assura gentiment le baron Farquart. Ne t'inquiète pas, tout a été prévu pour lui.

- Ce testament est très juste pour la famille et ne lèse aucune des personnes présentes, au vu les lourds frais d'entretien qu'impose le château d'Argyllion, précisa le notaire.

Une déception amère se peignait sur le visage de Ian, qui paraissait avoir beaucoup de peine à se contrôler.

- Si je comprends bien, je n'ai pratiquement rien ?

Embarrassés, les participants s'entre-regardèrent. De son côté, Mark Galbraith émit un léger toussotement. Evidemment, les contestations allaient surgir… son rôle était d'éviter qu'elles ne s'enveniment. Il prit donc calmement la parole.

- Monsieur Farquart, vous héritez de la plus grosse somme puisque la moitié de l'héritage vous reviendra en direct pour assurer l'entretien du château lorsque vous deviendrez le prochain baron, en dehors de votre legs propre. Je crois que vous avez été au contraire la personne la plus avantagée dans le partage des biens.

- C'est ce que je dis ! Je n'ai même pas la liberté d'agir à ma guise sur cet argent et suis condamné à entretenir sans fin cette bâtisse croulante !

Très rouge, Nora prit la parole.

- Si tu n'as pas la fierté familiale, Ian, cela te regarde. Mais ne traite pas de « bâtisse croulante » un des plus beaux châteaux des Highlands que des milliers de visiteurs viennent admirer chaque année, s'il te plaît.

- En attendant je n'ai presque rien qui m'aide à financer mon entreprise de Londres !

- Deux millions de dollars ne sauraient être considérés comme « presque rien » répliqua sèchement le vieux baron.

Le grand homme rougeaud lança un regard plein de mépris à son père.

- Faut-il que je vous rappelle les prix immobiliers de la capitale, père ? Oui, je maintiens qu'il ne s'agit que d'une plaisanterie d'héritage !! Et savez-vous combien me coûtera l'entretien de ce domaine ?

- Mieux que toi, je suppose, répliqua sèchement le vieux baron.

Un bref instant, Ian s'interrompit, gêné. Il reprit d'une voix plus conciliante.

- Nul ne conteste les efforts que vous avez faits pour préserver et entretenir ce lieu, père. Mais mère vous donnait les intérêts de sa fortune en totalité. Je fais seulement remarquer qu'avec seulement la moitié de la somme cela me sera plus difficile.

- Au contraire, je n'utilisais qu'à peine un quart des intérêts qui étaient versés à ta mère, du fait des revenus tirés de la maison de Londres. Tu es largement pourvu pour continuer à assurer la continuité du domaine.

- J'aurais dû recevoir davantage, s'entêta Ian.

Personne ne lui répondit. Nora, dont une faible rougeur colorait toujours les joues, pinçait les lèvres et regardait obstinément par la grande porte-fenêtre qui ne laissait filtrer qu'un gémissement assourdi du vent qui hurlait au-dehors. Le bruit sec de la pluie tombant sur les vitres semblait s'être accentué et devenait plus rapide.

De son côté, Mark Galbraith toussota à nouveau et commença à ranger ses documents dans sa serviette, désireux de clore la réunion.

Après quelques secondes, lèvres serrées, Nora se leva.

- Je vous remercie de vous être déplacé, Monsieur Galbraith. Il faut que je retourne à ma chambre.

Consterné, le baron la suivit des yeux. Dès qu'elle eut quitté la pièce, il s'exclama, furieux.

- Ian, avais-tu besoin de manquer à ce point de tact ? Je te signale que ta sœur reçoit beaucoup moins que toi ! Tes exigences sont aussi extravagantes que déplacées ! C'est Nora qui devrait t'en vouloir, pas l'inverse !

- Ah, vraiment ? Alors que le testament avantage de manière éhontée une sale petite voleuse ! Seule Aileen savait où mère rangeait ses bijoux, vous me l'avez dit vous-même !

- Laisse Aileen en dehors de tout cela, répliqua son père, une menace dans la voix. Maître Galbraith, merci de vous retirer je vous prie. J'ai à parler à mon fils.

Avec quelques mots d'adieu à peine audibles, le notaire prit congé et sortit hors de la pièce. Une fois dehors, il poussa un long soupir de soulagement, tandis que des éclats de voix colériques retentissaient derrière lui.

*****

Dans la cuisine autrefois vénérable, maintenant rénovée à fond et pourvue de tous les équipements ultramodernes, Duncan prit le combiné du téléphone sans fil que lui tendait Gail.

- Allô ?

Il s'attendait à un rapport de l'état des routes, ou à un premier incident causé par la tempête, mais quelle ne fut pas sa surprise lorsqu'une voix grêle de femme très âgée se fit entendre.

- C'est toi, tante Miffy ? demanda-t-il, incrédule. Qu'est-ce qu'il y a ?

- Tes parents m'ont dit que tu t'étais rendu au château d'Argyllion ? Oh mon petit, je vois des choses mauvaises là-bas… si noires, si cruelles. Il faut que tu reviennes tout de suite, *tout de suite*, tu m'entends ?

Duncan soupira. Dans le village on croyait dur comme fer que la tante Miffy avait « la vision » et même si ses prédictions se révélaient parfois étonnamment exactes, il n'avait jamais ajouté foi à ces croyances superstitieuses écossaises. Cette fois, elle semblait positivement affolée.

- Je devine, tu as recommencé à lire dans le marc de café ? sourit le jeune homme.

- Non, j'ai tiré les cartes, répondit la tante Miffy, insensible à l'ironie de la question. Et ce qu'elles annoncent n'est pas bon, non, pas bon du tout, même si la carte cœur est en bonne position. Rentre tout de suite !

Duncan devenait franchement ennuyé.

- Ecoute, tante, tu ne devrais pas appeler ici pour me tenir des propos pareils. Je sais que tu as la réputation de voyante et de guérisseuse à Lochmory, mais n'en rajoute pas trop, s'il te plaît.

- Tu crois que j'invente ? Les cartes m'ont dit que tu ne me croirais pas, se désola la vielle femme. Mais elles ne peuvent prévoir ton destin si tu restes, et cela m'épouvante.

- Ecoute, tante, même si les cartes ne te l'ont pas dit, moi j'ai des devoirs à accomplir, surtout en cas de tempête.

- Quelqu'un a le cœur noir, psalmodia la vieille femme. Homme ou femme je l'ignore, mais la menace grandit.

- Bon, maintenant cela suffit. Essaye de regarder quelque chose à la télévision et change-toi les idées.

- Non, je dois me rendre au pub avec les autres secouristes.

- Pour quoi faire ? s'étonna Duncan.

- Au cas où je verrai à l'avance une catastrophe arriver. C'est le maire qui a insisté.

Duncan ronchonna, en poussant un immense soupir d'exaspération intérieur. Dire que les notables du village s'y mettaient aussi…

- Mais en ce qui te concerne, je n'insiste pas, poursuivit la tante Miffy. A très bientôt, mon petit. Tiens-toi sur tes gardes, Pense à ce que je viens de te dire.

- Pourquoi dis-tu « à très bientôt » ? Je suis bloqué à Argyllion pour la durée de la tempête, et je ne compte pas rappeler jusqu'à ce qu'elle soit terminée, tu sais. Cela va prendre plusieurs jours.

- Oh non, tu vas rentrer au village, j'en suis sûre. La vision ne ment jamais. On se verra avant la fin de la tempête. A tout à l'heure, mon petit.

Exaspéré, Duncan raccrocha en haussant les épaules. Qu'arrivait-il à la tante Miffy, d'habitude si posée ? La tempête devait l'avoir détraquée, pour qu'elle commence à délirer comme cela. Il ne l'avait jamais crue impressionnable, et pourtant au téléphone elle avait semblé vraiment inquiète. Il sortit de la cuisine en haussant les épaules.

A cet instant, il aperçut l'homme de loi Mark Galbraith, qui était visiblement ennuyé et cherchait des yeux quelque chose. Duncan se dirigea aussitôt vers lui.

- Bonjour, Maître. Vous désirez quelque chose ?

Celui-ci soupira.

- Un verre de whisky ne me ferait pas de mal, je pense. Je déteste ces lectures de testament où tout le monde s'étripe à qui mieux mieux. Je me demande quand ils auront fini, ajouta-t-il en désignant du menton la porte du grand salon.

- Il y a eu une surprise dans les legs ?

- Pas du tout, le testament a été rédigé en accord avec nos conseils, et on ne peut trouver plus équilibré. Seulement, c'est la nature humaine, certaines personnes en voudraient toujours plus et ne sont jamais satisfaites de ce qu'elles ont… Ma propre mère était ainsi, et Dieu la bénisse, jusqu'à sa mort il y a trois ans, elle en a fait voir de toutes les couleurs à mon père avec ses caprices.

Semblant un peu honteux de sa digression personnelle, il poursuivit en avisant un plateau de boissons.

- Comment s'annonce la tempête ? Avez-vous des nouvelles ?

- Non, rien de plus que tout à l'heure. Maître, puisque vous avez procédé à la lecture du testament, vous en savez certainement plus que moi. Avez-vous une idée de la raison qui a poussé le baron Farquart à m'inviter ?

- Eh bien… Je dirais qu'il s'agit de la disparition de sa fille Aileen, fit l'homme de loi posément en se versant avec soin un fond de whisky. Je pense qu'il ne sait pas à quoi s'attendre après si longtemps – presque vingt ans. Il ne vous a rien dit ?

- Non, seulement qu'il voulait me parler en privé après la lecture du testament. Il a parlé de tromperie sur la famille et de malversations.

- Eh bien, laissez-moi éclairer votre lanterne. Mon père en a été informé avant mon départ d'Inverness, le baron a reçu une lettre il y a quelques jours lui annonçant le retour de sa fille. Elle annonçait qu'elle comptait revenir à Argyllion à l'occasion du décès de sa mère.

- Après tout ce temps ? Et est-elle revenue ?

- Non. Mais le baron n'a pas perdu tout espoir, j'ai su par la femme de chambre qu'il avait fait préparer l'ancienne chambre de sa fille et avait demandé de prévoir un couvert de plus, même après l'enterrement où personne d'étranger n'est venu. Cependant, il n'a pas non plus écarté l'hypothèse d'une mystification en vue de lui extorquer de l'argent. C'est pour effrayer de potentiels quémandeurs que vous êtes là je pense, pour prévenir toute escroquerie.

- Vous croyez ? Les routes vont être barrées très bientôt, personne ne pourra se rendre au château d'ici peu. D'ailleurs, si vous voulez regagner Inverness vous-même, vous feriez mieux de vous dépêcher.

- Merci, constable Webster. Ne sachant pas combien de temps au juste cette lecture allait prendre, le baron Farquart m'a prié de rester loger à Argyllion jusqu'à la fin de la tempête.

- Vous aussi, murmura Duncan. On dirait qu'il cherche à s'entourer d'un maximum de personnes…

Mark Galbraith opina de la tête.

- Oui, je pense qu'il n'a toujours pas abandonné l'idée que sa fille puisse se présenter ici à la dernière minute. Et il ne sait pas trop à quoi s'attendre.

- Mais cette Aileen, la reconnaîtrait-il après toutes ces années ?

- Venez voir vous-même à quoi elle ressemble.

Le jeune homme de loi posa son verre sur le plateau et l'entraîna dans une petite pièce à quelques portes sur la droite du grand salon. Il s'agissait d'un petit espace discret meublé avec goût où trônaient un grand piano et une harpe dorée.

- L'ancien salon de musique, expliqua brièvement l'homme de loi. Tenez, regardez…

Il désignait un portrait accroché au mur. Sur celui-ci, une belle jeune fille à l'air compassé posait en tenant une rose entre ses doigts. Ses cheveux blonds d'or qui tombaient en cascade sur ses épaules et ses yeux très bleus ajoutaient au charme de la jeunesse et de ses traits réguliers, même si Duncan lui trouvait l'air un peu trop assuré et la lèvre boudeuse. Elle était vêtue d'une robe blanche ample et un très beau bracelet d'émeraudes brillait à son poignet, assorti aux boucles d'oreilles travaillées qu'elle arborait fièrement.

- Ce portrait a été fait juste avant son départ, dit le jeune homme d'une voix égale. Vous conviendrez que même après vingt ans, son père devrait la reconnaître, ainsi que sa sœur Nora d'ailleurs.

- Ah, oui… effectivement, je vois ce que vous voulez dire.

Tournant les yeux, il découvrit un autre portrait en vis-à-vis – celui d'un grand jeune homme brun à l'air franc et décidé, qui appuyait sa main sur l'encolure d'un cheval de race, et était aussi beau que la jeune fille blonde. Leur air de famille ne laissait pas de place au doute.

- C'est son frère ? demanda-t-il.

Mark Galbraith poussa un soupir.

- C'est l'une des autres tragédies de la famille. Le baron Farquart plaçait tous ses espoirs dans Kenneth, son fils aîné... Malheureusement, il est mort dans un accident de la route à seulement vingt-deux ans. Quant à Neil, il est tombé d'un arbre étant enfant, et est resté mentalement diminué. Cette famille n'a pas eu de chance.

- Et que pensez-vous de l'autre sœur ? Nora ? Elle semble un peu dans la lune.

- Elle est d'un naturel réservé, je dirais.

- Et savez-vous pourquoi il n'y a pas d'autres portraits dans cette pièce ? Tous les frères et sœurs ont dû en avoir un, non ?

- Je n'en ai aucune idée, répliqua l'homme de loi, un peu laconique.

Duncan estimait au contraire que celui-ci, de par sa position d'observateur, devait au contraire en savoir bien long sur ces histoires, et son père avait pu lui révéler bien des choses à Inverness en tant que notaire de famille. Mais il n'insista pas.

- Eh bien, je vais voir s'ils ont terminé, pour que vous puissiez parler au baron, continua le notaire.

Mais dans le hall, les voix continuaient de gronder en provenance du grand salon. Haussant les épaules, l'homme de loi murmura entre ses dents.

- Vous devriez rester à la cuisine en attendant que l'orage passe, mon vieux. J'ai du travail, je vais m'installer quelque part.

Il se dirigea vers la porte latérale située sur la gauche du grand salon, où Duncan entrevit des rangées de livres.

- Il y a une petite table de travail dans le renfoncement, je vais m'y installer.

Obéissant, le policier revint dans la cuisine claire et joyeuse où commençait à flotter une agréable odeur de viande rôtie, et où Gail l'accueillit tout sourire avec une tasse de thé bien chaud, qu'il dégusta à petites gorgées. On ne devinait rien de la tempête qui rugissait au-dehors, et il glissa peu à peu dans une torpeur bienheureuse.

Quelques moments plus tard, une sonnerie stridente le fit sursauter sur sa chaise.

Chapitre 5 – le premier meurtre

- Qu'est- ce que c'est ? demanda Duncan.

Gail, s'essuyant les mains à son torchon, semblait désorientée.

- C'est la porte d'entrée, expliqua-t-elle. Mais qui peut bien arriver à cette heure et par ce temps ?

- Attends, je t'accompagne, fit aussitôt Duncan.

Rajustant son uniforme, Duncan suivit Gail dans le hall d'entrée, où les éclats de voix s'étaient tus, et où ne régnait plus qu'un silence de plomb.

Lorsque Gail ouvrit la porte, une jeune femme se protégeait tant bien que mal du froid et du vent sur le perron, et s'engouffra sans attendre qu'on l'y invite dans la demeure. Gail referma aussitôt la porte, les éléments déchaînés qui sévissaient au-dehors n'incitant guère à la laisser ouverte.

- Bonjour, Madame, dit-elle poliment. Vous vous trouvez au château d'Argyllion. Que pouvons-nous faire pour vous ?

- Me donner abri pour quelques temps, jusqu'à ce que ce fichu temps se calme, s'il vous plaît, s'exclama l'intéressée, essoufflée. J'aurais pu plus mal tomber, je suppose.

- Les routes sont barrées, Mademoiselle, intervint le policier. Comment vous êtes-vous retrouvée ici ? Et comment vous appelez-vous ?

La jeune femme leva les yeux en se débarrassant de son bonnet, et Duncan eut la vision fugitive d'yeux noirs vifs et intelligents dans un joli visage déterminé, et d'une masse de cheveux noirs détrempés par la pluie. Elle ressemblait vaguement à quelqu'un de sa connaissance, et devait compter une vingtaine d'années ou guère plus.

- Mon nom est Kayla, Kayla Mc Iver. Ma mère est Tessa Mc Iver, et habitait Lochmory avant d'aller s'installer à Inverness. J'étais venue voir mes grands-parents.

Duncan éprouva une surprise non feinte. Dans un si petit village, il connaissait tout le monde et se souvenait des Mc Iver, un couple âgé et sans histoire, mais avait toujours cru qu'ils n'avaient pas d'enfant.

- Pouvez-vous me montrer vos papiers ? ne put-il s'empêcher de demander.

Obtempérant immédiatement, la jeune femme fourragea dans son sac et en sortit son permis de conduire qui prouvait la véracité de ses dires. Elle ne s'était pas étonnée qu'un policier vérifie son identité, sans doute du fait de son arrivée à l'improviste.

- Je suis passée la dernière sur la route avant que la police ne barre le chemin, expliqua-t-elle, et espérais arriver à Lochmory à temps, mais les bourrasques menaçaient de me faire basculer dans le fossé. J'ai vu un panneau indicateur d'une demeure et ai pris tout de suite l'embranchement. Nous ne devons pas être loin de Lochmory. Pensez-vous que je pourrai bientôt me rendre au village ?

- C'est peu probable, Mademoiselle. Pour des raisons de sécurité, il vaut mieux que vous restiez ici jusqu'à nouvel ordre.

- Voulez-vous une tasse de thé ? demanda Gail. Venez à la cuisine, Mademoiselle Mc Iver.

- Merci, fit la jeune femme dont le visage s'éclaira.

- Je vais informer la famille de votre arrivée, dit Duncan.

Tandis qu'elles s'éloignaient, il hésita quelques instants devant la porte du grand salon, où ne régnait plus que le silence, mais à ce moment une infirmière surgit d'un couloir du côté opposé au grand salon, recherchant visiblement quelqu'un.

- Ah, Mademoiselle Fairchild ! l'interpela Gail, se retournant sur le pas de la porte qui menait aux offices. Tout va bien ?

- Oui, merci Gail. Je cherche le constable Webster, le baron voudrait lui parler. Il doit être seul dans le grand salon.

- Je sais, je m'y rends, dit aussitôt Duncan.

Mademoiselle Fairchild, qui n'avait rien perdu de son dynamisme, s'avança et lui serra la main à l'en broyer en lui adressant un large sourire. Ils se dirigèrent tous les deux vers la grande porte.

- Le baron m'a dit qu'il voulait vous parler maintenant que la lecture du testament était terminée, expliqua-t-elle à mi-voix. Je vous ai cherché un petit moment avant de vous trouver, nous y voici.

Lorsqu'ils entrèrent dans la pièce sans lumière assombrie par le mauvais temps, le baron était penché sur des papiers étalés sur le bureau qu'il devait avoir grand mal à déchiffrer sans une lampe. Son menton était soutenu par son poing droit fermé.

- Monsieur le baron ? Voici le constable Webster, fit aussitôt Mademoiselle Fairchild de sa voix nette.

Il ne réagit pas et ne tourna même pas la tête.

- Monsieur ? Monsieur !

Alertés, ils traversèrent tous deux la pièce à grandes enjambées et Mademoiselle Fairchild toucha légèrement le bras de son employeur, qui s'effondra la tête en avant sur les papiers.

- Oh mon Dieu ! Il a dû avoir une attaque ! s'écria l'infirmière.

Elle s'apprêtait à le retourner lorsque Duncan, qui avait remarqué le manche ivoire qui dépassait de la chemise, arrêta son geste. Il vérifia de deux doigts sur le cou l'absence de pouls, et hocha la tête.

- Inutile, Mademoiselle Fairchild. Il est mort.

- Mort ? balbutia-t-elle. Mais il se portait à merveille il n'y a pas dix minutes ! Ce n'est pas possible !

- Quand on vous poignarde en plein cœur, on se sent forcément moins bien très vite, répliqua sèchement le policier.

Il désigna l'arme au regard de l'infirmière. Incrédule, les yeux agrandis, elle étouffa un cri.

- Etait-il seul lorsqu'il vous a demandé de me chercher ?

- C'est-à-dire… non, il semblait avoir eu des mots avec son fils Ian qui se trouvait dans la pièce. Ils semblaient très énervés tous les deux. Le baron m'a demandé d'aller vous chercher, et son fils m'a bousculée en sortant de la pièce comme un diable d'une boîte !

- Donc, le baron était seul lorsque vous êtes sortie ?

- Oui.

- Il n'y avait personne dans le hall quand vous y êtes passée ?

- Non, personne.

- Combien de temps avez-vous mis pour me trouver ?

- Oh… j'ai d'abord regardé dans quelques pièces du rez de chaussée, puis j'ai monté l'escalier et ai demandé à Nora Farquart où vous étiez, et elle m'a dit que vous vous trouviez avec l'homme de loi.

Duncan s'étonna. Comment Nora Farquart le savait-elle ?

- Je vous ai alors cherché dans le bureau, la bibliothèque, le petit salon, et le salon de musique mais il n'y avait personne. J'ai pensé à regarder ensuite dans l'autre aile… et c'est lorsque je suis revenue dans le hall que je vous ai trouvé. Je dirais que cela ne m'a pas pris plus de cinq ou six minutes.

- Vous n'avez pas vu Maître Galbraith qui travaillait dans la bibliothèque ?

- Non, mais il était peut-être dans le petit renfoncement où se trouve une table de travail, et qui n'est pas visible depuis la porte.

- A chaque fois que vous êtes revenue dans le hall, il n'y avait personne ?

- Je n'y suis pas revenue, sauf en rebroussant chemin de la bibliothèque et en descendant l'escalier, et il n'y avait personne.

- Comment avez-vous fait pour regarder dans toutes les pièces sans revenir dans le hall à chaque fois ?

- Ce sont des pièces en enfilade, constable Webster. Elles ont toutes une entrée de l'une vers l'autre sur le côté du mur.

- Le grand salon en a une également ?

- Oui. Tenez...

Elle désigna du doigt une porte imbriquée dans les lambris du mur, qui ne se remarquait qu'à peine.

- Où ceci mène-t-il ?

- La pièce suivante est le petit salon, il me semble. Si on le traverse, derrière se trouve le salon de musique.

Duncan s'avança et ouvrit en grand la porte cachée dans le mur, qui déboucha sur une pièce de dimensions plus réduites mais meublée exactement dans le même style que le grand salon, où le baron avait reçu Duncan la première fois qu'il s'était rendu au château. Il n'y avait personne, mais un magazine abandonné sur un des canapés attestait que quelqu'un s'y était tenu il y a peu. Duncan passa de l'autre côté de la pièce et ouvrit la porte dérobée dans les lambris à l'autre bout, qui le fit entrer dans le petit salon de musique qu'il avait déjà vu. Revenant sur ses pas, il s'adressa à Mademoiselle Fairchild qui fixait toujours le corps d'un air presque consterné.

- Mademoiselle Fairchild ? S'agit-il de l'unique entrée qui mène dans le grand salon, en dehors de la grande porte ?

- Il y a celle qui mène de l'autre côté, vers la bibliothèque, bien sûr, fit-elle d'un ton incertain.

Elle se dirigea vers un pan de boiserie situé exactement à l'opposé, mais celui-ci résista à ses efforts.

- Cette issue-là est verrouillée de l'intérieur, expliqua-t-elle en désignant un loquet brun fiché dans le parquet, et presque invisible à moins de le chercher.

Elle s'agenouilla pour mieux voir, et fit jouer sans bruit un minuscule verrou.

- Le cran de sûreté a été repoussé sur le loquet depuis l'intérieur du grand salon, donc personne n'est entré par là.

- Rien d'autre ? insista Duncan.

- Si, il y a aussi l'entrée des domestiques, fit brièvement l'infirmière.

De l'autre côté de la pièce, perpendiculairement à la grande double porte, une petite porte beaucoup mieux dissimulée que les deux autres se devinait à côté du grand manteau ouvragé de la cheminée. Duncan ne pouvait l'ouvrir de l'intérieur.

- Seuls les domestiques ont accès à cette porte, avec un badge spécial, expliqua Mademoiselle Fairchild en désignant un petit carré gris juste dans l'ombre du rebord de la cheminée où clignotait une faible lumière rouge, clairement une borne d'accès électronique.

- Il y a également une sécurisation de l'autre côté ? demanda Duncan.

L'infirmière tamponnait ses yeux rougis, et hocha la tête dans l'affirmative. Elle essaya de reprendre une attitude posée.

- Oui. Tout le réseau d'accès des domestiques a été modernisé et sécurisé il y a un an, car le baron craignait des effractions par les étages supérieurs. Dans la nuit, un détecteur automatique de mouvements se met en place dans toutes les salles inoccupées de rez-de-chaussée et des étages.

- Y a-t-il un téléphone ici ?

- Prenez celui-ci, répondit-elle en désignant le combiné qui trônait derrière la table où le cadavre était affaissé.

Duncan avait un peu peur que les lignes aient été détraquées par la tempête, mais il n'en était rien. Il signala le crime à la police de la ville voisine, qui promit de se mettre en rapport avec Inverness et de lui envoyer une équipe médico-légale dès que les routes seraient devenues praticables, sans oublier de préciser que cela pouvait prendre plusieurs jours. Dans l'intervalle, les policiers recommandèrent à Duncan de prendre toutes les photos possibles du corps et des lieux, puis d'isoler le corps dans un endroit froid en verrouillant le grand salon comme scène de crime. Duncan obtempéra aussitôt, et prit consciencieusement des clichés de toutes les perspectives du corps affaissé, de sa position, de ses vêtements et de sa posture dans le fauteuil. Il prit également quelques gros plans de la blessure et de l'arme. Tout en s'affairant, il remarqua le poing droit du baron, toujours serré sur le bureau après qu'il se soit effondré sur les papiers. Surpris, il crut apercevoir une lueur à l'intérieur des doigts.

Agissant avec mille précautions, il s'escrima à extraire des phalanges raidies un fin bijou – une boucle d'oreille ouvragée et ornée d'une pierre verte. Le cœur battant, il l'examina sous toutes les coutures, puis la glissa dans une petite pochette en papier qu'il plaça dans la poche intérieure de sa veste. Il montrerait la boucle d'oreille aux différents habitants du château pour voir s'ils la reconnaissaient.

- Qu'est-ce que c'est ? demanda Mademoiselle Fairchild.

- Peut-être un indice, je ne suis sûr de rien pour l'instant.

En fait, le constable Webster avait parfaitement reconnu ce bijou. Il venait même de le voir.

Sans aucune erreur possible, il s'agissait d'une des boucles d'oreille que portait Aileen Farquart sur son portrait.

Chapitre 6 – La chapelle

Quelques temps plus tard, une lugubre et lente procession s'engageait dans un couloir assez sombre. En prévision de l'autopsie, il fallait conserver le corps dans un endroit réfrigéré. La chambre froide de la cuisine avait un temps été envisagée, mais personne n'avait envie de consommer de la nourriture qui aurait voisiné avec un cadavre, et Duncan s'y était formellement opposé pour des raisons d'hygiène. Finalement, Nora avait trouvé la solution et suggéré la chapelle familiale, au rez-de-chaussée.

Celle-ci se tenait au bout d'un corridor de l'aile est du château, qui s'ouvrait par une double porte faisant face au grand salon, de l'autre côté de l'escalier. Cette aile était moins utilisée que l'autre, car elle comprenait seulement un grand bureau plus guère usité, l'ancienne armurerie et la chapelle, qui n'était plus en usage pour les prières familiales depuis belle lurette, bien qu'elle fît encore partie de l'itinéraire des pièces visitables pour les touristes. Dès qu'il entra dans l'espace rectangulaire où quelques bancs et prie-Dieu antiques recouverts de velours voisinaient avec deux ou trois bannières de tapisserie usées tendues sur les murs, Duncan se félicita du conseil. Un froid glacial régnait dans la pièce non chauffée, qui ne bénéficiait pas non plus de l'isolation phonique du reste de la maison. Les rafales de vent hurlantes s'entendaient à plein régime dans l'espace confiné, et les gouttes de pluie s'écrasaient violemment sur les carreaux des vitraux étroits. Après avoir échangé un regard, les quatre hommes qui portaient le corps du baron sur un brancard de fortune, à savoir le notaire, Duncan, Ian et le gardien Ferguson déposèrent la dépouille sur l'autel même, un bloc de marbre blanchâtre ayant les bonnes dimensions. La forte carrure de Duncan compensait la silhouette fluette de l'homme de loi, tandis que Ian et le gardien Ferguson possédait tous deux une musculature puissante d'hommes trapus. Après avoir rabattu précautionneusement le drap sur lui en prenant soin de ne pas toucher l'arme, que Duncan avait tenu à conserver dans la blessure, ils se hâtèrent de quitter le lieu, à moitié frigorifiés. Le gardien Ferguson verrouilla la porte derrière eux.

- Brr… laissa échapper le notaire.

- Cette pièce est toujours aussi froide ? demanda Duncan.

- Elle date de la construction du château, constable, expliqua Ferguson, un homme d'environ trente-cinq ans, massif et rougeaud, qui les avait rejoints de son pavillon depuis le matin. D'aussi loin que je me rappelle, cela a toujours été la pièce la plus glaciale du château. C'est surtout sa porte d'entrée qui est sécurisée et capitonnée, pour éviter les cambriolages si on s'introduisait dans le château en passant par là. Je ne vois pas comment on pourrait, du reste. Les fenêtres de la chapelle sont trop étroites pour laisser passer un corps humain.

- Il n'y a pas d'autre sortie sur l'extérieur depuis la chapelle ?

Ferguson eut un geste de dénégation.

- Non, c'est un cul-de-sac.

- Ne devriez-vous pas faire votre travail, Monsieur le policier ? interrompit Ian d'un air dédaigneux. Qui selon vous a pu assassiner mon père de cette manière ignominieuse ?

- Vous avez raison, Monsieur le baron, je vais y réfléchir. Car vous voici devenu baron à présent, n'est-ce pas ? demanda Duncan d'un ton neutre.

Saisissant le sens de la question, Ian Farquart devint cramoisi à vue d'œil et sembla au bord de l'apoplexie. Il éructa.

- Comment… comment osez-vous…

- Je me borne à établir un fait, Monsieur le baron. Je demanderai à tout le monde de se rassembler dans le petit salon, j'ai quelques questions à vous poser.

- Tout le monde ? demanda Ian. Même mon frère Neil ? Il n'est pas en état…

- S'il vous plaît, monsieur, j'ai bien dit tout le monde. J'ai aussi besoin de recueillir sa déposition, et celle de sa gouvernante.

- Si cela vous semble utile, consentit Ian Farquart de mauvaise grâce.

- J'insiste pour que tout le monde soit là, y compris la domesticité au complet. Il faut que j'établisse certains faits.

- Je ne vois pas ce qu'il y a à trouver, constable. Pensez-vous que l'assassin de mon père va surgir parmi nous et se dénoncer spontanément ?

- C'est à moi d'en juger, me semble-t-il. Je procéderai ensuite à des interrogatoires individuels.

- A votre guise, marmonna Ian.

Vaincu, il s'éloigna en compagnie de Ferguson pour aller prévenir les autres membres de la famille tandis que Duncan se tourna vers le notaire.

- Vous-même, maître Galbraith, avez-vous entendu quelque chose lorsque vous vous trouviez dans la bibliothèque ?

- Absolument rien, dit tristement celui-ci. J'ai travaillé depuis le moment où nous nous sommes quittés jusqu'au moment où vous nous avez appelés après la découverte du corps.

- Pardonnez cette question, mais pourquoi avez-vous choisi la petite table de la bibliothèque, au lieu du grand bureau qui était inoccupé et que nous venons de dépasser ?

- Bonne question, constable. Je ne saurais le dire… l'habitude, sans aucun doute. Lorsque nous venions ici, mon père et moi, le petit stagiaire que j'étais prenait cette petite table de travail tandis que mon père travaillait dans le bureau en question… ça m'a rappelé de vieux souvenirs.

L'homme de loi sourit à cette idée.

- Qui, d'après vous, a pu vouloir tuer le baron ?

Revenu sur terre, Mark Galbraith réfléchit.

- Le premier suspect paraît évident... remarqua-t-il lentement. Mais...

- Je suis d'accord avec vous, Ian Farquart fait un coupable tout désigné. Mais il semble un peu trop évident. De plus, il ne semble pas s'inquiéter outre mesure d'être accusé du meurtre, malgré des apparences accablantes.

- Lesquelles ? Il ne me semble pas plus suspect que les autres, demanda le jeune notaire, curieux.

- Il s'est violemment disputé avec la victime, et ne se trouvait certainement pas loin lorsque le crime a eu lieu. De plus, ayant longtemps vécu ici, il saurait parfaitement se glisser d'une pièce à une autre en connaissant leurs systèmes de communication.

- Oui, mais quelqu'un a pu profiter de l'occasion. Leurs éclats de voix s'entendaient de loin. Quelqu'un a pu guetter que la voie soit libre, en se disant que Ian ferait un suspect idéal, objecta le jeune notaire.

- Vous-mêmes, entendiez-vous quelque chose depuis le bureau de la bibliothèque ?

- J'ai grand peur que oui, soupira Mark. Oh, des éclats de voix et des grondements étouffés, rien de compréhensible.

- Avez-vous remarqué quand ils se sont arrêtés ?

- J'étais plongé dans le compte-rendu que je devais faire à mon père, et je ne m'en suis pas aperçu. Désolé.

- Avez-vous vu Mademoiselle Fairchild ouvrir la porte ? Elle me cherchait dans la bibliothèque.

- Non, je ne m'en souviens pas. Mais j'étais caché dans un renfoncement où se trouve la table de travail.

Mark eut un sourire crispé.

- Vous devez vous dire que je fais un piètre témoin.

- Et l'arme du crime ? L'aviez-vous déjà vue ici ?

L'homme de loi poussa un soupir.

- Venez, constable.

Un peu plus loin dans le couloir, il désigna une porte verrouillée qui faisait face au bureau vide.

- C'est l'ancienne armurerie. Cela grouille de placards et de vitrines pleins d'épées, d'arbalètes, de coutelas, de dagues, de pistolets, de fusils de chasse, de claymores[2] du Moyen-Âge… je l'ai vue une fois ouverte, il y a des années. N'importe qui a pu se servir au préalable, à condition d'en avoir la clé.

- Très bien, je demanderai à Ferguson de m'ouvrir cette pièce tout à l'heure pour vérifier si rien ne manque. Allons rejoindre les autres.

Après une fouille minutieuse, Duncan avait veillé à ce que les issues du grand salon soient toutes soigneusement verrouillées pour la police, et les loquets de sécurité des fenêtres et des portes intérieures avaient tous été fermés. Ils se rendirent donc dans le petit salon, maintenant brillamment éclairé par de multiples lampes chaleureuses, où toutes les personnes présentes se regardait avec appréhension. Nora se tamponnait les yeux et semblait anéantie par le chagrin, tandis que Ian avait croisé ses mains derrière son dos et ressemblait à s'y méprendre à un roquet prêt à mordre. Une vieille femme aux cheveux gris, grande et forte, encadrait Neil, un long jeune homme blond dégingandé à l'air évaporé qu'elle avait fait asseoir sur un des fauteuils et tenait fermement par l'épaule. Gail se tenait respectueusement debout près de la porte d'entrée, et le couple des Ferguson, discret, se trouvait derrière elle. Mademoiselle Fairchild jetait des regards furtifs vers la porte du grand salon où ils avaient découvert le corps, et on sentait que le calme de cette personne si sûre d'elle-même et équilibrée venait d'être sérieusement ébranlé.

Duncan rejoignit Gail et lui murmura.

- Où est Kayla Mc Iver ?

- A la cuisine, dit-elle à voix basse. Dois-je lui demander de nous rejoindre ?

---

[2] Epées à deux tranchants typiques des clans écossais.

- Oui, s'il te plaît, dans quelques minutes. Je ne pense pas qu'elle ait vu quoi que ce soit, mais après tout nous ne pouvons pas lui dissimuler qu'un crime a été commis.

Gail quitta aussitôt la pièce, tandis que Duncan s'éclaircissait la gorge.

- Mesdames et messieurs, vous savez qu'un meurtre vient d'être perpétré dans la pièce jouxtant celle où nous sommes, qui a été condamnée comme scène de crime. La victime, à savoir le baron Farquart, a été poignardée par une dague à manche blanc semblant assez ancien. Il a peut-être été soustrait aux collections d'armes qu'on me dit entreposées dans l'armurerie à côté de la chapelle, ou bien amené de l'extérieur. Nous allons vérifier l'état des collections d'armes tout à l'heure.

- Est-ce bien nécessaire ? demanda Mademoiselle Fairchild, dubitative.

- Il nous faut déterminer si l'arme provient du dehors ou du dedans, ce qui nous donnera déjà une première indication sur l'assassin. Vu la situation actuelle, l'équipe médico-légale ne peut nous rejoindre immédiatement. Nous avons donc isolé le corps tandis que je commence les interrogatoires en attendant leur arrivée.

Il remarqua quelques hochements de tête approbateurs, et continua.

- Tout d'abord, je voudrais demander à chacun où il se trouvait entre approximativement quinze heures, heure à laquelle Ian Farquart a quitté son père et où celui-ci a demandé à me parler, et le moment où Mademoiselle Fairchild et moi-même avons découvert le cadavre, soit dix minutes plus tard. D'après vous, Mademoiselle Farquart, combien de temps s'est-il écoulé pendant que vous me cherchiez dans les pièces du rez-de-chaussée ?

- Vous m'avez déjà posé cette question, et je dirais entre cinq et dix minutes maximum, je pense. J'ai fait le tour des pièces du rez-de-chaussée sans vous trouver, expliqua-t-elle.

Puis j'ai cru que vous étiez peut-être déjà monté dans la chambre qui vous avait été attribuée, et suis montée au premier étage. C'est Mademoiselle Nora Farquart qui m'a dit que vous étiez resté en bas, donc je suis redescendue et ai inspecté de nouveau partout, y compris dans le bureau du fond, de l'autre côté du grand salon. C'est lorsque j'en sortais que je vous ai aperçu dans le hall.

- Procédons par ordre. Tout d'abord, vous faites le tour des pièces entourant le grand salon. Lesquelles, exactement ?

- La bibliothèque, le petit salon, et je me suis aussi rendue à la cuisine.

- Gail vous a-t-elle vue ?

- Je ne crois pas. Il n'y avait personne.

- Et c'est tout ?

- Oui. Je n'ai pas poussé jusqu'au salon de musique la première fois.

- Où je devais me trouver en compagnie de maître Galbraith, opina Duncan. Et ensuite ?

- Eh bien, lorsque je suis descendue de l'étage je suis revenue dans le petit salon et c'est de là que j'ai songé à me rendre aussi dans le salon de musique, où personne n'était là.

- Nous venions de sortir et devions nous trouver dans le hall, cela n'a pris que quelques secondes, réfléchit Mark Galbraith.

- Puis nous nous sommes séparés, Maître Galbraith se rendant dans la bibliothèque pour travailler, et moi dans la cuisine, compléta Duncan. Ce qui explique que vous n'ayez trouvé personne dans le salon de musique non plus.

Il se retourna vers l'assistance.

- Précisons tout d'abord les allées et venues de chacun. Mademoiselle Farquart, confirmez-vous ce que Mademoiselle Fairchild vient de dire ?

- Oui, tout à fait. J'étais montée dans ma chambre, puis je suis redescendue lire un magazine dans le petit salon en attendant que… (Ici un bref regard en coulisse vers son frère) que la conversation se termine, mais finalement je suis remontée à l'étage et c'est à ce moment que j'ai croisé Mademoiselle Fairchild qui vous cherchait.

- Comment saviez-vous que je me trouvais avec Maître Galbraith ?

- Je vous ai vu lorsque je descendais l'escalier vers le petit salon. Vous vous dirigiez vers le salon de musique ensemble.

- Vous n'avez pas vu Mademoiselle Fairchild traverser le petit salon à deux reprises ?

- Non. Elle a dû entrer une première fois alors que j'étais encore dans ma chambre à l'étage, et une deuxième fois alors que je retournais dans ma chambre. Nous avons dû nous succéder sans nous voir.

- Je vois. Mademoiselle Andrews ?

- Je me trouvais avec Neil dans sa chambre.

- Quelqu'un pourrait-il le confirmer ?

- Non, nous étions seuls. Je lui faisais faire sa gymnastique habituelle.

- Monsieur Ian Farquart ?

- Après ma… discussion avec mon père, je suis allé dans le salon de musique où se trouve un bar, pour me verser un verre, puis j'ai regardé au-dehors la tempête, je ne saurais dire combien de temps.

- Vous n'êtes pas revenu dans le grand salon ?

- Certainement pas, répondit Ian d'un ton coupant, son teint virant au cramoisi. Je ne suis sorti du petit salon que lorsque Mademoiselle Fairchild nous a appelés, après que vous ayez découvert le corps.

- Avez-vous entendu quelque chose ?

- N…on.

Duncan nota l'hésitation passagère.

- Vraiment rien ? insista-t-il.

- Eh bien, tout était silencieux… il m'a semblé entendre à un moment donné un coup sec. Mais c'était certainement mon imagination ou quelque chose qui avait craqué au-dehors.

Cependant, lui-même n'en paraissait pas très convaincu.

- A quoi ressemblait ce bruit précisément, Monsieur ? Un bouchon qui saute ?

- Non, c'était… un peu comme un coup de maillet de croquet. Sec, précis et il ne s'est produit qu'une seule fois. Cela m'a fait sursauter.

Un coup de maillet de croquet… réfléchit pensivement Duncan.

- Les pièces sont-elles insonorisées, ici ?

- Certaines, oui, répondit Nora. Il y a quelques années, lorsqu'il l'utilisait encore, je sais que mon père a fait totalement insonoriser le bureau qui se trouve de l'autre côté de la cage d'escalier, en face du grand salon. Il débouche sur un débarras qui mène à une des entrées sur le jardin, et le couloir qui longe le bureau mène à la chapelle privée, sur la gauche, et à l'ancien arsenal, sur la droite. Mais personne n'a pu entrer ni par la chapelle qui n'a pas d'issue, ni par l'arsenal qui est une pièce aveugle, ni par l'entrée du jardin, car l'alarme se serait déclenchée.

- La porte du jardin a-t-elle été déverrouillée ?

- Oui, par moi, expliqua Ferguson, car je suis entré avec ma femme Barbara par la porte du fond, en provenance du pavillon lorsque vous me l'avez demandé ce matin, Mademoiselle Nora. Nous l'avons remise en marche quelques minutes plus tard. Mais c'était bien avant le crime.

- Où vous trouviez-vous pendant la lecture du testament ?

- Moi, dehors. Quant à mon épouse Barbara…

Il lui jeta un coup d'œil éperdu, et elle reprit immédiatement la parole avec l'assurance d'une maîtresse femme.

- Je vérifiais les chambres au premier étage, expliqua-t-elle.

- Et toi, Gail ? Quels sont tes mouvements au cours de la matinée ?

- Je suis surtout restée dans la cuisine, expliqua-t-elle. Je n'en suis sortie que pour répondre à la porte d'entrée et pour... euh… m'isoler temporairement.

- Personne n'a sonné à la porte d'entrée, à part moi et Mademoiselle Mc Iver ?

- Non, personne.

- Merci.

- Qu'en déduisez-vous, constable ? demanda Ian Farquart, un peu nerveux.

- Que personne ne peut justifier de l'alibi de l'un ou de l'autre avec certitude, il semble donc que toute l'assistance soit également suspecte. Il est en outre probable - vu le laps de temps très court - que l'assassin se trouve avec nous dans cette pièce…

Chapitre 7 – La porte-fenêtre

- Oh non, non ! gémit la femme du gardien, jetant des coups d'œil épouvantés autour d'elle.

- Calme-toi, Barbara, lui intima son mari.

Il se tourna vers le policier.

- Avant d'en être sûrs, nous devrions d'abord avoir la certitude que personne n'est entré depuis l'extérieur. Je vais vérifier les vidéos de surveillance et la sécurisation des portes.

- Vous avez raison, Ferguson. Mais dans l'hypothèse où personne ne s'est introduit ici, il nous faut regarder la vérité en face et envisager dès à présent le pire.

Le policier dévisagea tour à tour chacun des assistants, et lut de la peur, de l'exaspération, de la compréhension mais rien de définitif.

- Eh bien, je crois qu'il ne me reste plus qu'à vous congédier, Mesdames et Messieurs. Mais si je puis me permettre, si nous admettons que l'assassin du baron Farquart se trouve dans cette pièce en ce moment même, je ne saurais trop vous recommander d'être prudents. Par ailleurs…

Habile comme un prestidigitateur, il exhiba la boucle d'oreille retrouvée entre les doigts du mort.

- Quelqu'un reconnaît-il ceci ?

Avec un froncement de sourcil, Nora s'avança et regarda le bijou.

- Mais on dirait… on dirait une des boucles d'oreille de ma sœur Aileen, une de celles qu'elle portait lorsqu'elle a disparu. Oui, c'est cela. Elle les avait reçues pour son anniversaire. Qu'en dites-vous, Mademoiselle Andrews ?

La vieille gouvernante s'avança, regarda le bijou au creux de sa main et hocha la tête.

- Oui, moi aussi je dirais qu'il s'agit de l'une d'entre elles. Ou alors, la copie est exceptionnellement bien faite.

- Où l'avez-vous trouvée ? demanda Nora.

- Dans les doigts crispés de votre père.

Nora et Ian s'entre-regardèrent avec effarement.

- Mais ce n'est pas possible, protesta-t-elle faiblement.

- Rassurez-vous, Mademoiselle Farquart. Je pense qu'il s'agit d'une mise en scène, la rassura Duncan.

- Que voulez-vous dire ?

- Votre père tenait ce bijou dans son poing posé sur le bureau. Or, il ne semble pas possible qu'il ait pu l'arracher de l'oreille de son assassin, puisqu'il était cloué dans un fauteuil roulant. D'autre part, il a visiblement été frappé depuis l'arrière, en passant par-dessus l'épaule.

- On lui aurait donc placé le bijou dans la main après le crime ? devina Mademoiselle Andrews, la vieille gouvernante dont les yeux dénotaient un esprit vif et intelligent.

- C'est mon opinion, conclut le policier.

- Et il s'agissait de quelqu'un qu'il connaissait ?

- En tout cas, une personne dont il ne se méfiait pas, pour lui tourner ainsi le dos.

Il balaya l'assistance du regard, dont le malaise grandissait.

- L'un d'entre vous a-t-il revu Aileen Farquart depuis sa disparition ?

Toutes les têtes indiquèrent la négative.

- A part Mademoiselle Nora Farquart, comment se fait-il que vous ayez aussi vu ce bijou auparavant, mademoiselle Andrews ?

- J'étais présente avec Neil à la fête d'anniversaire où ces boucles d'oreille lui ont été offertes par sa mère, avec un bracelet assorti, expliqua-t-elle. La baronne Farquart avait peur qu'on les lui vole, je me rappelle qu'il y avait un fermoir secret sur le bracelet. N'est-ce pas, Neil ?

Le jeune homme fredonna vaguement sans sembler entendre, puis tout à coup se leva et fit une immense révérence devant son frère Ian, puis devant Mark Galbraith, qui semblait horriblement gêné. Fredonnant toujours, il revint s'asseoir tandis que Ian Farquart haussait imperceptiblement les épaules. Pour dissiper la gêne, sa sœur Nora prit la parole.

- J'étais en Amérique lorsqu'elle a disparu, mais nous pensions qu'elle avait emmené ces bijoux avec elle, ainsi que d'autres appartenant à ma mère, énonça-t-elle doucement. Maman en était convaincue à l'époque. Plusieurs de ces bijoux ont ensuite été mis en vente de manière anonyme à Londres, mais pas ceux-ci, ce qui explique que ma mère a toujours soupçonné qu'Aileen était la voleuse.

- Mais sans certitude ?

- Non, le doute a toujours plané.

- Et vous, Monsieur Farquart ? Aviez-vous déjà vu ce bijou ?

- Non, seulement sur le tableau qui la représente. Je résidais déjà à Londres à l'époque.

Duncan promena un regard circulaire.

- Je vais maintenant demander à l'automobiliste surprise par la tempête de se présenter. C'est alors que Mademoiselle Fairchild redescendait l'escalier, donc après que le meurtre ait été commis, que Mademoiselle Mc Iver a frappé à la porte. Nous avons trouvé le corps quelques secondes plus tard.

Tout en parlant, Duncan s'était retourné vers la jeune femme aux cheveux noirs qui était entrée deux minutes auparavant dans la pièce et triturait son bonnet derrière Gail, l'air gêné. Timidement, elle eut un mouvement de tête et de la main vers l'assistance, qui convergea les regards vers elle et sembla pétrifiée. Ian devint rouge comme une tomate, Nora au contraire mortellement pâle, tandis que Mademoiselle Andrews, la vieille gouvernante de Niel, étouffa un cri.

- Que se passe-t-il ? demanda Duncan.

La jeune femme eut instinctivement un mouvement de recul, et tandis qu'il la regardait, en un éclair, Duncan crut deviner pourquoi l'assistance la dévisageait ainsi : la ressemblance avec Aileen Farquart était frappante, à la seule différence des longs cheveux aile de corbeau.

- Bonjour Aileen ! s'écria d'une voix grêle Neil, à l'élocution hachée, prenant la parole pour la première fois.

Il semblait ravi et adressa à la jeune femme un large sourire.

- Pardon ? Vous dites que je suis qui ? questionna la jeune femme qui semblait ébahie.

Sa voix grave, chaude et harmonieuse eut le don de détruire l'atmosphère de gêne, voire de terreur, qui planait sur l'assistance. Nora se remit la première et prit la parole.

- Excusez-nous, Mademoiselle Mac Iver. Vous ressemblez grandement à ma sœur disparue il y a des années dont nous venons de parler, voilà, pourquoi nous avons pu vous paraître choqués par votre apparence. J'espère que vous ne nous en tenez pas rigueur.

- Non, pas du tout. Mais appelez-moi Kayla, je vous prie. Je suis la petite-fille des Mc Iver qui habitent à Lochmory, et ai été surprise par la tempête.

- Vous êtes la fille de Tessa ? Comment va-t-elle ? demanda Mademoiselle Andrews, dont le visage s'éclaira. Cela fait bien des années qu'elle a quitté la région.

- Oh oui, nous habitons Inverness depuis ma naissance. Mon père a quitté maman lorsque j'étais toute petite. Je suis vraiment désolée de ressembler à quelqu'un que vous connaissez, mais ma mère me dit que je suis un vrai stéréotype écossais !

Ian prit la parole, semblant lui aussi soulagé par l'apparence anodine et équilibrée de la jeune femme.

- Excusez-nous, Mademoiselle Mc Iver. Ainsi que vous l'a dit ma sœur, nous avons été surpris, mais il va sans dire que vous êtes la bienvenue au château d'Argyllion jusqu'à ce que la tempête cesse, et que vous puissiez rejoindre Lochmory sans dommage pour vous ou votre véhicule. Le constable Webster s'apprête à vous l'apprendre, un crime affreux vient d'être perpétré sur la personne de mon père, le baron Farquart. Nous essayons d'établir l'emploi du temps et les déplacements de tous dans les minutes qui ont précédé ce tragique assassinat.

- Mon Dieu quelle horreur ! s'écria la jeune femme, dont les yeux s'agrandirent sous le choc. Un crime ? Vous en êtes sûrs ?

- La victime a été poignardée par quelqu'un qui se tenait derrière elle, l'accident comme le suicide sont exclus, expliqua Duncan.

Il se hâta de poursuivre.

- Vous êtes hors de cause dans ce crime, Mademoiselle Mc Iver, vous avez sonné juste avant que nous ne découvrions le corps et vous avez été emmenée par Gail à la cuisine tout de suite.

- Mais… Avez-vous une idée de…

- Pas pour l'instant. *Mais je mettrais ma main à couper que le ou la coupable se trouve dans cette pièce*, ajouta-t-il mentalement.

Se retournant vers l'auditoire, il poursuivit.

- Il semble que le crime ait été commis par quelqu'un entré par la porte du petit salon, et ressorti soit de la même manière, soit peut-être dans le hall.

- Et l'entrée des domestiques du grand salon ? Peut-être l'assassin est-il entré par là ? demanda Mademoiselle Fairchild.

- J'y venais. Y a-t-il moyen de savoir si la porte s'est ouverte ? Conserve-t-on les horaires des déverrouillages par badge ?

- Il faudrait que je les demande à la société qui assure le système, à Inverness, mais oui, cela doit être possible, dit Ferguson. Je vais leur téléphoner tout de suite, si vous voulez.

Le gardien quitta rapidement la pièce.

Duncan Webster quêta du regard l'approbation de Mark Galbraith, qui s'était assis très en retrait de la famille dans un coin assez sombre de la pièce, par discrétion sans doute, puis continua.

- Est-ce que l'un d'entre vous a une idée de ce qui a pu produire le coup sec entendu par Monsieur Farquart ?

- J'ai peut-être une idée, constable, dit pensivement la vieille gouvernante Mademoiselle Andrews. Veuillez me suivre.

La vieille femme se leva et se dirigea vers une des portes-fenêtres, qu'elle entrouvrit. Immédiatement, le volume sonore de la tempête extérieure emplit la pièce. Mademoiselle Andrews indiqua le bas de la porte-fenêtre au policier.

- Les fenêtres sont toutes construites ainsi dans le petit et le grand salon, et les autres pièces. Regardez, lorsque j'ai tourné la poignée, le loquet du bas qui s'enfonce dans le sol s'est automatiquement relevé. Mais si je la referme…

Joignant le geste à la parole, elle referma la porte-fenêtre et le calme revint dans la pièce. Deux secondes plus tard, un bruit sec et sonore les fit tous sursauter.

- Le loquet s'est replacé dans le sol ? devina Duncan. Monsieur Farquart, s'agit-il du bruit que vous avez entendu ?

- En plus assourdi, mais oui, confirma Ian. Je me trouvais près de la fenêtre du salon de musique, mon verre à la main.

- Il pourrait s'agir de cette porte-fenêtre, mais également d'une de celles du grand salon ?

- Oui, je pense. Ces pièces résonnent beaucoup entre elles, surtout le long des portes intérieures.

- Mais si on ouvrait la fenêtre, le système d'alarme extérieur se serait déclenché ?

- Si l'ouverture se fait depuis la maison, il se coupe automatiquement, puis se remet en route lorsque la porte-fenêtre est refermée de l'intérieur, expliqua Ferguson. Pour empêcher d'ouvrir les portes-fenêtres, que ce soit de l'intérieur ou de l'extérieur, il faut repousser le cran de sûreté que vous voyez ici… il désigna un minuscule verrou au-dessus du loquet, qui était ouvert, et le fit coulisser avec un grincement sonore.

Duncan inspecta les autres portes-fenêtres et portes intérieures, puis se caressa le menton.

- Je vois que toutes les ouvertures de la pièce ont le même système de loquet. Si j'en crois les photographies prises dans le grand salon…

Joignant le geste à la parole, il fit défiler les images de son smartphone et agrandit les photos des issues du grand salon.

- Deux seules issues ont le cran de sûreté ouvert, il s'agit de la porte menant vers le petit salon et de la porte-fenêtre de gauche. J'en conclus que l'assassin ne se trouve peut-être pas parmi nous. Nous ne pouvons pas exclure que le baron ait lui-même ouvert à son meurtrier qui serait venu du dehors, réfléchit-il.

- Vous voulez dire… qu'Aileen pourrait se trouver en ce moment dans le château ? Ici ? balbutia Nora. C'est impossible !

- Pas forcément elle, mais un étranger aurait pu s'introduire ici.

- Mais nous l'aurions vu ! s'exclama Gail, effrayée.

- Combien de pièces compte ce château ?

- Soixante-treize, sans compter les communs, répondit Barbara Ferguson, qui parlait pour la première fois d'un ton apeuré.

- Pas mal de cachettes possibles, donc. Surtout pour quelqu'un qui connaîtrait déjà les lieux.

Ce fut à cet instant que Ferguson revint dans la pièce, l'air effrayé. Il tenait une lampe de bureau en bronze à la main.

- J'ai appelé la société, ils m'envoient les logs d'aujourd'hui par e-mail, expliqua-t-il rapidement. J'ai pris ceci pour me protéger.

- Pourquoi ?

- Le bureau du baron qui est en face du grand salon, de l'autre côté de l'escalier…

- Oui ?

- Il vient d'être cambriolé.

Chapitre 8 – Première nuit

Duncan avait directement rendu compte de l'effraction à ses supérieurs. Rien n'avait apparemment été dérobé, mais les papiers jonchaient le sol et les tiroirs de classement béaient tous, comme si on avait cherché en très peu de temps un document important. Le jeune policier avait essayé de relever des empreintes digitales mais n'avait aucun moyen de les identifier avec certitude. Il avait également aidé Ferguson à ramasser les papiers et cartes épars, mais rien ne semblait vraiment confidentiel. Il s'agissait en grande partie de papiers d'intendance, et non d'affaires familiales. Factures d'électricité, gaz, Internet, quartiers des domestiques, entretien du jardin, coordonnées de taxi, de locations de voiture à Inverness… Au demeurant, s'il découvrait les empreintes d'un membre de la famille, cela ne l'aurait guère avancé. Au micro de sa voiture, la ligne devenait de plus en plus mauvaise, et on ne lui avait pas caché que les transmissions radio risquaient fort d'être interrompues sous peu. Grâce au ciel, le téléphone fonctionnait encore sans problème. Suite à un appel du commissariat central, Duncan avait appris à sa grande déception que l'équipe de renforts ne pourrait pas être là avant au moins soixante-douze heures.

Poussant un soupir, Duncan revint dans le couloir de droite où l'attendait Ferguson, un jeu de clés à la main.

- Suivez-moi, dit-il. Nous allons vérifier si rien ne manque parmi les armes.

En face du bureau cambriolé, l'agent de sécurité ouvrit la porte massive qui menait vers l'armurerie, et alluma l'électricité. S'agissant d'une pièce incluse dans le parcours des visites, elle avait été réaménagée avec de vastes vitrines où s'étalaient diverses armes de différentes périodes. Duncan le suivit avec intérêt et nota en particulier un très bel arc ouvragé, deux arbalètes en bois verni, et une impressionnante collection d'épées dont plusieurs authentiques claymores frappées aux armes des Farquart.

- C'est magnifique, dit Duncan, qui se sentait davantage visiteur que policier.

Soudain, le gardien s'arrêta net.

- Regardez ! fit-il rapidement.

Duncan suivit son regard et découvrit que certains emplacements, dans deux vitrines du fond, ne présentaient rien en face de leurs étiquettes.

- Que manque-t-il ? s'enquit-il rapidement.

En lisant les légendes, les deux hommes découvrirent qu'un fleuret du dix-huitième siècle, une machette du fameux grand-oncle explorateur, une claymore prise à l'ennemi lors d'une bataille et deux dagues manquaient à l'appel.

- Ces armes ne peuvent-elles se trouver ailleurs ? Pour astiquage ou rénovation ? demanda Duncan.

- Non, c'est moi qui m'occupe de la sécurité des vitrines. J'aurais su si on avait déplacé quelque chose. La plupart de ces armes sont des antiquités de grande valeur.

- Donc elles ont été volées ?

- Je ne vois pas d'autre explication à ce stade, reconnut le gardien qui semblait ébranlé. Mais alors, quelqu'un aurait désactivé l'alarme des vitrines pour s'en emparer.

- Soupçonnez-vous quelqu'un ?

- Le vol remonte à moins de deux jours, c'est là qu'ont eu lieu les dernières visites, et rien ne manquait lorsque j'ai verrouillé l'armurerie.

- Ne dites rien pour l'instant, réfléchit Duncan. Nous ignorons pour l'instant si ce vol est lié à l'assassinat du baron, mais si le meurtrier est venu du dehors, il devait déjà posséder l'arme du crime avec lui.

- Attendez ! s'écria Ferguson. Je vais regarder l'inventaire.

Il compulsa un gros volume qu'il sortit d'un tiroir et, à l'aide des références indiquées sur les étiquettes pointa chaque arme à Duncan. Ils grimacèrent devant la photo des deux poignards.

- Décidément, les gens manquaient désespérément d'imagination à l'époque, grogna Duncan. Ces deux couteaux ont des manches clairs, et comme la photo n'est pas très bonne, ce pourrait être dans les deux cas l'arme du crime… mais sans certitude.

- Nous ne disons rien pour l'instant ?

- Non, mais je vais également signaler le vol par radio à mes supérieurs, fit Duncan. *Un cambriolage, un vol, et un meurtre en un jour*, gémit-il intérieurement. *J'aurai de la chance s'ils croient à la loi des séries.*

Après un dîner servi dans une atmosphère pesante, où tous les convives jetaient des coups d'œil furtifs autour d'eux, la famille se retira dans le salon en compagnie du notaire et de Mademoiselle Mac Iver, et Duncan avait rejoint Gail et Barbara Ferguson dans la cuisine. Duncan avait indiqué qu'il commencerait les interrogatoires individuels dès le lendemain matin.

- Tu penses que l'un d'entre eux a fait le coup ? murmura Gail en passant près de lui.

- Je dirais fifty-fifty, lui répondit-il sur le même ton. Cela peut être aussi cette mystérieuse sœur disparue qui aurait refait surface par la porte-fenêtre, jusqu'à preuve du contraire.

- Cela me flanque la frousse, dit-elle brusquement, en lançant des regards autour d'elle. Elle se cache peut-être n'importe où dans le château. Tu n'as pas l'impression d'une présence ici ?

- C'est la tempête. Surveille tes nerfs, ou tu vas finir visionnaire comme la tante Miffy, lui dit Duncan gentiment. A ce propos, je dois reconnaître qu'elle avait au moins partiellement raison sur les évènements tragiques qu'elle m'annonçait tout à l'heure.

- Elle les avait prédits ? Elle n'a rien dit d'autre là-dessus ?

- Non. Mais calme-toi, je pense que le coupable désigné est Ian Farquart. En tout cas c'est ce que penseront tout de suite les collègues d'Inverness. C'est le premier qu'ils vont interroger, peut-être même mettre d'office sous les verrous.

- Et toi, qu'est-ce que tu en penses ? S'agit-il bien de lui ?

- En tout cas, c'est le seul à avoir entendu ce prétendu loquet retomber, mais j'ai bien examiné la pièce avant de la fermer : Il n'y a pas de traces boueuses sur le sol du grand salon.

- Tu penses qu'il a inventé cela ?

- Pour l'instant, je ne peux pas me prononcer, fit pensivement Duncan. Il y a aussi cette Mademoiselle Mc Iver, qui ressemble à la disparue et qui arrive juste au bon moment… c'était peut-être une complice chargée de détourner notre attention pendant que l'autre entrait. Après tout, rien n'est plus simple que d'avoir fait disparaître des chaussures sales dans un sac avant d'entrer dans le grand salon par la porte-fenêtre. A ce stade, je ne suis sûr de rien.

- Et que penses-tu des alibis de la famille ?

- Un véritable chassé-croisé, ironisa-t-il. On a l'impression que ces gens-là passent le plus clair de leur temps à s'éviter. Quoi qu'il en soit, on ne peut rien en tirer. J'espère au moins que Ferguson pourra me ramener la preuve que la porte des domestiques s'est ouverte ou non pendant le temps indiqué.

- Il n'y avait que moi comme domestique dans le château à ce moment-là, et j'étais à la cuisine, objecta-t-elle.

- Où les badges des domestiques absents sont-ils rangés ? Ils les ont donnés avant de partir, j'imagine ?

- C'est exact, constable, intervint Barbara Ferguson, qui essayait inutilement de ne pas avoir l'air d'écouter. Je les ai collectés dans un tiroir de l'office que j'ai fermé à clé.

Elle désigna du doigt un des tiroirs de la cuisine, que Duncan ouvrit en grand sans difficulté. Diverses enveloppes portant des noms apparurent.

- Eh bien, ce tiroir ne l'est plus, dit-il sèchement. Où sa clef se trouve-t-elle ?

- Ici, sur ce panneau, je ne l'ai pas gardée avec moi, avoua-t-elle piteusement en désignant un tableau de clefs où les numéros des placards correspondaient aux numéros indiqués par une étiquette sur l'endroit dit. C'est de ma faute, j'ai peut-être oublié de refermer ce tiroir à clé après y avoir déposé le dernier badge.

Duncan grimaça. A quoi bon prendre la peine de verrouiller dans ces conditions ? Il vérifia rapidement, et la clé figurait en bonne place sur le tableau.

- Bon. Pouvez-vous vérifier que tous les badges d'accès se trouvent bien là ?

Après un rapide comptage et vérification des enveloppes, Barbara Ferguson hocha la tête.

- Ils sont bien tous là, constable.

- Dans ce cas, je garde la clé jusqu'à nouvel ordre, énonça-t-il d'un ton sans réplique.

Après avoir refermé le tiroir et glissé la clé dans sa poche, il se rendit au grand salon où les membres de la famille se trouvaient devant une flambée craquante dans la cheminée, qui masquait quelque peu le bruit de la tempête toujours hurlante. Toutes les têtes convergèrent vers lui avec une sorte de d'appréhension craintive, sauf celle de Niel qui continuait à regarder au-dehors en fredonnant une mélopée insaisissable.

Conscient de sa responsabilité, il carra les épaules et annonça.

- Pourrais-je avoir votre attention, s'il vous plaît ? Je voudrais vous parler au sujet de l'assassinat du baron Farquart. Après étude de vos alibis, je ne peux blanchir aucun d'entre vous d'avoir été l'assassin. Lorsque la police d'Inverness arrivera, elle procédera donc à des interrogatoires plus poussés. Dès demain, je procéderai à des interrogatoires individuels. En attendant, nous pouvons déjà nous concentrer collectivement sur l'hypothèse d'un intervenant extérieur qui serait entré par la fenêtre du salon… que pouvez-vous me dire sur votre sœur Aileen Farquart et les circonstances de sa disparition ?

Il y eut un silence, puis Mademoiselle Andrews, la gouvernante de Neil, demanda d'une voix claire et incisive.

- Que voulez-vous savoir exactement, constable ?

- Tout ce qui concerne Aileen Farquart et si, à votre avis, elle est susceptible d'avoir orchestré ce crime. Pour commencer, s'entendait-elle bien avec son père ?

- Aileen a toujours été la préférée de nos deux parents, dit Nora d'une voix calme. Elle a toujours été en très bons termes avec notre père. Je suis persuadée qu'elle n'est pas concernée par ce crime, et que ce n'est pas elle qui a écrit cette lettre.

Duncan Webster la regarda avec attention. Ce ton détaché lui semblait dissimuler des montagnes de rancœur et de frustration, mais cette certitude absolue avait aussi quelque chose d'étrange.

- Je pense incroyable qu'Aileen réapparaisse après vingt ans, et spécialement pour s'en prendre à notre seul parent restant, renchérit Ian. Comme Nora vient de le dire, elle était très choyée ici.

- Que pouvez-vous me dire de son caractère ?

Il y eut un silence, avant que Ian ne réponde.

- D'aussi loin que je m'en souvienne, elle s'est toujours montrée capricieuse et égoïste. Mais elle savait jouer de son charme auprès de nos parents, et a été la seule de leurs enfants à ne pas aller à l'école en pension mais à bénéficier de tuteurs privés ici, au château. Elle a disparu au moment de l'adolescence où elle commençait à papillonner et à collectionner les flirts de ci, de là. Je n'en ai pas directement été le témoin, mais vous parle de ce que j'ai entendu dire par mon père.

- Que pouvez-vous me dire d'autre à son sujet ?

- Elle était très coquette, et demandait toujours de nouveaux vêtements et bijoux, poursuivit Nora avec les lèvres pincées. Je dirais qu'elle était aussi très superficielle. Si je me rappelle bien, sa dernière lubie du moment était de se rendre à Londres pour devenir mannequin. Nos parents s'y étaient bien sûr catégoriquement refusés. Je me rappelle qu'il y avait eu une scène terrible, cet été-là. Kenneth, notre frère aîné, avait disparu peu de temps auparavant, ce qui avait provoqué une onde de choc à toute la famille.

- Disparu ? Que voulez-vous dire ?

- Il est mort dans un accident de la route.

- Aileen s'est donc volatilisée en été ?

- Oui, pendant le mois d'août, quelques semaines plus tard.

- J'ai demandé si elle s'entendait bien avec ses parents... je suppose maintenant que ce n'était pas vraiment le cas avec ses frères et sœurs ?

- Nous ne l'appréciions pas, constable, mais pour autant, nous n'avons rien à voir avec sa disparition, ni moi ni Nora, répliqua Ian, pincé.

- Elle s'entendait très bien avec Kenneth avant son accident de voiture. Et puisqu'elle avait été élevée au château, elle était également très proche de Neil, plus que moi ou Ian, ajouta Nora.

Celui-ci ne réagit pas. Il regardait toujours dans le vague, les yeux mi-clos, en fredonnant. Il répéta le manège qu'il avait déjà opéré une première fois devant le salon, à savoir une grande révérence devant Ian Farquart puis devant Mark Galbraith, mais cette fois personne ne lui prêta attention jusqu'à ce qu'il se soit rassis. Nora s'adressa alors à lui avec gentillesse.

- N'est-ce pas, Niel ? l'interpela sa sœur d'une voix encourageante. Tu aimais bien Aileen ?

- Princesse, dit-il vaguement. Partie chez les morts maintenant.

- Je vous en prie, constable, ne lui posez pas de questions, intervint Mademoiselle Andrews. Il n'a jamais vraiment réalisé ce qui s'était passé à l'époque.

- Et vous ? Pourriez-vous m'en dire davantage ?

- J'étais absente chez ma sœur une partie de cet été-là, constable. Lorsque je suis revenue, Aileen avait déjà disparu.

Leurs yeux se croisèrent, et Duncan eut un imperceptible hochement de tête en réponse à la question muette qu'il lisait dans son regard. Il comprenait que Mademoiselle Andrews préférait lui parler en privé, connaissant sans doute bien des choses à ne pas répéter ouvertement devant la famille.

- Voyez-vous une raison pour laquelle le bureau de votre père aurait été mis sens dessus dessous ? demanda-t-il.

Il y eut plusieurs signes de dénégations, et Mademoiselle Fairchild renchérit.

- Je ne vois pas pourquoi on aurait fouillé ce bureau, constable. Le baron Farquart traitait la plupart de ses affaires dans sa chambre, n'étant plus aussi mobile qu'autrefois. Il conservait tous les papiers importants avec lui.

- Alors, par qui cette pièce était-elle utilisée ?

- Pas grand-monde, parfois par moi ou Mademoiselle Andrews pour gérer nos fournisseurs médicaux ou classer les factures d'intendance. Il y a surtout de vieux dossiers, si ma mémoire est bonne.

- En admettant qu'Aileen Farquart soir revenue, qu'aurait-elle pu chercher dans cette pièce ?

- Cela, je ne vois vraiment pas. Mademoiselle Andrews ? Avez-vous une idée ?

- Non, aucune.

- Vous avez mentionné la police d'Inverness... Sait-on quand elle sera là ? demanda Ian.

- Pour le moment, c'est impossible à dire, Monsieur le baron. Le bulletin météorologique annonce une situation encore plus difficile pour demain.

Duncan jeta un coup d'œil autour de lui. Tous les visages étaient tendus, fatigués, anxieux, y compris celui de la jeune Kayla Mac Iver qui se demandait visiblement ce qu'elle faisait là et quand elle pourrait s'en aller.

- Je ne vous retiens pas plus longtemps, dit enfin Duncan. Si vous constatez quoi que ce soit d'inhabituel, n'hésitez pas à me le signaler immédiatement jusqu'à l'arrivée de la police d'Inverness. Je vous conseille de prendre du repos après cette journée éprouvante pour tous.

Comme un seul homme, tous les présents de la pièce se levèrent et se dirigèrent vers la sortie. Ian se tourna vers Kayla Mac Iver en lui demandant de le suivre pour lui montrer sa chambre.

Lorsque tout le monde fut sorti, Duncan s'étira longuement, fourbu. Quelle histoire… ce fut à cet instant qu'une voix claire perça le silence.

- Fatigué, constable Webster ?

Celui-ci sursauta. Il s'était cru seul dans la pièce, mais s'apercevait maintenant que la silhouette replète de Mademoiselle Andrews n'avait pas bougé de son fauteuil. Une ombre de sourire se dessina sur son visage.

- J'ai demandé à Mademoiselle Fairchild d'accompagner Neil dans sa chambre, expliqua-t-elle. Il faut que je vous parle, et ce que je vais vous dire ne peut être entendu par toutes les oreilles.

Chapitre 9 – Les confidences de la gouvernante

- De quoi désirez-vous me parler, Mademoiselle Andrews ?

- D'Aileen, et de la famille en général. Voyez-vous, j'ai été la nurse de tous les enfants des Farquart avant de me consacrer exclusivement à Niel après son accident. Bien peu de personnes le savent, mais je les connais tous depuis leur naissance…

Elle regarda pensivement le feu avant de poursuivre.

- Les gens de ma condition sont souvent des observateurs… laissez-moi tous vous les présenter. Kenneth et Aileen étaient les deux enfants les plus beaux de la famille. Pour Kenneth, il montrait également la plus grande intelligence de toute la fratrie, et c'était également le plus modeste. Son apparence avantageuse et ses qualités intellectuelles ne lui sont jamais montées à la tête. Il se voyait comme le futur chef de famille et prenait ses responsabilités à cœur. C'était l'enfant préféré du baron… je l'aimais beaucoup aussi.

- Comment est-il mort ?

- Un accident de la route alors qu'il avait vingt-deux ans. Contrairement à son habitude, il roulait trop vite, et les routes par ici sont étroites et traîtresses… il a fait une embardée, sans doute pour éviter un animal, et a envoyé sa voiture dans le décor.

- Bien triste, commenta Duncan. Comment les autres membres de la famille ont-ils réagi ?

- Tout le monde aimait Kenneth, constable. Ils ont tous été choqués par cette tragédie, à des degrés divers. Le baron et la baronne ont été anéantis, mais pour les autres les réactions ont été moins marquées. En effet, lorsqu'ils étaient tous enfants, il y avait déjà des jalousies et des rivalités… je dois dire que feue la baronne en était en grand partie responsable. Aileen était la deuxième fille de la famille, ouvertement préférée et gâtée par sa mère. Cela a pourri le caractère de la fille aînée Nora, qui s'est considérablement aigrie au fil des années. Vous auriez peine à le croire, constable, mais il s'agissait d'une petite fille vive et enjouée que j'aimais beaucoup, avant qu'Aileen ne vienne au monde. Quant à Ian, il a toujours éprouvé le besoin de se faire un chemin tout seul dans la vie, car le baron et la baronne avaient également une préférence non dissimulée pour leur fils aîné Kenneth. Ce qui explique que Ian ne soit guère enthousiaste à l'idée de récupérer le château et l'entretien du domaine familial... il détestait tout ce qui se rapportait à Kenneth, et suite à cette mort prématurée, il a l'impression d'être l'héritier « faute de mieux » de ce qui aurait dû revenir à son frère aîné.

- Comment cela ? Il ne s'est pas réjoui de devenir le prochain baron ?

- Pas du tout. Rien que cette position lui rappelle Kenneth, et le sentiment de se trouver à la mauvaise place, celle d'éternel second. Il est au contraire très fier d'avoir réussi dans les affaires par lui-même à Londres. C'est pourquoi il se valorise autant.

- Donc, vous ne pensez pas qu'il aurait voulu assassiner son père pour devenir le prochain châtelain dans la dynastie.

- Non, fit-elle catégoriquement. Je crois que s'il s'est disputé avec son père, c'est précisément parce qu'il ne supportait pas l'idée de s'imaginer en prochain baron. Autant que possible, il a décliné les invitations de son père à venir sur le domaine en apprendre la gestion.

- Pourtant, il estimait qu'il n'héritait pas d'assez d'argent...

- Un reproche totalement injuste, et il le savait, mais cela lui a permis de laisser libre cours à sa rancœur sans en avouer la véritable cause.

- Vous ne le croyez donc pas coupable ?

- Psychologiquement, c'est même le moins probable. Vous pouvez constater qu'il ne montre guère de chagrin suite au décès de son père. Un assassin serait au contraire enclin à afficher un grand choc et des regrets larmoyants, en jouant instinctivement la comédie. Non, je suis convaincue que Ian n'a pas tué son père.

- Vous-même n'êtes guère émotive, Mademoiselle Andrews. Le baron était cependant votre employeur depuis de nombreuses années.

- Quarante ans, précisa-t-elle tandis qu'un bref spasme de chagrin contracta son visage. Oh, j'ai de la peine, croyez-le, beaucoup plus que je n'en montre. Et je pense ne pas encore avoir pris la mesure de cette mort si affreuse. Un meurtre…

Un instant, la gouvernante sembla près de se laisser submerger par l'émotion, et porta la main à son cœur.

- Vous sentez-vous bien, Mademoiselle Andrews ?

- Oh mais oui, ne vous inquiétez pas, je vous prie. J'ai pressé ma poitrine mais n'ai aucun problème particulier. Mon cœur est plus solide qu'un roc, affirme le Docteur Campbell. Que voulez-vous savoir d'autre ?

- Et Aileen ? Que pensez-vous de toute cette histoire, Mademoiselle Andrews ?

- Tout est étrange par rapport à elle, musa la gouvernante en fronçant les sourcils. Sa disparition m'avait semblé inexplicable à l'époque, et sa soi-disant réapparition l'est tout autant.

- Et pourquoi cela ?

- Aileen vous a été assez bien décrite par Nora. Superficiellement, c'était une petite fille vaniteuse et égoïste, qui se servait des autres. Mais elle savait user de sa séduction et de sa beauté dès l'enfance, et se rendre charmante quand elle le voulait. En fait, elle avait besoin d'être perpétuellement dans la lumière, comme une star de cinéma. Disparaître de la scène n'était pas du tout son genre, sauf à vouloir se trouver une plus grande audience. Être ainsi dépendante du regard des autres la rendait très vulnérable, à mon avis. Quoi qu'il en soit, elle aurait certainement fait parler d'elle après être partie d'ici.

- Vous ne croyez pas qu'elle ait disparu de son plein gré ?

- Je ne sais pas quoi penser. Je me trouvais chez ma sœur à ce moment-là, mais lorsque je suis revenue, j'ai inspecté la chambre d'Aileen. Et il est certain que c'est elle-même qui a fait ses bagages. Ses plus beaux vêtements avaient disparu, ainsi que les colifichets qu'elle préférait. Nous avons interrogé tout le monde, et personne ne l'avait vue quitter le château ou sur les routes environnantes. Aucune personne répondant à son signalement n'a pris le train.

- Elle serait donc partie en voiture... Y avait-il des visiteurs au château ce jour-là ?

- Oui, mais le parking public ne donne pas accès aux jardins, ni le parcours du circuit aux parties privatives.

- On a envisagé la possibilité d'un maniaque ?

- Oui, tous les gens qui avaient fait la visite ce jour-là ont été interrogés par la police, et leurs antécédents vérifiés. Il n'y avait rien à leur reprocher. Il y a aussi eu une enquête dans le village sans résultat.

- Personnellement, comment expliquez-vous cette disparition ?

Mademoiselle Andrews prit son temps pour répondre.

- Je vous dirais seulement ce dont je suis sûre, constable. Elle a préparé son départ, sans l'ombre d'un doute. Sans certitude, je dirais qu'elle allait rejoindre un amoureux, car elle collectionnait les flirts à l'époque.

- Avez-vous des noms à me donner ?

- Non, pas vraiment. Cela remonte à bien loin, vous savez. Elle m'avait parlé d'un ou deux jeunes gens de Lochmory. Des fils de pêcheurs, il me semble, avec lesquels ses amourettes ne duraient jamais très longtemps. Aileen aimait surtout qu'on la flatte et se sentir adulée comme une princesse. Dès que le jeune homme faisait sentir qu'il était à ses pieds, il ne l'intéressait plus et elle cherchait une autre proie à conquérir. Elle recherchait surtout une confirmation narcissique de l'attirance qu'elle exerçait.

- Et le petit ami du moment l'aurait convaincue de s'enfuir avec lui ?

- C'est ce que je pense, auquel cas il devait avoir plus de cran et de force de caractère que les autres. Ce que je ne m'explique pas, c'est le silence d'Aileen par la suite.

Duncan réfléchit, et demanda.

- J'ai entendu parler de cette histoire de bijoux disparus… pensez-vous qu'elle était la coupable ?

- Si elle prévoyait de s'enfuir, elle ne l'aurait certainement pas fait les mains vides. Et puis, elle pouvait craindre que sa mère n'approuve pas le choix du petit ami et ne la déshérite… oui, je dirais que c'est aussi possible.

- Comment expliquez-vous son silence depuis lors ?

- Je ne vois que deux explications. Ou elle est décédée depuis sa fuite, ou elle avait effectivement volé et vendu les bijoux de sa mère à Londres et craignait qu'on ne fasse appel à la police si elle reprenait contact avec sa famille.

- Mais alors, pourquoi reprendrait-elle contact maintenant ?

- C'est là toute la question, acquiesça Mademoiselle Andrews, rêveuse. Pourquoi reviendrait-elle ? Et pourquoi s'en prendre à son père ?

- L'héritage ? hasarda le constable Webster.

- Possible… en parlant d'héritage, j'ai été heureuse de revoir Mark Galbraith ici. Son père venait autrefois régulièrement pour les affaires à traiter avec le baron, mais il a pris de l'âge maintenant. Lui et sa femme étaient aussi parfois invités à des occasions mondaines, mais pas très souvent. La baronne ne pouvait pas souffrir Madame Galbraith je me souviens, tandis que paradoxalement, leurs deux époux s'entendaient très bien.

- Si vous me permettez de récapituler, qui se trouvait présent le jour de la disparition d'Aileen ?

- Cet été-là, la famille n'était pas partie en vacances à cause du décès de Kenneth, qui était survenu une ou deux semaines auparavant. Les deux filles devaient à l'origine se rendre aux Etats-Unis pour visiter la famille de leur mère, mais je ne me rappelle plus pourquoi, finalement seulement Nora est partie. Ian avait quitté le château deux ou trois mois avant le décès de Kenneth, et n'était pas revenu pendant l'été. Il ne s'était déplacé que pour l'enterrement de son frère. Il ne restait donc que le baron et la baronne, Neil et ma remplaçante, et Aileen elle-même bien sûr. Oh, et Ferguson aussi, qui était célibataire à l'époque. Il venait d'être embauché dans le personnel.

- Quelqu'un a-t-il modifié son attitude en bien ou en mal, après la disparition d'Aileen ?

La vieille dame fronça les sourcils.

- Je me rappelle avoir été frappée par le changement intervenu chez Nora après la disparition de sa sœur. Elle est revenue d'urgence des Etats-Unis, et c'est vers cette époque qu'elle s'est tournée assidûment vers la pratique religieuse. Elle semblait profondément choquée par cet évènement.

- Dites-moi, savez-vous comment Ian s'est lancé dans les affaires à Londres ? Il devait avoir un capital de départ, j'imagine, demanda Duncan traversé par une idée subite.

- Cela, je n'en ai aucune idée.

Perplexe, Duncan se demandait si Ian n'était pas au final le voleur des bijoux de sa mère, pour des raisons totalement prosaïques. Il se promit de demander à celui-ci plus précisément les origines de sa fortune industrielle, et de demander aussi des recherches à la police d'Inverness. Si le baron avait découvert que Ian avait dérobé les bijoux de sa mère en cherchant à faire passer sa sœur pour la coupable, il est vraisemblable que son père lui aurait lancé ses quatre vérités en lui faisant passer un mauvais quart d'heure. D'ailleurs, ne l'avait-il pas fait ? Savait-on vraiment à quel sujet le père et le fils s'étaient disputés avec virulence lorsque tout le monde avait quitté le salon ?

Tout en réfléchissant ainsi, il avait presque oublié la présence de Mademoiselle Andrews. La vieille dame sembla brusquement revenir aux choses présentes, et se leva de son siège. Elle jeta un coup d'œil aux fenêtres où la pluie assourdie battait les carreaux, maintenant dans une nuit d'encre. Avec un soupir, elle attisa le feu rougeoyant de la cheminée.

- Excusez-moi constable, il faut que je retourne auprès de Niel. J'espère avoir pu vous aider avec ces vieux souvenirs.

- Justement, à son sujet, vous avez parlé d'un accident... que lui est-il arrivé ?

- Oh, une chute d'un arbre fruitier, dans le verger, lorsqu'il était tout jeune. C'était un vrai trublion et un casse-cou. Il y a eu des séquelles physiques bien sûr, mais aussi intellectuelles. Tout le monde a pitié de lui, il vit dans un monde à part.

- S'entendait-il bien avec sa sœur Aileen ?

- Ils se sont toujours entendus comme larrons en foire, que ce soit avant ou après l'accident. Avec des précautions, j'ai essayé de le faire parler à l'époque pour savoir si Aileen s'était véritablement enfuie. Si elle avait fait des confidences, ç'aurait été à son frère.

- Et ?

- Il semble effectivement qu'elle lui ait fait part de son intention de partir. Mais je ne sais pas quoi penser de ce que m'a répété Neil.

- Oui ?

- Cela n'a pas de sens, il m'a toujours dit qu'elle était partie chez les morts, mais qu'elle en reviendrait un jour.

Chapitre 10 – L'histoire de Nora

Le lendemain matin, après un petit déjeuner très matinal et la promenade de Clancy dans une allée protégée par des murs de pierre, Duncan organisa les entretiens individuels dans le petit salon. Il jeta un coup d'œil à l'extérieur, mais le vent balayait toujours avec violence la terrasse du dehors et les nuages noirs qui s'amoncelaient ne laissaient rien présager de bon pour la journée. Ses supérieurs lui avaient assuré que le gros de la tempête arriverait le soir même, et que les routes restaient impraticables. Il s'était également assuré que la situation au village demeurait sous contrôle par un coup de téléphone à Daniel Murray, le maire du village. Il alluma les lampes car le ciel restait très sombre, et eut un sursaut involontaire lorsque Gail entra dans la pièce par l'entrée du hall.

- On dirait que tu as vu un fantôme, plaisanta-t-elle.

- Tu n'es pas tombée loin.

- Je suis d'accord, plus tôt on partira d'ici, mieux ce sera. Cette maison commence à me donner vraiment la frousse.

- Stuart t'embrasse, dit Duncan pour l'apaiser. Le maire me l'a passé au bout du fil, tout va bien à Lochmory.

Le visage de Gail s'éclaira.

- Est-ce que Ferguson est dans le coin, s'il te plaît ? Je voudrais commencer par lui.

- Oui, d'accord. Je te l'envoie.

Le gardien entra dans la pièce peu après.

- Bonjour, constable Webster. Gail me dit que vous voulez me parler. Sale temps, hein ?

- Bonjour, Ferguson. Avez-vous obtenu les logs des entrées des domestiques par les portes spéciales ?

L'homme hocha la tête, et plaça aussitôt plusieurs feuillets sur la table.

- Je les ai imprimés ce matin à la première heure, car je me doutais que cela vous intéresserait. Malheureusement, voyez vous-même, il semblerait que personne n'ait franchi la porte des domestiques à l'intérieur du grand salon pendant le laps de temps que vous nous avez indiqué.

Duncan parcourut rapidement des yeux les papiers, et dut se rendre à l'évidence. Le meurtrier ne pouvait donc être entré que par la porte communicante entre le grand et le petit salon, ou la porte-fenêtre en venant de l'extérieur, ou bien encore la porte à double battant du hall conduisant au grand salon. Il ne pouvait éliminer que la porte communicante menant à la bibliothèque où travaillait Mark Galbraith était quant à elle fermée depuis l'intérieur du grand salon, avec le cran de sécurité repoussé.

- Très bien, Ferguson. J'ai maintenant quelques questions à vous poser. Il me semble que vous faisiez déjà partie du personnel du château lorsque la jeune Aileen Farquart a disparu ?

L'homme ne s'attendait certainement pas à une pareille question. Il rougit jusqu'aux oreilles, et balbutia une réponse affirmative.

- L'avez-vous connue ? Que pensiez-vous d'elle ?

- J'étais seulement embauché comme aide-jardinier à l'époque, constable. On ne fréquentait pas les gens de la famille.

- Et qu'avez-vous pensé de sa disparition ?

- J'étais désolé pour ses parents, bien sûr.

- Mais vous aviez bien une opinion à son sujet ?

- Non, aucune. Je ne l'ai vue qu'une ou deux fois, et de loin.

Duncan scruta le visage de l'employé mais son embarras pouvait provenir de la gêne d'être interrogé sur ses employeurs à propos du récent crime. Il n'insista pas.

- Très bien, Ferguson. Vous pouvez disposer.

A cet instant, Gail passa une tête dans l'embrasure de la porte.

- Duncan ? Mademoiselle Nora voudrait te parler.

- Très bien, fais-la entrer.

Nora entra, toujours sanglée dans sa robe noire et sa grande croix d'or. Elle semblait effrayée, mais aussi déterminée.

- Asseyez-vous. Comment puis-je vous aider, Mademoiselle Farquart ?

Elle hésita, marmonna quelques paroles indistinctes puis prit une longue inspiration avant de se jeter à l'eau.

- Ce que je vais vous dire vous paraîtra totalement délirant, constable. Je vous en prie, croyez-moi, c'est la plus totale vérité et je ne l'ai révélée à personne jusqu'à présent.

Duncan prit l'air intéressé, et attendit la suite.

- C'est… au sujet du meurtre de mon père, constable. Vous comprenez, je suis sûre, *absolument sûre* que ma sœur Aileen ne peut pas être la coupable. En tout cas, pas depuis ce monde.

- Et pourquoi cela ?

- Parce que j'ai l'absolue certitude de sa mort. Oh, je vous prie, ne vous moquez pas de moi…

- Oui ?

- J'ai entendu son fantôme peu de temps après sa disparition, qui geignait et pleurait.

Nora leva un regard presque craintif vers Duncan, qui gardait une expression neutre. Elle s'empressa de continuer.

- Je vous en supplie, ne vous moquez pas de moi ! Je vous jure que c'est vrai !

- Vous l'avez vue ?

- Non, seulement entendue.

- Alors, comment pouvez-vous être certaine qu'il s'agissait bien d'elle ?

- Je suis sûre que c'était elle, j'ai reconnu sa voix. Elle n'a jamais été très généreuse ou altruiste, vous savez, et je suis sûre qu'elle pleurait sur ses péchés. J'ai toujours cru qu'elle se manifestait ainsi auprès de moi pour que je prie pour son âme.

- Vous l'avez entendu à plusieurs reprises ?

- Oui, dans la chapelle et aussi dans ma chambre à coucher, le soir de mon retour des Etats-Unis. Le château avait été fouillé de fond en comble ce jour-là, donc elle ne pouvait pas se cacher quelque part.

- L'entendez-vous toujours ?

- Oh, non. Je l'ai surtout entendue le jour même et il me semble la nuit qui a suivi sa disparition, parfois l'esprit frappait des coups à plusieurs reprises. Personne d'autre n'entendait ces voix à part moi, ni la domesticité ni les autres membres de la famille, j'ai compris qu'elle me donnait la mission de prier pour elle et pour son âme. Je n'ai jamais failli à ma tâche, constable.

Nora se tenait très droite et les pommettes très rouges. Duncan n'eut pas le cœur de rompre sa certitude, même s'il était plus que probable qu'elle avait imaginé cette histoire pour soulager sa culpabilité. Elle avait sans doute dû détester de tout son cœur cette sœur radieuse qui lui faisait de l'ombre, et s'était créé de toutes pièces une mission divine pour se racheter.

- Très bien, en admettant que vous ayez raison, Mademoiselle, il faudrait donc que le meurtrier fasse partie des personnes présentes dans le château, ou bien qu'il s'agisse d'un étranger que le baron aurait fait entrer délibérément dans le château ?

- Ou alors que le fantôme d'Aileen soit revenu se venger. Croyez-vous que…

- Je ne pense pas, Mademoiselle. L'assassin qui a plongé le couteau dans la poitrine de votre père avait une consistance suffisante pour poignarder quelqu'un avec force. Voyez-vous de qui il peut s'agir ?

- Personne n'avait de motif d'assassiner mon père, inspecteur. Rigoureusement personne.

- Votre frère, cependant, hérite…

- Ian se fiche totalement de cet héritage, je crois même que cela l'ennuie. Il ne s'est jamais intéressé aux histoires familiales. Tout ce qui l'intéresse, ce sont ses affaires à

Londres. Je ne crois même pas qu'il ait envie de venir vivre ici.

Duncan nota mentalement que Nora Farquart partageait l'opinion de Mademoiselle Andrews à ce sujet.

- Et vous ? Aimiez-vous votre père ?

- Oui, je l'aimais. Pauvre vieux Daddy.

Dans la voix si froide de Nora perçait pour la première fois une certaine émotion.

- Comment se comportait-il avec les domestiques ? Quelqu'un aurait-il pu lui garder une vieille rancune ?

- Oh non, mon père était un maître juste et généreux.

- Ferguson était déjà employé ici au moment de la disparition de votre sœur, n'est-ce pas ?

- Oui, c'est exact. Pauvre Fergie. Aileen l'avait accroché à son tableau de chasse sans le moindre remords.

- Que dites-vous ? s'exclama Duncan stupéfait.

- Oh oui, il a compté au nombre des innombrables flirts de ma sœur.

- Et que s'est-il passé ?

- Le pauvre s'était enflammé comme une torche, mais Aileen l'a laissé tomber presque aussitôt, car elle s'était entiché d'un jeune du village il me semble. C'était en tout cas la situation telle que je la percevais au moment de mon départ pour les Etats-Unis.

- Ferguson lui en a-t-il gardé rancune ?

- Il a dû être profondément blessé, en tout cas il s'est marié dès sa majorité avec une des femmes de chambres les plus jeunes, Barbara bêlait autour de lui depuis son arrivée. Je dirais qu'ils ont été heureux depuis.

- Comment ? Son épouse Barbara était *femme de chambre* dans le château à l'époque ?

- Oui, c'est cela.

Nora ne semblait pas se rendre compte de l'importance de ce qu'elle venait de dire. A ce moment-là, Barbara avait dû être profondément jalouse de la belle jeune fille aristocratique qui avait fasciné celui qu'elle aimait, et l'avait fait marcher. Jusqu'où sa jalousie l'avait-elle menée ? Duncan se promit de lui poser quelques questions.

Après le départ de Nora, il réfléchit longuement. Ce qui le chiffonnait, c'était l'absence de mobile… personne n'avait de raison de vouloir éliminer ce vieil homme en fauteuil roulant. Pour Nora, la situation continuait telle qu'elle était – elle resterait vivre au château avec un revenu confortable, dont elle n'utilisait certainement pas le quart. Ian détestait visiblement l'idée de revenir habiter à Argyllion en tant que baron. Le personnel n'avait pas de raison de se plaindre de leur ancien maître. Quant à la jeune femme extérieure qui avait demandé asile au château, elle était hors de cause dans le meurtre. Enfin, s'agissant de Mark Galbraith, il était l'homme de loi de la famille depuis des années et n'avait aucune raison de tuer un de ses meilleurs clients, Duncan sourit même à cette idée saugrenue. Ce qu'il ne s'expliquait pas, c'était la tentative, vraie ou fausse, de relier ce crime avec cette disparition survenue des années plus tôt… Après quelques instants il soupira, classa ses notes, et les regroupa à l'attention de la police d'Inverness. Ce serait à elle de démêler cet imbroglio, et lui pourrait retourner tranquillement aux braconniers de saumon dans les lochs avoisinants et les rixes après boire du pub.

A sa grande surprise, il vit la porte s'ouvrir et Ferguson revenir dans la pièce.

- Constable ? dit-il. Je voudrais vous informer de quelque chose que j'ai oublié de vous dire. En temps normal je n'y prêterais pas attention, mais…

- De quoi s'agit-il ?

- Eh bien le rez-de-chaussée était sécurisé ce soir, comme d'habitude, par un détecteur de mouvement et une alarme. Or, pendant presque une heure pendant la nuit, l'alarme a été déconnectée manuellement. J'ai vérifié.

- Il y a peut-être une explication tout à fait innocente à cela.

- Je le sais, et c'est pourquoi je le mentionne juste pour votre information. Mais peut-être quelqu'un voulait-il descendre à la cuisine pour y prendre des provisions.

Saisissant immédiatement le sens de la phrase, Duncan s'exclama.

- Vous voulez dire quelqu'un qui se serait dissimulé dans le château un peu plus tôt et souhaitait se ravitailler ?

- C'est possible, constable. Je ne suis sûr de rien. Tout ce que je sais, c'est que quelqu'un s'est promené dans le rez-de-chaussée du château cette nuit.

- Merci.

- Et pour les vitrines de l'armurerie… elles ont dû être forcées, et par un professionnel. Ou alors par quelqu'un qui connaissait les codes.

- Qui possède ces codes ?

- Feu le baron, et moi-même. Personne d'autre.

- Très bien, merci.

Ferguson s'apprêtait à partir lorsque Duncan lui demanda.

- Pourquoi ne m'avez-vous pas parlé tout à l'heure du flirt que vous aviez eu avec Aileen Farquart ?

Le gardien se retourna avec colère.

- Auriez-vous avoué de gaieté de cœur que vous vous étiez ridiculisé plus jeune ? Et puis, il n'y a rien eu. Et lorsqu'elle m'a laissé tomber, j'ai plutôt été soulagé. Elle n'était pas de mon monde.

- Et votre femme ? elle travaillait déjà ici à l'époque ?

- Qu'est-ce que ça peut vous faire ? J'ai été ébloui par cette garce, et heureusement je m'en suis remis pour aller vers Barbara.

- Pourtant, à l'époque votre femme a dû être jalouse de votre fascination pour une des jeunes filles de la maison.

- Et alors ? Barbara ou moi aurions assassiné le vieux baron vingt ans plus tard à cause de cela ? Vous délirez !

- Non, en effet, je ne vois pas pourquoi. J'essaye juste d'établir ce qui s'est passé au moment de la disparition d'Aileen Farquart, car il semble que tout soit lié.

- Eh bien, ajoutez donc un élément au tableau ! renifla Ferguson, méprisant. Vous savez pour qui cette garce m'a laissé tomber alors qu'auparavant elle battait des cils en minaudant à chaque fois qu'elle me voyait ?

- Pour qui ?

- Tout le monde sait que c'était un jeune du village, ce qu'on ne sait pas partout c'est qu'il s'agissait de Rory !

Duncan le regarda, estomaqué. Il ne trouvait rien à répondre. *Rory ?*

- Parfaitement ! s'exclama Ferguson en se dirigeant vers la porte, triomphant. Rory Webster, votre frère aîné ! Alors vous êtes peut-être suspect aussi dans cette affaire, constable, qui sait ?

Chapitre 11 – Expédition

Dépité, le constable Webster reposa le téléphone. Rory était en voyages d'affaires Dieu savait où… Lissy, sa femme, n'avait pas pu le renseigner davantage depuis Londres. Il devait faire un circuit dans plusieurs pays d'Asie, et la connexion au téléphone mobile passait mal, Duncan avait dû laisser un message vocal sur le mobile de son frère en lui demandant de plus amples explications sur cette vieille histoire. Il lui semblait incroyable que Rory puisse être mêlé de près ou de loin à toute cette histoire de disparition vingt ans auparavant. Même si Duncan mettait de côté l'admiration partiale qu'il avait toujours éprouvée pour son aîné, tout le monde s'accordait sur le caractère de Rory, franc comme l'or et loyal comme un roc. Toutefois, Il était exact qu'il avait eu une ou deux amourettes localement avant de partir pour le sud de l'Angleterre, où il avait par la suite réussi comme journaliste envoyé spécial pour une chaîne d'information. Le danger ne lui avait jamais fait peur… et la débrouillardise comptait au nombre de ses qualités intrinsèques, telle une seconde nature. Pour Duncan, il était farfelu de supposer qu'il ait trempé dans quoi que ce soit de louche. Mais Rory pouvait détenir à son insu des renseignements précieux… Lorsqu'il serait joignable, Duncan espérait que son frère pourrait lui donner plus d'indices sur ce qui s'était passé à l'époque.

Maugréant, il revint dans la cuisine que Gail venait de quitter pour servir le déjeuner dans la salle à manger, à l'étage au-dessus. Barbara se tenait devant les fourneaux et nettoyait les surfaces de travail.

- Je peux vous parler, constable ?

Duncan la regarda. Elle ne s'était pas retournée, et il remarqua que la main qui tenait le chiffon tremblait.

- C'est à propos d'Angus.

Il fallut quelques instants à Duncan pour se rappeler que tel était le prénom de celui que tous appelaient Ferguson.

- Oui, fit-il, encourageant.

Il y avait fort à parier que celui-ci avait répété les questions du policier à sa femme, et la suite confirma cette hypothèse.

- Je ne veux pas que vous vous fassiez des idées au sujet de cette fille du château qui a disparu, constable Webster, ni que vous donniez des préjugés à la police d'Inverness lorsqu'elle arrivera. Mon Angus avait été ensorcelé par cette vamp qui aguichait tous les jeunes hommes du coin, mais ça n'allait pas plus loin. Il savait bien qu'il n'aurait aucune chance avec elle, vu sa position sociale.

- Un amour sans espoir ?

Les lèvres de Barbara tremblèrent.

- Peut-être bien. Mais je crois qu'elle lui aurait fait du mal, si elle ne s'était pas mise à tourner autour de votre frère aîné. Elle n'avait aucune gentillesse ou générosité, tout ce qu'elle voulait c'était se faire admirer. Mon pauvre Angus… il a pleuré comme un enfant devant sa soudaine indifférence, vous savez.

- Il l'a détestée ?

- Lui, qui est doux comme un agneau ? Oh non, mais cela l'a détruit.

Duncan songea à la carrure imposante de Ferguson, et songea qu'il valait mieux qu'il en fût ainsi. Lui-même, fort comme un bœuf et entraîné aux sports de combat, aurait soupesé le pour et le contre avant de s'engager dans une lutte avec Angus. Quiconque aurait encouru l'ire de l'agent de sécurité aurait risqué de finir au rang de trophée dans un salon. Sans compter sa force d'athlète, celui-ci maniait parfaitement les armes, il avait participé plusieurs fois aux Highland games de Dunoon[3]. Le policier reporta son attention sur Barbara.

- Mais *vous*, vous la détestiez, n'est-ce pas ?

---

[3] Jeux sportifs emblématiques écossais créés en 1856 et se déroulant chaque année en Ecosse et aux Etats-Unis.

Il vit les doigts se crisper sur le torchon. Elle lança vers lui un regard long et lugubre, mais révélant aussi une détermination d'acier et de la menace. *Elle est dangereuse*, songea Duncan.

- Oui, je l'ai détestée à l'époque, reconnut-elle. Et je me suis réjouie de la voir partir. Au départ, j'avais un peu peur qu'elle ne revienne… mais lorsqu'on n'a plus entendu parler d'elle, j'ai presque dansé de joie. J'ai consolé mon Angus, qui est venu vers moi après que cette garce l'ait laissé tomber. Et personne ne viendra nous séparer de nouveau.

- Ferguson m'a dit que quelqu'un a coupé l'alarme et a déambulé au rez-de-chaussée du château, cette nuit… voyez-vous de qui il peut s'agir ?

- Si cette Aileen est revenue et se cache quelque part dans la demeure, cela pourrait être elle, bien sûr, dit-elle lentement. Mais le système de sécurité de la maison est récent et a été mis en place bien après sa disparition, alors qui pourrait l'avoir mise au courant des codes ?

- Elle bénéficie peut-être d'une complicité dans le château ? suggéra Duncan. Ce serait celui ou celle qui l'a fait entrer par une porte-fenêtre ?

- C'est possible, reconnut Barbara, ébranlée.

- Votre mari, par exemple… proposa Duncan en l'observant avec attention.

- Pour mon mari, c'est de l'histoire ancienne ! Tout ceci s'est passé il y a vingt ans, et il n'aurait jamais trahi le baron en autorisant quelqu'un d'extérieur à entrer ici, surtout elle ! Il lui aurait dit de s'adresser directement à sa famille, si elle voulait revenir.

Duncan reconnut la justesse de cette observation. Ferguson n'était peut-être pas très rapide, ni très intelligent, mais faire entrer quelqu'un de l'extérieur sans autorisation aurait pu lui valoir beaucoup d'ennuis et il y aurait certainement réfléchi à deux fois. D'ailleurs, il ne devait rien à Aileen Farquart, pourquoi se mettre ainsi en danger pour elle ? Le policier décida de changer de sujet.

- Vous n'avez pas remarqué de disparition de nourriture dans la cuisine, par hasard ?

- Pas que je sache. Mais le garde-manger ici pourrait nourrir une armée, de toute façon. Toutes les étagères, les deux frigos et le grand congélateur sont pleins à craquer. Fiona a bien fait les choses avant de partir.

- Bien. J'ai demandé à votre mari de vérifier si une expédition nocturne se reproduisait cette nuit. De votre côté, surveillez les réserves. Il faut que nous sachions au plus vite si un indésirable se dissimule dans le château.

- D'accord, constable. Comptez sur nous.

*****

Duncan s'attabla sur un coin de la grande table devant un déjeuner fumant et mangea rapidement, ne préférant pas partager les repas de la famille après avoir mené les interrogatoires. Quelle histoire… il ferait son point en début d'après-midi puis en soirée avec les autorités pour voir si le temps allait bientôt permettre les déplacements. Il venait de terminer son repas lorsque Ferguson entra dans la cuisine par l'entrée de service, essoufflé et respirant bruyamment. Il s'épongea le front.

- J'ai dû sortir consolider la remise et notre pavillon, expliqua-t-il. Des ardoises s'envolent, le toit menace de céder. Il faut aussi que j'aille faire le tour des installations du château, un peu plus tard. Vous m'accompagnerez, constable ? Au cas où on découvrirait quelque chose ?

Il se servit et but un grand verre d'eau. Duncan comprit que Ferguson voulait vérifier l'existence d'un hôte étranger dans la demeure, qu'il devait connaître comme sa poche, et ne voulait pas être seul s'il devait découvrir un meurtrier tapi dans une cachette.

- Avez-vous des nouvelles de la météo, constable ? demanda anxieusement Barbara.

- J'aurai une situation plus précise tout à l'heure, mais d'ores et déjà le pic de la tempête risque de se produire cette nuit ou demain, donc j'ai peur que nous n'en soyons qu'au début, expliqua Duncan. Cette nuit, nous serons vraisemblablement au plus fort de l'ouragan.

Après son rapport quotidien aux forces de l'ordre et aux agents de sécurité, malgré les lignes qui grésillaient de plus en plus et les microcoupures, Duncan se rendit dans le hall en attendant Ferguson pour leur vérification globale du château. Ian descendait l'escalier – la salle à manger était située au-dessus de la cuisine et des offices dans une aile spéciale du premier étage, et donnait sur un autre salon qui servait à y prendre le café et les digestifs. Tous les plats étaient montés sur un monte-charge par Barbara depuis la cuisine et Gail assurait le service. Dès qu'il aperçut le policier, Ian Farquart l'interpela.

- Constable Webster ? J'ai à vous parler.

- Monsieur le baron ?

A cette appellation, comme à son habitude, Ian eut un geste involontaire, comme s'il avait voulu chasser une mouche imaginaire.

- Je voudrais partager avec vous quelques réflexions. Tout d'abord, je ne pense pas que Mademoiselle Mc Iver ait quoi que ce soit à voir avec la soi-disant réapparition d'Aileen.

- Qu'est-ce qui vous fait croire cela ?

- Je l'ai logée hier soir exprès dans l'ancienne chambre de ma sœur avec tous ses souvenirs et ses photos, qui avaient été préparés pour l'occasion. Elle n'a pas bronché et n'a marqué aucune surprise.

- Je vois.

- De plus, j'ai réfléchi. Rien n'interdit à quiconque d'avoir fait copier par un artisan les bijoux que portait Aileen sur son portrait. Cela ne prouve en rien que ma sœur soit revenue.

- Le salon de musique est-il une des pièces qui sont ouvertes à la visite du château ?

Ian Farquart hocha la tête dans l'affirmative.

- Je comprends ce que vous voulez dire, n'importe qui aurait pu prendre en photo les bijoux d'Aileen et les faire reproduire... mais il s'agit d'une pierre précieuse réelle, de toute évidence. Cette mystification aurait nécessité un certain budget, observa le policier.

- Si la personne à laquelle je pense est impliquée, cela ne m'étonne pas.

- Voulez-vous me dire à qui vous pensez ? demanda Duncan, curieux.

- Tut, tut. Ce ne sont que de pures suppositions de ma part. Je préfère ne rien en dire pour l'instant.

Après quelques instants, Duncan demanda.

- Vous avez une carrière brillante dans les affaires. Comment avez-vous monté votre entreprise à Londres, si je puis me permettre ? Votre famille vous a aidé ?

Ian se redressa de toute sa hauteur.

- Elle ne m'a pas donné un centime, constable, et je suis fier de le dire. Mes parents étaient snobs, et n'appréciaient pas qu'un Farquart devienne un « boutiquier », selon leur expression. J'ai utilisé tout mon argent de poche et ai même vendu ma première voiture pour intégrer une école de commerce à Londres... j'avais conservé des relations de mon ancien pensionnat dans le milieu des affaires, et après la fin de mes études j'ai reçu un héritage de mon grand-père, qui était un industriel américain. Je l'admirais beaucoup, enfant, et lui parlais souvent de mes rêves de réussir dans la City. Il m'a fait don de sa maison de campagne dans le Connecticut, cela m'a assuré mon capital de départ.

Duncan fit la moue intérieurement. C'était très facile à vérifier pour la police, et Ian avait de surcroît parlé de ses débuts de façon tout à fait naturelle. Il était donc peu probable qu'il aurait volé puis vendu les bijoux de sa mère pour démarrer son entrée dans les affaires... Duncan se nota de faire accréditer cette histoire par la police d'Inverness par la suite, mais sans grand espoir de découvrir une tromperie.

A cet instant, Ferguson sortit de la cuisine, et salua Ian.

- Bonjour, Monsieur le baron. Le constable Webster et moi allons faire une inspection détaillée de toutes les pièces du château, afin de nous assurer que personne ne s'y dissimule.

- Voilà une excellente idée, approuva Ian, dont le visage s'éclaira. Puis-je vous accompagner ?

Venez donc, c'est votre château, maintenant, grommela intérieurement Duncan.

- C'est d'accord, dit-il tout haut. J'emmène également mon chien Clancy, qui nous sera d'un fidèle secours pour déterminer une présence inconnue.

Quelques instants plus tard, les trois hommes ouvraient méthodiquement une à une chacune des pièces du rez-de-chaussée d'abord, du premier étage ensuite, sans résultat. Clancy, ravi de se dégourdir les pattes, tolérait sa laisse et courait d'une pièce à l'autre sans apparemment flairer de piste suspecte.

- Y a-t-il un deuxième étage ? demanda Duncan.

- Oui, c'est l'ancien quartier des invités, expliqua Ian. Les activités sociales de mes parents se sont fortement réduites dans les dernières années, mais lorsque nous étions plus jeunes ils donnaient beaucoup de réceptions et de fêtes.

- Nous allons l'inspecter par sécurité.

Les pièces étaient globalement plus froides que celles du premier étage, mais personne ne semblait s'y cacher non plus. Après avoir vérifié les quartiers des domestiques grâce au badge passe-partout de Ian, ainsi que les greniers et les débarras, ils durent se rendre à l'évidence : personne ne se dissimulait apparemment dans le château, d'autant qu'ils puissent en juger.

- On devrait peut-être vérifier les accès aux passages des domestiques ? demanda Mark Galbraith.

- Ils ont déposé tous leurs badges dans un tiroir de cuisine avant de partir, et c'est moi qui ai la clé, l'informa Duncan. Gail, Barbara et Angus ne disposent que de leur accès propre, et nous auraient averti si on le leur avait volé. Maintenant, allons à l'extérieur, mais faites attention à vous.

Ne perdant pas courage, ils se harnachèrent tous et mirent des bottes en caoutchouc épaisses pour se rendre sur les remparts et sur les tourelles du château. Dès qu'ils ouvrirent la porte, les éléments déchaînés hurlèrent à plein volume et ils ne pouvaient plus s'entendre qu'en criant. Duncan préféra laisser Clancy attaché à l'intérieur du couloir, malgré un regard lourd de reproches.

- C'est pour ta sécurité, mon vieux, dit-il en lui tapotant affectueusement la tête.

Lorsque les trois hommes sortirent, ils durent faire attention et se cramponner aux rambardes car les poussées de vent étaient si violentes qu'elles risquaient de leur faire perdre l'équilibre à chaque instant. Personne ne se trouvait en hauteur, et Ferguson leur fit signe de venir près d'une tour un peu excentrée, à laquelle était fixée une immense antenne qui assurait la connexion Internet et téléphonique du château.

- Elle ne risque rien ? cria Duncan à travers les hurlements de vent.

- Je l'ai consolidée ce matin, j'espère que cela tiendra, s'époumona Ferguson.

En prenant mille précautions, les trois hommes rejoignirent l'issue des remparts et redescendirent vers les surfaces habitées. Tandis que Duncan détachait Clancy, Ian Farquart arracha son cache-col et dit aux autres, triomphant.

- C'est bien ce que je pensais. Personne d'extérieur ne se cache ici.

Chapitre 12 – Une nuit mouvementée

Ce soir-là, tout le monde se retira tôt après le dîner. Le vent semblait encore avoir gagné en intensité et devenir un véritable cataclysme, maintenant les gémissements des charpentes et les craquements du château s'entendaient dans toutes les pièces, mettant les nerfs de tout le monde à rude épreuve. Gail avait commencé à montrer des signes de nervosité bien compréhensibles, et avait presque failli renverser le plat sur les genoux de Mark Galbraith lorsqu'un coup de vent brusque avait fait grincer lugubrement les murs de la salle à manger.

Après le dîner, Mark Galbraith frappa à la porte de la cuisine et s'adressa à Duncan, qui revenait juste de son point journalier avec le pub du village et les autorités de police.

- Puis-je vous parler en privé, constable ?

Le policier et l'homme de loi se dirigèrent ensemble vers le petit salon.

- Je ne vous ai pas parlé auparavant des implications légales, mais ce crime va remettre en question le testament de feue la baronne…

- Comment cela ?

- Eh bien, un des héritiers change, puisque le baron est l'héritier légal de sa femme au moment de sa mort, mais son propre décès change la donne… nous avions instauré une clause dans le contrat de mariage selon laquelle un des conjoints ne pouvait hériter de l'autre à moins de lui avoir survécu au moins un mois. C'est une clause légale qui vise à assouplir les règles de succession en cas de mort simultanée des deux époux dans un accident, par exemple.

- Et ?

- Et alors, le crime va certainement tout compliquer. Faut-il faire une succession entre la baronne et le baron puis faire hériter Ian des avoirs de son père ? Ou faut-il considérer qu'étant à présent l'héritier légal d'Argyllion et le baron n'ayant pas survécu un mois à sa femme, on lui fait hériter directement de sa mère ? De toute façon, l'enquête va paralyser la succession en cours, c'est certain. Quel casse-tête… il faut que je me coordonne avec mon père à Inverness pour lui soumettre tous ces problèmes auxquels je n'ai pas le moindre élément de réponse pour l'instant.

- Ce changement de succession se fait-il au bénéfice de quelqu'un dans la famille ?

- Eh bien, je ne sais pas trop… il faudra que la situation se soit éclaircie pour que je puisse vous répondre.

Le jeune homme de loi jeta un regard par-dessus son épaule, et tritura ses lunettes d'écaille.

- J'essaierai de leur parler demain des suites, en fonction du retour de mon père et des recherches qu'il aura pu faire. Je vais travailler dans la bibliothèque avant d'aller me coucher et en ai pour un bon moment. Je voulais vous en avertir, au cas où vous me chercheriez.

- Très bien, maître. Je voulais vous demander un avis personnel… en votre for intérieur, pensez-vous qu'Aileen Farquart soir de retour parmi nous ?

- Je ne sais pas, répliqua-t-il posément. Mais elle devait avoir dix-sept ans au moment de sa disparition… et nous devons prendre en compte toutes les possibilités…

- A quoi pensez-vous, Maître ?

- Et si elle avait disparu parce qu'elle était *enceinte* ? Et si elle n'avait pas donné de nouvelles par la suite car elle serait morte en couches ? Je me pose sans cesse des questions, constable. Est-ce que son compagnon de l'époque, ou son fils ou sa fille, ne reviendraient pas maintenant sur les lieux tenter leur chance sur l'héritage ?

- Si elle avait donné naissance à un enfant, quel âge aurait-il maintenant ?

- Une vingtaine d'années, ou un peu moins.

Duncan sentit un doute le traverser. C'était autant qu'il s'en souvenait l'âge indiqué sur la carte d'identité de Kayla Mc Iver. Mark Galbraith hocha la tête.

- Il y a beaucoup de choses que nous ignorons, conclut-il.

Le jeune homme se dirigea vers la bibliothèque et referma la porte. Un instant plus tard, on entendit un verrou se fermer. Duncan eut un sourire ironique. Visiblement, Mark Galbraith n'était pas plus rassuré que cela et prenait ses précautions.

*****

Duncan avait tant bien que mal promené Clancy dans un petit jardinet protégé par des haies épaisses, à l'arrière de la demeure, et était rentré frigorifié. Il ne voyait toujours pas qui pouvait bien être le meurtrier du baron Farquart, et cela l'irritait. Aucun des alibis n'était valable pour les membres de la famille, et les époux Ferguson pouvaient raconter n'importe quoi sur le lieu où ils se trouvaient au moment du crime. Le policier ressentait avec frustration et un certain découragement son inexpérience dans les affaires criminelles, les policiers d'Inverness sauraient certainement poser des questions beaucoup plus pertinentes aux suspects.

En grommelant, il monta dans la chambre qui lui avait été attribuée, dont les meubles de style cachaient des commodités tout à fait modernes, et s'apprêtait à se mettre au lit lorsque son téléphone mobile sonna.

- Allô, constable Webster à l'appareil.

- Salut, petit frère ! grésilla une voix déformée à l'autre bout de fil.

- Rory ? Je suis sacrément content de t'entendre ! Ecoute-moi, on a une méga tempête ici et nous sommes isolés.

- Oh, ça arrive de temps en temps. Tu te rappelles…

- Excuse-moi Rory, mais la conversation risque d'être interrompue, il faut que je te parle tout de suite. Le vieux baron

Farquart s'est fait assassiner, et j'ai besoin de ton aide. Je suis sûr que l'assassin est parmi nous, au château d'Argyllion.

Il y eut un sifflement lointain au bout du fil.

- Ça, par contre, ça sort de l'ordinaire ! Qu'est-ce qui est arrivé ?

- Poignardé en plein cœur, par une personne qui se tenait derrière lui.

- La vache ! Et en quoi puis-je t'aider ?

Il y avait quelques silences abrupts dans la voix de Rory, et Duncan avait peur que la communication ne soit coupée à tout instant. Il demanda donc rapidement.

- On m'a dit que tu avais eu un flirt avec Aileen Farquart, la fille du baron. Tu sais, celle qui a disparu il y a des années. Peux-tu m'en dire davantage ?

- Mais qu'est-ce que ça aurait à voir avec…

- S'il te plaît Rory, réponds-moi. La ligne risque d'être coupée.

- C'est vrai, j'avais un flirt, si on peut appeler ça un flirt, dit Rory avec de l'étonnement dans la voix. Elle semblait s'intéresser à moi, on est sortis se promener et on s'est embrassé plusieurs fois, voilà tout. Mes désirs d'aventure semblaient la captiver, et puis un jour elle m'a dit qu'elle rompait et que nous n'étions pas faits l'un pour l'autre. J'étais un ado susceptible, cela m'a vexé et a peut-être précipité ma décision de partir pour Londres, mais je l'aurais fait de toute façon. Je suis parti à la fin de cet été-là, si tu te rappelles.

- Elle a rompu comme cela ? Elle n'a pas donné de raison ?

- Attends voir… Quand elle m'a dit que nous n'étions pas faits l'un pour l'autre, j'ai suspecté qu'elle avait certainement trouvé un nouveau petit ami.

- Quelqu'un d'autre du village ?

- Non, cela m'étonnerait. Elle a dit que je n'étais pas pour elle parce que je faisais partie du village, je m'en rappelle. A l'époque, j'ai supposé qu'elle s'était trouvé un gosse de riche quelconque en remplacement, en tout cas quelqu'un davantage de son milieu. Mais ce ne sont que des suppositions. Je crois que ma découverte du passage secret l'avait impressionnée un temps, c'est tout.

- Quoi ? Qu'est-ce que tu dis ? Tu avais découvert le passage ?

- Mais oui ! Finalement ce n'était rien de bien compliqué, tu sais.

- Mais pourquoi tu ne m'en as jamais parlé ?

- J'avais peur que tu ne t'aventures là-dedans tout seul après mon départ. C'est dangereux, tu aurais pu avoir un accident.

- Mais où est-il ? Où se trouve-t-il ?

- C'est un tunnel qui relie le château au village, et il est bien caché. Je… consolidé… montrer… baron… mais… gardé… silence… vexé… entrée… les morts…

- Rory ! s'époumona Duncan. Rory, je ne t'entends plus ! Où se trouve l'entrée ? Où est cette fichue entrée ?

Mais une sonnerie continue lui répondit. Ils avaient été coupés. Quelques instants plus tard, il essaya de rappeler et se rendit compte qu'il n'avait plus de réseau. Pestant et étouffant un juron, il se précipita hors de sa chambre, pour découvrir Ian Farquart, soucieux, qui marchait en tenant son téléphone mobile haut en l'air.

- Je viens d'être coupé d'avec mon comptable, à Londres, expliqua-t-il, soucieux. Vous non plus n'avez plus de réseau ?

- Non, plus rien. Pensez-vous que l'antenne…

- On va bien voir, fit Ian, décidé. Préparez-vous, on va prendre Galbraith avec nous.

- Il est trop dangereux de sortir sur les remparts maintenant, observa Duncan en désignant les fenêtres d'où s'échappaient les hurlements assourdis. La tempête est déchaînée. Si cela se calme un peu pendant la nuit, on pourra essayer de réparer l'antenne demain matin, mais il faudra sans doute s'encorder.

- Et attendant, que faisons-nous de mes coups de fil urgents ? demanda Ian avec hauteur.

- Ils attendront, tout comme les miens, répliqua Duncan de très mauvaise humeur.

Agacé, il revint dans sa chambre et s'empara de son ciré, tandis que Clancy, qui s'était roulé en boule dans un panier prêté par Gail, dressa l'oreille et se leva.

- Reste ici, mon bonhomme, dit Duncan. Je veux juste vérifier si ma radio fonctionne dans la voiture, je reviens tout de suite.

Clancy laissa retomber ses oreilles et se roula de nouveau en boule, cette fois ostensiblement de dos. Duncan sourit malgré lui.

- Allez, ne fais pas la tête, vieux frère. J'en ai pour une seconde, je te dis.

Lorsque Duncan descendit l'escalier, il remarqua dans le hall Mark Galbraith, qui errait lui aussi avec son smartphone dans la main tendue en l'air, cheveux ébouriffés et visage rougi, son manteau épais serré autour de lui.

- J'étais parti voir si cela marchait mieux dehors, expliqua-t-il piteusement. Vous n'avez pas de réseau non plus ?

- Non, et je vous déconseille de sortir par un temps pareil, maître Galbraith. Si une pierre se détache du toit à cause de la tempête et vous tombe dessus, je ne réponds pas des conséquences.

- Ah ! oui, vous avez raison.

- Avez-vous pu joindre Inverness ?

- Oui, en partie, mais je n'ai pas tous les éléments, mon père a été coupé au beau milieu de son explication.

Soupirant, l'homme de loi se dirigea de nouveau vers la bibliothèque.

- Je vais essayer de faire de mon mieux pour présenter les options possibles au nouveau baron demain. Vous sortez ?

- Je voudrais passer un message par radio dans la voiture avant d'aller dormir.

Lorsque Duncan ouvrit la porte, une vision cauchemardesque s'offrit à ses yeux. Les arbres et les buissons étaient tous couchés, certains à moitié déracinés. Le bruit assourdissant des rafales lui fit presque mettre les paumes sur ses oreilles. Avec précaution, Duncan longea le mur en direction de l'endroit où il avait garé sa voiture, dont il ouvrit la portière non sans difficulté. Une fois installé il poussa un long soupir de soulagement, et alluma sa radio, qu'il abandonna après quelques essais infructueux. Il n'entendait que craquements et grésillements sans suite. Tout en grommelant, il entreprit de détacher la radio de sa station d'accueil et prit le câble de secteur qui lui permettrait de vérifier depuis sa chambre si celle-ci se remettait en état de marche.

Il reprit avec mille précautions le chemin de retour et vit que le hall était désert et sombre à l'exception d'un rai de lumière sous la bibliothèque. Il se dirigea vers le bureau qui avait été cambriolé et remis en ordre, dont il avait demandé à conserver la clé, et installa son équipement radio sur la grande table de travail, avec l'intention de vérifier régulièrement si la connexion revenait. Laissant échapper un immense bâillement, il gravit l'escalier et se prépara à se coucher. Il avait conseillé à tous les habitants de verrouiller leur chambre, et ne faillit pas lui-même à observer cette précaution. On ne savait jamais…

******

Duncan dormait profondément lorsqu'un jappement de Clancy le réveilla en sursaut. Le chien s'était levé et faisait un mouvement de va-et-vient devant la porte, en grondant doucement. Duncan s'apprêtait à lui intimer l'ordre de revenir à son panier lorsqu'une sirène d'alarme se déclencha dans sa tête. *Quelqu'un se tenait dans le couloir.*

Duncan se saisit de quelques affaires et s'habilla aussi vite et silencieusement que possible. Il accrocha rapidement la laisse de Clancy à son collier et se tint aux aguets près de la porte. Avec prudence, il ouvrit lentement la porte de sa chambre et constata que le couloir était désert. Il sortit à pas de loup, serrant son arme de service jamais utilisée à la main – il l'avait nettoyée et armée la veille au soir. Le cœur battant la chamade, il entreprit de se diriger vers l'escalier où un craquement léger se fit soudain entendre. Duncan regarda par-dessus la balustrade, mais l'escalier faiblement éclairé par la lumière des fenêtres du hall semblait désert. Clancy, semblant comprendre ce que l'on attendait de lui, flairait silencieusement une piste, nez au sol. Il amena Duncan vers l'escalier que celui-ci descendit en jetant des coups d'œil méfiants à la pénombre du rez-de-chaussée. Une fois arrivé dans le hall, Clancy se dirigea sans hésiter vers le couloir opposé au grand salon, qui amenait à l'ancien bureau du baron. Duncan était presque certain que le cambrioleur tentait à nouveau sa chance, mais à son grand étonnement Clancy dépassa la porte du bureau comme celle de l'armurerie pour se diriger au bout du long couloir. Il passa devant la porte du jardin, où les bruits de la tempête retentissaient toujours avec autant de force. Duncan se demandait où la piste menait lorsque Clancy s'arrêta soudainement devant la porte capitonnée et sécurisée qui menait à la chapelle familiale maintenant funéraire.

La surprise de Duncan ne connaissait plus de bornes. La *chapelle* ? Que pouvait-on espérer trouver là-dedans ? Il hésitait sur le seuil lorsqu'un cri de femme en proie à une peur panique, long et prolongé, vint de l'intérieur et retentit dans tout le château.

Chapitre 13 – Le visiteur nocturne

Duncan allait actionner la poignée lorsque la porte s'ouvrit violemment et une main surgie de nulle part le poussa en arrière avec force. Déséquilibré, il tomba de tout son long et comprit à un bruit de pas précipités que l'assaillant s'enfuyait à toutes jambes. En entendant un aboiement furieux, il songea à lâcher Clancy à ses trousses, sans réaliser qu'il venait de tomber sur la laisse et immobilisait également son chien. Les quelques secondes qu'il lui fallut pour se redresser avait suffi à l'inconnu pour s'éclipser. Dès que Duncan le libéra, Clancy s'arracha à son étreinte et courut dans le couloir en continuant d'aboyer, tandis que le jeune policier se précipitait à l'intérieur. Une bougie brûlait près du corps du baron toujours enveloppé dans son suaire, mais rien d'autre ne semblait anormal.

- Y a-t-il quelqu'un ici ? demanda-t-il d'une voix forte.

Un gémissement lui répondit, et il découvrit Nora Farquart prostrée de tout son long entre deux prie-Dieu. Elle respirait par à-coups, en état de choc. Il entreprit de la redresser dans une position plus confortable.

- Mademoiselle Farquart, comment vous sentez-vous ? C'est Duncan Webster.

- Il est là… il est là… le spectre… articula-t-elle péniblement.

- Calmez-vous, Mademoiselle. Il y avait un intrus, mais ce n'était pas un fantôme, je peux vous le certifier, l'assura Duncan avec une grimace involontaire tout en massant son plexus.

Assise sur un des bancs, Nora prit une longue inspiration. Ses mains tremblaient toujours, mais ce fut d'une voix plus ferme qu'elle demanda :

- Vous êtes sûr qu'il s'agissait d'un intrus de chair et d'os ?

- Absolument certain.

- Mais que serait-il venu faire ici ?

- Vous-même, qu'y faites-vous ?

- Je me suis rendue ici hier dans la nuit et aujourd'hui, pour dire des prières pour les défunts près de la dépouille de mon père. Je pense que vous comprenez cela ?

- Pendant la nuit ? demanda Duncan, incrédule.

- Cela aide à mon recueillement, constable. C'est une manière de lui dire au revoir dignement.

- Et vous n'avez pas peur ?

- J'ai déjà entendu le fantôme de ma sœur ici, constable. Des gémissements d'outre-tombe… je pensais que plus rien ne pouvait me faire peur après cela, même si je redoutais de les entendre à nouveau. Mais tout était silencieux, que ce soit hier soir ou ce soir.

Frappé d'une inspiration subite, Duncan lui demanda.

- C'est vous qui avez déconnecté l'alarme du rez-de-chaussée pour vous rendre dans la chapelle ?

- Oui, c'est cela. Il y a une télécommande dans ma chambre. Mais ce soir…

- Oui ? l'encouragea Duncan. Que s'est-il passé ?

- Eh bien, je venais d'allumer la bougie et avait commencé à prier…

- Vous priez à haute voix ?

- Non, en silence. Bref, c'est alors que j'ai entendu la porte s'ouvrir tout doucement derrière moi. Quelqu'un se glissait de manière feutrée dans la chapelle. Je n'ai plus osé faire un geste, mais heureusement je me tenais dans l'ombre.

- Que faisait l'intrus ? L'avez-vous vu ?

- Il a d'abord fait le tour de la dépouille de mon père, lentement et à deux reprises. J'étais paralysée de terreur. Puis lorsqu'il a semblé se tourner vers moi, j'ai crié de terreur. Je suis stupide d'avoir cru qu'il s'agissait d'un spectre.

- Avez-vous remarqué s'il s'agissait d'un homme ou d'une femme ?

- Il faisait trop sombre, et de plus la silhouette semblait environnée d'une cape.

A cet instant, Ferguson entra dans la chapelle en robe de chambre, une torche aveuglante à la main.

- Que se passe-t-il ?

Tandis que Duncan le mettait brièvement au courant, Mademoiselle Fairchild entra elle aussi dans la chapelle, cheveux épars et enveloppée dans un peignoir, et ayant eu le bon sens d'allumer l'électricité dans le couloir. La lumière envahit partiellement le petit espace de la chapelle, et les visages s'entre-regardèrent.

- Un intrus ? répéta Ferguson. Mais qu'est-ce qu'il venait chercher ici ?

- Il faudrait vérifier si tout le monde est dans sa chambre, observa Duncan. Mademoiselle Fairchild, voulez-vous vous occuper de Mademoiselle Farquart ? Elle vient d'avoir un choc assez violent.

- Attendez, constable !

L'infirmière compétente désigna le corps du baron duquel le drap avait glissé en partie.

- Si je ne me trompe pas, vous aviez dit qu'il fallait laisser le baron exactement tel qu'il avait été trouvé ?

- Oui, tout à fait.

- Eh bien, je peux vous dire que quelque chose a changé.

- Et quoi donc ?

- Regardez ! L'arme du crime n'est plus là. On l'a enlevée de la plaie.

Duncan se rendait à peine compte que l'infirmière avait raison lorsqu'un nouveau hurlement se fit entendre, suivi d'un gémissement caractéristique – mais il n'y avait pas à se tromper sur leur origine.

- C'est Clancy ! s'exclama Duncan en se ruant hors de la pièce.

*****

Ce furent lorsqu'ils remontèrent qu'ils trouvèrent le fidèle chien, gémissant toujours, à côté de la nouvelle victime que venait de faire la dague dérobée sur le corps du baron. Ian Farquart avait été assassiné exactement de la même manière que son père, par un coup porté directement au cœur. Il était vêtu de pantoufles et de sa robe de chambre, et conservait une expression de surprise sur son visage rougeaud, maintenant figé dans la mort. Atterrés, le policier et l'agent de sécurité contemplèrent le cadavre tandis que Nora Farquart, en proie à une crise d'hystérie incontrôlable, se mit à crier de terreur. Immédiatement, Duncan prêta main-forte à Mademoiselle Fairchild qui essayait vainement de la calmer, à deux ils réussirent à la conduire dans sa chambre puis l'allonger dans son lit. Des tremblements incoercibles l'agitaient, et elle remuait la tête de gauche à droite de mouvements saccadés dans un signe de refus.

- Il faut absolument qu'elle se repose, déclara l'infirmière. Son système nerveux n'en peut plus. Pouvez-vous la maintenir sur le lit seul ? Je vais chercher ma trousse. Elle a besoin d'un calmant puissant tout de suite.

Quelques instants plus tard, l'infirmière revint et opéra une injection en un tournemain.

- Allez rejoindre les autres, constable. Cela va l'assommer, mais je vais rester auprès d'elle et la veiller pour le reste de la nuit.

- Bien. S'il vous plaît, verrouillez la porte de la chambre de l'intérieur, Mademoiselle Fairchild. Je vous veux tous en sécurité.

Le policier ressortit dans le couloir maintenant brillamment éclairé et rempli de personnes en tenue de nuit, où des interjections d'horreur et de pitié se faisaient entendre devant le corps allongé.

- Ah, constable ! fit Ferguson manifestement soulagé. Comment va Mademoiselle Farquart ?

- Elle a eu une crise de nerfs, Mademoiselle Fairchild va s'occuper d'elle.

Duncan se pencha sur le corps de Ian.

- Le pauvre vieux a dû sortir de sa chambre au mauvais moment, observa-t-il. Il a vu qui essayait de remonter dans sa chambre après s'être introduit dans la chapelle.

- Ou alors, qui essayait de revenir à sa cachette, observa Mark Galbraith, choqué. Et s'il a reconnu cet intrus, celui-ci devait le supprimer…

Il jeta un coup d'œil circulaire autour de lui, et frissonna. Les autres, mal à l'aise, jetèrent autour d'eux des regards furtifs. Malgré la lumière, Ils avaient tous l'impression qu'un agresseur pouvait surgir de n'importe quel coin d'ombre.

- Avec tout ce remue-ménage, vous avez tous plutôt tardé à sortir de vos chambres, remarqua Duncan.

- Mais constable, le bruit de la tempête couvrait en partie tout le bruit du rez-de-chaussée, plaida Barbara Ferguson. J'ai mis du temps à comprendre qu'il se passait quelque chose d'anormal.

- Et puis, certains d'entre nous avaient pris des somnifères, précisa Mark Galbraith en étouffant à grand-peine un énorme bâillement.

Il fut approuvé par un vague mouvement de la tête de Gail, emmitouflée dans une robe de chambre de flanelle et dont les yeux paraissaient encore alourdis de sommeil. Kayla Mc Iver, en tenue de nuit épaisse, continuait à fixer le corps, horrifiée, sans prononcer une parole.

- Je vais faire du café pour tout le monde, marmonna Barbara Ferguson en descendant l'escalier vers la cuisine.

- Gail, peux-tu accompagner Madame Ferguson ? A partir de maintenant, personne ne doit circuler seul. Les autres, rendez-vous tous dans le petit salon, ordonna Duncan. Je voudrais poser quelques questions à tout le monde avant que vous ne reveniez dans vos chambres.

- De toute façon, il nous sera impossible de dormir maintenant, confirma Mark.

- Je vais enfermer Neil dans sa chambre avant de descendre, au cas où, fit Mademoiselle Andrews.

Duncan devina qu'elle n'était pas si sûre qu'un intrus ne se dissimulait pas quelque part dans un recoin du château.

- Que faisons-nous de lui ? demanda Ferguson en désignant le corps de Ian.

- Je vais faire les photos et les constatations d'usage, et vous rejoins. Nous porterons son corps dans la chapelle plus tard, à côté de celui de son père.

Hésitants, les protagonistes descendirent en file indienne le grand escalier tandis que Duncan s'affairait auprès du corps, ayant allumé l'électricité en grand et prenant toutes les photos possibles du cadavre allongé. Il trouva dans la poche de la robe de chambre un petit pistolet automatique, preuve que Ian était sorti armé de sa chambre et n'avait pas eu le temps ou le réflexe de le sortir lorsque son assaillant s'était rué sur lui. La dague au manche ivoire pointait hors de la blessure, mais cette fois-ci Duncan ne la laissa pas en place, il la retira avec d'infinies précautions avant de la glisser dans un sac plastique, qu'il mit dans sa chambre avant de la verrouiller à double tour. Il sortit également son arme de service et ramassa la laisse de Clancy, qui montait la garde auprès du corps avec un gémissement sourd.

- Allez, viens, mon vieux. On ne peut plus rien pour lui.

Tenant son arme dans sa poche, il descendit l'escalier et rencontra Barbara Ferguson et Gail, qui venaient de la cuisine, chacune portant un immense plateau.

- Constable ? Ils sont tous dans le petit salon.

Duncan pénétra dans la pièce. La jeune Kayla Mc Iver, roulée en boule dans un fauteuil, frissonnait et semblait terrifiée. Elle ressemblait à un lapereau mort de peur terré dans un trou tandis qu'un aigle faisait des cercles au-dessus. Mademoiselle Andrews versait des larmes qui coulaient silencieusement sur ses joues, tandis que Mark Galbraith se tenait la tête entre les mains, semblant épuisé. Ferguson tripotait sa torche électrique nerveusement entre ses doigts. Comme la fois précédente, Duncan prit la parole et essaya de prendre un ton officiel, bien qu'il fût lui-même encore sous le choc de ce qui venait de se passer.

- Je vous remercie de m'écouter. J'ai été réveillé tout à l'heure par mon chien qui avait senti quelqu'un au-dehors de ma porte. Je suis sorti en faisant attention de ne pas faire de bruit, et il m'a amené grâce à son flair devant la porte de la chapelle. J'ai entendu un cri poussé par Mademoiselle Farquart, et quelqu'un en est sorti en me bousculant. Lorsque j'ai pu lancer mon chien à sa poursuite, il a trouvé le cadavre du baron Ian Farquart en haut des marches. Je me suis occupé de Mademoiselle Farquart qui était sous le choc d'avoir vu cet intrus et ai été rejoint par Ferguson, puis par Mademoiselle Fairchild.

- Mais qu'est-ce que faisait Mademoiselle Farquart dans la chapelle ? s'étonna Kayla Mc Iver.

- Elle m'a dit qu'elle avait déconnecté l'alarme pour se rendre prier au chevet du corps de son père, expliqua Duncan. C'est donc elle qui avait déconnecté l'alarme la première fois hier soir.

- Et qu'a-t-elle vu ? demanda Mark Galbraith, intrigué.

- D'après ce qu'elle m'a dit, l'intrus s'est rendu près du corps du baron et a contourné l'autel. C'est lorsqu'il a tourné la tête vers elle qu'elle a crié.

- A quoi ressemblait-il ? Peut-elle le décrire ? demanda Mademoiselle Andrews.

- La chapelle n'était éclairée que par la bougie que Mademoiselle Farquart avait allumée, elle n'a rien pu distinguer avec certitude. Elle m'a dit qu'il s'agissait d'une silhouette encapuchonnée dans une grande cape noire. L'un de vous possède-t-il ce genre de vêtement ?

L'un après l'autre, les membres de l'assistance hochèrent la tête dans la négative.

- Je crois qu'à ce stade, il ne faut plus négliger la possibilité que quelqu'un se soit dissimulé dans le château, observa Duncan avec force. Il faut nous montrer très prudents, d'autant que la tempête risque de nous immobiliser encore pour quarante-huit heures au moins. Nous n'avons plus de connexion à Internet et ma liaison radio est toujours hors d'usage.

- Mais il nous reste une vieille connexion filaire du téléphone, remarqua Mademoiselle Andrews. On pourrait peut-être s'en servir ?

- Comment cela ?

- Le vieux baron n'a jamais résilié cet abonnement, au départ il était méfiant que la téléphonie par Internet puisse avoir la même qualité que le traditionnel réseau fixe. C'est le téléphone qui se trouve dans le bureau cambriolé qui est raccordé à cette ligne.

- Ferguson, pouvez-vous vérifier que la ligne fonctionne et que nous pouvons contacter la police d'Inverness par ce biais ?

- Tout de suite, fit Ferguson.

- Attendez, fit Mark Galbraith. Je viens avec vous. Le constable Webster a raison, il ne faut plus que l'un d'entre nous se déplace seul.

Après le départ des deux hommes, Kayla Mc Iver demanda :

- Constable, vous avez dit que l'intrus s'est introduit dans la chapelle ? Mais pourquoi ? Qu'est-ce qu'il pouvait bien y chercher ?

- Il est possible qu'il ait voulu reprendre l'arme du crime sur le corps. Elle revêt peut-être une signification spéciale pour lui.

- Mais pourquoi ne pas l'avoir reprise juste après avoir commis le premier meurtre ? Et pourquoi l'avoir laissée dans la blessure lorsque le deuxième crime a été commis ? objecta Kayla avec justesse.

- Le meurtrier a peut-être été interrompu, remarqua Mademoiselle Andrews.

A cet instant, les deux hommes revinrent, lugubres.

- La connexion au téléphone filaire ne marche pas non plus, les informa Mark Galbraith, l'air sombre.

- Les problèmes survenus à l'antenne de connexion à Internet sont peut-être dus à la tempête, mais certainement pas la coupure des fils que nous avons vue, renchérit Ferguson, acide. Maintenant, nous pouvons être sûrs que quelqu'un se cache ici avec des intentions malveillantes et veut nous couper de l'extérieur.

Chapitre 14 – Huis clos

Le lendemain, la tempête faisait à nouveau rage avec force, mais Duncan voulut croire qu'elle avait un peu baissé d'intensité. Tout le monde s'était retrouvé pour un petit déjeuner rapide aux aurores, yeux cernés et fatigue se retrouvant chez tous les participants comme les domestiques. Avant de revenir dans leurs chambres respectives la veille au soir, Ferguson, Mark Galbraith et Duncan avaient transporté le corps de Ian dans la chapelle mais, la place manquant, ils avaient ramené contre les murs les vieux bancs et prie-Dieu pour dégager l'espace central. Le bras du vieux baron s'étant tendu, ils avaient essayé de le replier sans succès et avaient finalement transporté la dépouille à côté de celle de son fils, ayant peur qu'il ne tombe de l'autel.

- Au moins, ils ne tomberont pas plus bas ici. Avec les temps qui courent, si o n entend un grand bruit de chute en provenance de la chapelle, tout le monde va avoir une crise cardiaque, fit Ferguson dans une louable tentative d'humour.

- Y a-t-il possibilité de fermer cette porte à clé ? demanda Duncan.

- Oui, mais la clé a hélas été perdue voilà des années, et jamais refaite, soupira Ferguson. La porte est capitonnée et isolée, mais il n'y pas de verrou. Personne n'a sérieusement pensé qu'un cambriolage puisse se produire ici, surtout avec le détecteur de mouvements du rez-de-chaussée.

Duncan observa la vieille serrure, qui visiblement n'avait pas servi depuis des années, puis renonça à faire du zèle. Après tout, si Nora voulait revenir prier dans la chapelle par la suite, il se ne sentait pas le courage de l'en dissuader, mais au moins faudrait-il qu'elle n'y vienne pas seule.

Le vent s'étant un peu calmé, les trois hommes se rendirent ensuite au site extérieur de l'antenne pour l'inspecter. Comme ils l'avaient prévu, les dommages étaient difficiles à distinguer entre les dégâts provenant de la tempête et un possible sabotage délibéré. Ce qui en résultait de manière certaine était l'impossibilité de réparer tous les fils arrachés et qui pendouillaient dans toutes les directions autour de l'antenne délogée de son mur d'appui. Toutefois, il n'y avait rien d'ambigu dans la coupure nette des fils téléphoniques du bureau. Les fils du combiné téléphonique avaient aussi été sectionnés. On cherchait délibérément à les empêcher de communiquer vers l'extérieur.

En deuxième moitié de matinée, tous les habitants d'Argyllion s'étaient rassemblés dans le petit salon, ne sortant qu'exceptionnellement dans la crainte d'une attaque surprise. La seule exception concernait Nora Farquart, que Mademoiselle Fairchild avait déclaré trop peu remise pour se lever. Elle dormait à poings fermés, enfermée à double tour par l'infirmière de crainte d'un intrus dans le château. Le policier balaya la salle du regard, et l'anxiété comme la fatigue commençaient à se lire sur tous les visages. A nouveau, Duncan s'adressa à tous dans le but d'éclaircir les circonstances de la mort de Ian Farquart.

- J'ai remis ces interrogatoires jusqu'à ce matin. Pouvez-vous me dire tous, et à tour de rôle, ce qui s'est passé avant et lorsque vous êtes sortis de votre chambre hier soir, avant que tout le monde ne se rassemble autour du corps ? Ferguson, que pouvez-vous me dire à ce sujet ?

- Eh bien, je faisais très attention à la sécurité, comme nous en étions convenus. Je veillais devant les écrans de contrôle, au poste de garde des domestiques. Je l'avoue, j'ai dû m'assoupir un moment… lorsque je me suis réveillé en sursaut, j'ai constaté que la sécurité avait de nouveau été déconnectée, alors j'ai foncé pour vous prévenir. Mais lorsque je suis arrivé à votre chambre, personne n'a répondu. Alors je me suis faufilé au rez-de-chaussée pour fouiller les pièces une à une, et c'est là que j'ai entendu Mademoiselle Nora hurler alors je me suis précipité vers la chapelle.

- Vous n'avez vu personne ?
- Non, personne.
- Bizarre… vous auriez pourtant dû croiser l'assassin entre le moment où il a quitté la chapelle et le moment où il a remonté l'escalier et assassiné Ian Farquart ?
- C'est-à-dire que j'étais en train d'inspecter le débarras, tout au fond du rez-de-chaussée. Je voulais être sûr que personne ne s'y cachait. Le temps que je m'en extirpe… et il m'a bien semblé entendre quelqu'un dans l'escalier mais je pensais que cette personne en descendait, et non le remontait…
- Bien. Vous avez dû rater l'assassin de quelques secondes.
- Par contre, une fois revenu, j'ai ouvert tous les écrans de contrôle et ai laissé la lumière allumée dans le hall et le couloir des chambres, et je vous assure que personne n'a bougé du reste de la nuit.
- Les caméras n'étaient pas activées auparavant ?
- Qu'aurait-on pu voir dans des pièces plongées dans l'obscurité ? Oh non, le détecteur de mouvements suffit dans la nuit.
- Très bien. Mademoiselle Andrews ? Que pouvez-vous nous apprendre ?
- J'ai une chambre communicante avec celle de Neil, au cas où il aurait besoin de moi pendant la nuit. J'ai été réveillée par un cri, je pense que c'était le hurlement de votre chien. Il m'a fallu quelques secondes pour émerger totalement, puis j'ai saisi ma robe de chambre et me suis habillée. Lorsque je suis sortie sur le palier, vous étiez là avec Angus Ferguson autour du corps.
- Et Neil ? S'est-il réveillé ?
- Non, je ne pense pas, fit-elle avec un regard affectueux au jeune homme qui à son habitude, fredonnait en regardant dans le vague. Je lui donne toujours un somnifère léger afin qu'il dorme mieux. Cela date de la disparition de sa sœur, il faisait à l'époque des cauchemars très violents et j'ai gardé cette habitude.

- Des cauchemars ? Vraiment ? Et de quoi s'agissait-il ?

- Oh, des divagations sans queue ni tête. Il parlait d'un Prince Charmant, de la Belle au Bois dormant et de partir chez les morts – cette pensée le terrifiait, d'ailleurs…

Duncan considéra quelques instants le regard vague de Niel, puis renonça à l'interroger plus avant. Son attention se reporta sur Mademoiselle Fairchild.

- Appelez-moi Lynn, constable, dit-elle aussitôt. J'ai entendu quelqu'un quitter sa chambre cette nuit, je pense que c'était vous.

Duncan inclina la tête. Effectivement, sa chambre se trouvait tout à côté de celle de l'infirmière. Il n'avait pas dû se montrer si discret que cela.

- Il m'a fallu quelques minutes pour rassembler mon courage, expliqua-t-elle. Puis je me suis glissée hors de la chambre, ai descendu l'escalier et ai attendu en bas, dans un coin sombre sous l'escalier. Je l'avoue, j'avais peur qu'il ne s'agisse de l'assassin du vieux baron, mais en même temps je voulais découvrir l'identité de ce mystérieux promeneur nocturne. C'est alors que j'ai entendu le cri sur ma gauche, en provenance du couloir, qui m'a paralysée de terreur. J'ai vu une silhouette passer devant moi en un flash et se ruer dans l'escalier, et deux secondes plus tard une autre traverser en courant le hall et s'engouffrer dans le couloir. Alors j'ai décidé d'y aller aussi. J'ai fait attention à ne pas faire de bruit et à allumer l'électricité, c'est alors que je vous ai trouvés dans la chapelle.

- Pouvez-vous décrire la silhouette que vous avez vue ? Celle qui est passée « dans un flash », pour reprendre votre expression ?

- J'ai peur que non. Tout a été si rapide… et rien n'était allumé dans le hall. Il y avait un peu de lumière qui filtrait par les fenêtres à croisillons, mais nous n'avions pas un clair de lune pour autant ! Je ne saurais même pas dire qu'il s'agissait d'un homme ou d'une femme, par contre je crois avoir distingué une capuche autour de la tête.

Duncan eut un geste de dépit, mais se reprit.

- Je suis désolée, continua Mademoiselle Fairchild.

- Ne le soyez surtout pas, répliqua Duncan. Si vous vous étiez montrée ouvertement, il y a fort à parier que vous auriez fini comme ce malheureux Ian Farquart. Et vous, Maître Galbraith ?

- J'ai été un des derniers sur les lieux, constable. J'avais pris un somnifère et avais verrouillé ma porte. Le bruit m'a réveillé, mais il m'a fallu du temps pour me sortir des bras de Morphée. Je suis désolé, je n'ai rien vu ni rien entendu. Ah, si ! Un bruit de pas précipités devant ma porte, pendant que je cherchais ma robe de chambre.

- Qui occupe les pièces qui se trouvent derrière vous dans le couloir ?

- Je ne sais pas.

Mais à cet instant, Barbara prit la parole.

- J'ai eu le plan des invités, pour servir les tasses de thé matinales. Dans le couloir, la chambre de Maître Galbraith se trouve après la chambre de Monsieur Farquart et après cela, il y a la chambre de Mademoiselle Aileen – qui est occupée par Mademoiselle Mc Iver maintenant.

- Rien d'autre après cela ? insista Duncan.

Barbara rosit en précisant.

- Si, au fond du couloir on trouve à la fois une porte d'accès des domestiques et celle qui mène aux étages supérieurs inoccupés.

- Je vois… et avant la pièce qu'occupait Ian Farquart ?

- Eh bien, il y a celle de Mademoiselle Fairchild, la vôtre, celle de Neil et de Mademoiselle Andrews, et une autre entrée des domestiques.

- Je vois… et toi, Gail ?

- J'étais dans les quartiers des domestiques, c'est Barbara qui est venue me réveiller. Je dormais à poings fermés.

- Je venais de voir le corps et suis remontée chercher Gail, expliqua celle-ci. Je confirme que son sommeil était très profond, j'ai eu du mal à la tirer du lit.

- Je n'ai rien vu ni rien entendu, désolée Duncan, acheva Gail en étouffant un bâillement au souvenir de cette nuit tronquée.

Duncan promena son regard sur l'assistance, et demanda à brûle-pourpoint.

- Bien, passons à un autre sujet. Quelqu'un connaît-il quelque chose sur le passage secret reliant le château au village ?

- Passage secret ? s'écrièrent plusieurs voix, semblant éberluées.

Mademoiselle Andrews leva la main.

- D'aussi loin que je me souvienne il y a toujours eu une légende autour de ce prétendu passage, surtout parmi les personnes âgées du village à Lochmory, mais rien n'est jamais venu étayer cette supposition.

- Le baron Farquart a dû m'en parler une fois ou deux, mais en me disant qu'il s'agissant d'une légende locale qui ajoutait du panache au guide touristique, ajouta Mademoiselle Fairchild en fronçant les sourcils. Je ne pense pas qu'il prenait cette rumeur au sérieux.

- Jamais entendu parler de cela, dit Maître Galbraith avec de l'étonnement dans la voix. D'où sort cette histoire de passage secret ?

- Barbara et moi, on a entendu cette histoire par les vieux du village, mais on ne l'a jamais cherché, reconnut Ferguson.

Kayla Mc Iver semblait stupéfaite, et hocha la tête dans la négative, tout comme Gail.

- Eh bien, je suis au regret de vous informer que ce passage secret existe réellement, fit sèchement Duncan. J'ai eu mon frère au téléphone, et il l'avait trouvé avant de partir de Lochmory. Mais il m'a aussi dit qu'à l'époque, Aileen Farquart était au courant. Ce qu'il n'a pas eu le temps de m'apprendre avant que nous ne soyons coupés, c'est où se situe l'entrée de ce fameux passage secret.

- Et vous pensez… que c'est la cachette d'Aileen Farquart ? Qu'elle se trouve quelque part dans le château ?

- C'est une possibilité, en tout cas. Car les deux crimes ne visent que des membres de la famille, et s'il s'agit d'une vendetta familiale pour des raisons que nous ignorons encore, Neil et Nora Farquart doivent être placés sous protection.

- Mais pourquoi, après si longtemps ? demanda Mademoiselle Fairchild, décontenancée. Quel pourrait bien en être le motif ?

- Cela, je l'ignore. Peut-être que Nora Farquart pourra nous en apprendre davantage à ce sujet, lorsqu'elle se sentira mieux.

De fait, même s'il n'avait pas eu beaucoup d'espoir, Duncan ne pouvait blanchir aucun des participants d'avoir lui-même perpétré le meurtre, même si l'hypothèse d'un intrus dans le château devenait de plus en plus probable. Barbara et Angus Ferguson ne pouvaient certifier la présence réciproquement l'un de l'autre, et tandis qu'Angus déambulait déjà dans le château, Barbara était apparue parmi les premières sur la scène du crime… Gail aurait pu feindre de dormir, Mark Galbraith aurait pu être ce mystérieux inconnu encapuchonné, tout comme Kayla Mc Iver. Quant à Mademoiselle Andrews, connaissant le château comme sa poche, elle aurait pu s'y déplacer facilement. Et Mademoiselle Fairchild aurait pu choisir de redescendre l'escalier juste après avoir assassiné Ian Farquart, pour se donner un alibi… non, il n'était pas plus avancé qu'au premier crime, et cela l'irritait fort.

- Je vais résumer la situation. Il est possible qu'Aileen Farquart ait effectivement réapparu et se tienne cachée dans le château. Auquel cas, elle serait la coupable présumée de l'assassinat de son père et de son frère pour un motif que nous ignorons encore. Si c'est le cas, nous ne devons plus nous déplacer qu'à deux pour éviter toute attaque surprise, et entourer de précautions Neil et Nora Farquart, car ils sont les deux derniers membres de la famille. Mademoiselle Andrews, je vous recommande de bien veiller sur Neil et Mademoiselle Fairchild, je vous confie particulièrement sa sœur. Ils ne doivent être laissés seuls sous aucun prétexte. A partie de maintenant, reprit-il en s'adressant, à tous, il faut nous considérer comme tous menacés par un ennemi invisible.

L'atmosphère devint oppressante, et certains échangèrent des regards craintifs, montrant que la tension montait d'un cran.

- J'ai une demande à formuler, expliqua Duncan. Que tout le monde me rapporte le moindre fait, même insignifiant, mais qui sorte de l'ordinaire. Qu'il s'agisse d'une cuillère déplacée à la cuisine, ou d'un coussin qui change de place sur un canapé, je dois être au courant de tout. Nous sommes bien d'accord ? Par ailleurs, poursuivit-il, j'insiste, ne sortez jamais sans être accompagné. Nous allons former des binômes dès maintenant. Gail et Barbara Ferguson, vous restez ensemble. Ferguson et Maitre Galbraith, vous formerez un autre binôme. Mademoiselle Mc Iver et moi, Mademoiselle Fairchild et Nora Farquart, Mademoiselle Andrews et Neil complètent le tableau. Ne perdez pas de vue votre coéquipier sous aucun prétexte, si un meurtrier rôde dans ce château nous sommes tous en danger, d'accord ?

Un murmure d'assentiment se fit entendre.

Resté seul, Duncan s'assit sur un fauteuil et s'efforça de réfléchir. Il lui semblait évident que les crimes restaient étroitement liés à la famille, mais quel était le lien ? Cette vengeance abracadabrantesque d'une fille ou d'une sœur depuis longtemps disparue ne semblait que peu vraisemblable, à moins que des informations cruciales ne lui échappent encore... Kayla Mc Iver étant partie à la cuisine aider Gail et Barbara à préparer le déjeuner, il profita de cet instant de solitude pour sortir son carnet de notes et commença à aligner tous les faits pour lesquels il ne trouvait aucune explication.

- L'arrivée de Kayla Mc Iver au château est-elle vraiment due au hasard ?

- Pourquoi empêcher les communications vers l'extérieur ?

- Si un intrus s'est introduit dans le château, qui est-il ? Aileen Farquart ou quelqu'un d'autre ?

- Le meurtre de Ian était-il seulement un crime de sécurité ou était-il réellement visé ?

- Pourquoi Ian n'a-t-il pas fait usage de son arme ?

- Si on admet que l'assassinat de Ian était seulement dû aux circonstances, quel est le mobile du meurtre de son père le vieux baron ?

- Pourquoi dérober l'arme du crime dans la chapelle ?

- Pourquoi laisser à nouveau l'arme du crime sur place au lieu de l'emporter après la mort de Ian ?

- Quel était ce bruit sec que Ian prétendait avoir entendu ?

- Qui hérite maintenant du château d'Argyllion ?

- Où se trouve l'entrée du passage secret de Rory ?

- Pourquoi parle-t-on d'aller chez les morts à propos d'Aileen – Rory en a parlé, et son frère Neil également ?

Duncan s'arrêta et essaya de considérer les points un à un. Kayla Mc Iver… personne ne savait rien d'elle, voilà pourquoi Duncan avait tenu à faire une paire avec elle et ainsi surveiller à loisir chacun de ses mouvements… Elle était très jolie, et ressemblait étrangement à cette Aileen disparue… Le policier se demandait si, après tout, elle n'avait pas partie liée aux évènements tragiques qui se produisaient maintenant. Elle pouvait avoir saboté les communications extérieures pour empêcher Duncan de vérifier son identité, si ses papiers étaient falsifiés… et faisait une suspecte de premier ordre.

- Nous y allons, constable ?

Duncan sursauta. Sa principale suspecte de meurtre se trouvait debout devant lui.

Chapitre 15 – L'enquête commence

Duncan se leva rapidement et proposa à Kayla :

- J'ai quelques questions à poser à Mark Galbraith, l'homme de loi des Farquart, m'accompagnez-vous ?

- Oui, bien sûr.

Tandis qu'ils s'engageaient dans le couloir, il l'observa à la dérobée. Elle avait répondu tout à fait calmement, sans nervosité excessive. Il ne put s'empêcher de lui demander :

- Votre calme m'impressionne, Mademoiselle. Vous n'avez pas peur de vous trouver dans un château où se promène un assassin en liberté ?

- Ce n'est pas agréable, bien sûr, répondit-elle avec une légère grimace. Mais je n'y peux rien. J'espère seulement que la tempête se calmera bientôt, ce qui me permettra de repartir à Inverness.

- Cela m'étonnerait, répliqua Duncan d'un ton sec. Vous devrez vous tenir à la disposition de la police, même après cette tempête.

Les yeux de la jeune femme s'agrandirent, puis elle répondit d'un air légèrement supérieur.

- Vous voulez dire… que je pourrais être soupçonnée ? Mais voyons, ces crimes n'ont rien à voir avec moi !

Résolu à la déstabiliser, Duncan contre-attaqua.

- Je connais les Mc Iver, et ils ne m'ont jamais parlé d'une fille ou d'une petite-fille. Ce point reste à éclaircir en ce qui vous concerne. Etrange, non ?

Kayla baissa les yeux, mais répondit posément.

- Ma mère était enceinte hors mariage, ce qui a exaspéré mes grands-parents. Ils l'ont chassée de chez eux, et pendant toutes ces années ma mère a dû m'élever seule. Je n'invente rien, et d'ailleurs, Mademoiselle Andrews se souvient parfaitement d'elle. Il n'est pas étonnant que mes grands-parents n'aient plus jamais mentionné leur fille dans le village après son départ.

- Pourquoi revenir les voir, alors ? Vous devriez les détester.

- J'ai cru que je pourrais arranger les choses après toutes ces années, répondit-elle, évasive.

Suspectant fort qu'on lui cachait une partie de la vérité, Duncan se renfrogna et ne dit plus rien.

- Et le passage secret ? demanda Kayla tout à trac, le faisant sursauter.

- Comment cela ?

- Oui, vous avez dit que votre frère l'avait trouvé... Vous n'avez pas pu le recontacter depuis que vous avez été coupés au téléphone ?

- Même si je le voulais, je ne le pourrais pas. Je vous rappelle que notre antenne est hors d'usage. Ni Internet, ni mobile, ni Wifi, ni radio, ni téléphone filaire. Je suis dans l'incapacité de le rappeler, ou même de contacter qui que ce soit.

- Vous n'avez aucune piste ?

- Si, les morts, répondit Duncan laconiquement.

- Les morts ? Que voulez-vous dire ?

Mais Duncan lui fit signe de se taire, ils venaient de voir Mark Galbraith qui, flanqué de son acolyte permanent Ferguson, quittait la bibliothèque.

- Maître, puis-je vous parler quelques instants ?

- Avec plaisir, répliqua-t-il, surpris.

- Mademoiselle Mc Iver, voulez-vous m'attendre en compagnie de Monsieur Ferguson ? je ne serai pas long.

Lorsqu'ils furent seuls dans la bibliothèque, Duncan demanda à l'homme de loi.

- Je voudrais savoir quelles sont les implications sur la succession maintenant que nous avons deux crimes au lieu d'un.

- Eh bien, comme vous vous en doutez, c'est la première fois que je me trouve confronté à une situation de ce genre, avoua Mark Galbraith, assez gêné.

Il ôta ses lunettes cerclées d'écaille, les essuya soigneusement et les remit sur son nez, en réfléchissant.

- Je n'ai plus possibilité de contacter mon père pour avoir un avis d'expert... mais je dirais que la succession est gelée jusqu'à la fin de l'enquête, et le prononcé d'une condamnation.

- Quel est le nouveau baron, dans l'ordre successoral ?

- Les filles ne sont pas coupées de la succession nobiliaire, contrairement à d'autres grandes familles. La nouvelle baronne et héritière du château d'Argyllion ainsi que la cheffe de clan se trouve donc être Mademoiselle Nora Farquart – son frère Neil est le benjamin de la fratrie, et de plus déclaré incapable légalement.

- Si je dis de trouver « les morts », dans l'histoire de la famille, cela vous évoque-t-il quelque chose ?

Décontenancé, l'homme de loi hésita.

- Pardon ? Eh bien... euh... les Farquart n'ont pas de monument funéraire familial propre. Ils en avaient un au Moyen- Âge il me semble, mais il a été détruit par un incendie au dix-huitième siècle, d'après mon père. Depuis il ont érigé un monument dans le cimetière du village, où les barons sont enterrés depuis des générations.

- Les défunts de la famille ne se sont jamais trouvés dans le château ? insista Duncan. Au temps de ce monument ?

- Non, il était dans le parc si ma mémoire est bonne, à quelque distance du château. D'ailleurs, une plaque doit toujours commémorer l'endroit dans le jardin. Il faudra demander l'emplacement exact à Mademoiselle Nora Farquart lorsqu'elle se sentira mieux, ou mieux encore à Ferguson.

Dès que le temps se serait levé, Duncan se promit d'aller inspecter l'endroit. Peut-être était-ce le point de départ de l'entrée du passage secret.

En sortant, ils tombèrent sur Ferguson qui demanda poliment à Mark Galbraith de bien vouloir l'accompagner dans son inspection quotidienne des installations de sécurité. Kayla et Duncan Webster se retrouvèrent devant l'escalier.

- Je voudrais maintenant voir Mademoiselle Nora Farquart, m'accompagnez-vous ?

- Bien sûr.

Arrivés devant la porte, ils frappèrent et une voix prudente leur demanda.

- Qui est là ?

- C'est Duncan Webster et Mademoiselle Mc Iver. Je voudrais parler à Mademoiselle Farquart, si elle est suffisamment remise.

La porte s'ouvrit avec précaution et Mademoiselle Fairchild, l'infirmière, les invita à entrer. Elle tenait à la main une bombe anesthésiante braquée dans leur direction, et la baissa lorsqu'elle fut sûre qu'ils étaient seuls.

- Je vois que vous agissez avec prudence, et vous avez raison, approuva Duncan, appréciateur.

- Oh, constable ! Pensez-vous vraiment qu'une folle furieuse se promène ainsi dans le château et cherche à se venger de sa famille ? Cela me glace le sang ! Deux morts en quarante-huit heures.

- Comment va Mademoiselle Farquart ? Fit Duncan en désignant la forme inerte dans le grand lit à baldaquin élisabéthain.

- Elle va mieux, répondit Lynn Fairchild à mi-voix en regardant également la malade. Elle a fait une belle crise d'hystérie hier soir - et franchement, il y avait de quoi – mais elle semble s'être calmée maintenant. Faites attention, elle reste très abattue et déprimée. C'est le contrecoup.

- Cela ne sera pas long, l'assura Duncan.

Il fit signe à Kayla Mc Iver de s'éloigner avec l'infirmière et appela doucement la forme au visage pâle et aux yeux clos.

- Mademoiselle Farquart ? Comment vous sentez-vous ? demanda-t-il avec douceur.

Celle-ci battit des paupières et ouvrit les yeux.

- Ne bougez pas, je voudrais juste savoir si vous vous sentez suffisamment bien pour répondre à quelques questions.

- Sur Ian ? demanda-t-elle faiblement. Ian… mon Dieu… Ian assassiné…

- Calmez-vous. Je voudrais vous poser des questions sur l'histoire de la famille. Tout d'abord, voyez-vous une raison à ce que votre sœur Aileen, si elle est revenue, ou quelqu'un de sa descendance, en veuille aux membres restants de la famille ?

- Lorsqu'Aileen est partie, je n'étais pas présente et mes parents évitaient de me parler d'elle, ils savaient que j'en avais été mortellement jalouse enfant. Mais les remords de mon père après sa disparition m'ont fait me demander s'il n'y avait pas eu une grosse dispute entre eux qui aurait précipité son départ. Ian avait déjà quitté le château à l'époque, je ne pense pas qu'elle nourrissait de grief particulier contre lui. En ce qui me concerne, elle avait une raison permanente de m'en vouloir…

- Comment cela ?

- Cela remonte à nos dix, onze ans. J'étais furieuse contre elle car elle étalait sans cesse son statut de préférée sans aucune considération pour moi… un jour d'une énième dispute où elle m'a dit que je n'étais que le rebut de la famille, j'ai perdu totalement la tête et ai essayé de la pousser de la fenêtre. De *cette* fenêtre, en fait.

Nora eut un léger mouvement de tête vers la magnifique fenêtre en rotonde à croisillons encadrée de panneaux d'acajou sombre qui se trouvait à côté du lit, dont les grands panneaux étaient ornés de vitraux décoratifs. Un banc en demi-lune couvert de velours et de coussins suivait la fenêtre sur toute sa longueur demi-circulaire. Duncan se leva et alla vers celle-ci, pour constater que le mécanisme d'ouverture avait été surélevé à hauteur d'homme et comprenait une sûreté. En ouvrant très légèrement la fenêtre pour ne pas donner de prise au vent hurlant, il jeta un bref coup d'œil en dessous – un espace de gravier dur apparut à ses yeux, tout en bas. La hauteur n'était pas énorme, mais lui-même aurait hésité à sauter au sol, car si une issue fatale n'était pas certaine, il y aurait probablement eu un risque de multiples fractures.

- On m'a arrêtée à temps, heureusement, poursuivit Nora. Je m'en suis sentie terriblement coupable par la suite, et c'est d'ailleurs pourquoi j'ai demandé à ce que cette pièce, qui était l'ancienne nursery, devienne ma chambre lorsque j'ai grandi... j'ai sous les yeux un rappel permanent de ce que j'ai voulu faire.

- Vous n'étiez qu'une enfant en colère, ne vivez pas dans le passé ni dans la culpabilité constante, voyons, dit Duncan pour la réconforter. Mademoiselle Farquart, mon frère Rory m'a affirmé au téléphone qu'il avait découvert l'entrée du passage secret reliant le château au village peu de temps avant la disparition de votre sœur... avez-vous une idée de son entrée ?

- Non, pas du tout, répondit-elle, très intriguée.

- Elle doit fatalement se trouver dans les parties du château qui n'ont pas été rénovées depuis fort longtemps. Cela vous aide-t-il ?

- Voyons... toutes les pièces du rez-de-chaussée ont été refaites au cours des siècles, à différentes époques.

- Et la chapelle ? demanda Duncan, qui avait été frappé par son aspect moyenâgeux.

- Elle aussi a été refaite entièrement, à la fin du dix-huitième siècle, tout en essayant de conserver une atmosphère gothique, sourit Nora. Il faut dire qu'elle menaçait ruine, et qu'on y prenait froid. C'est l'époque où on a posé le carrelage sur le dallage brut et où les murs de pierre ont été cimentés, et les fenêtres aménagées avec des vitraux. Au Moyen-Âge, il s'agissait des pierres sèches classiques des Highlands. A mon avis, vous n'y trouverez pas la moindre trace de passage secret.

- Une des pièces a-t-elle un sol ou des murs d'origine ? Qu'est-ce qui date du Moyen Âge dans le château ?

Nora Farquart remua la tête sur l'oreiller avec un air de doute.

- Très peu de choses, constable. Les châtelains d'Argyllion ont toujours su protéger leurs intérêts, et ont largement modernisé le château au cours des siècles… que reste-t-il de la forteresse initiale ? Eh bien, certains conduits de cheminée, et les tours de garde aux quatre coins des remparts, par exemple.

- Je vois, dit Duncan, un peu déçu. Et si je vous parle des morts, à quoi pensez-vous ?

- Les morts ? Vous voulez dire Ian et mon père ?

- Non, je veux dire les morts en général. C'est tout ce que mon frère a pu me dire au téléphone avant que nous ne soyons coupés, l'entrée du passage secret a un lien avec les morts.

- Auparavant, les morts de la famille étaient enterrés dans un monument funéraire dans le jardin, qui a depuis été détruit, Ferguson pourrait vous montrer la plaque commémorative. Depuis cette date les châtelains d'Argyllion ont un monument dédié au cimetière du village, expliqua Nora.

- C'est déjà ce que m'a expliqué Mark Galbraith, votre conseil juridique. Cela ne vous évoque vraiment rien de plus ?

- Les morts ? Non, pas comme cela. Mais laissez-moi réfléchir, je vais peut-être trouver un autre lien.

Son visage exsangue amena Duncan à clore l'entretien. Il rejoignit Kayla et tous deux sortirent hors de la pièce.

- Eh bien, constable ? Que vous a-t-elle dit ? demanda Kayla.

Devant l'air pincé de son vis-à-vis, elle éclata de rire.

- Voyons, ne prenez pas cette figure outragée ! Puisque nous sommes contraints à faire équipe, vous aurez du mal à vous débarrasser de moi, et on dit que deux têtes valent mieux qu'une.

- Vous êtes vous-même suspecte, répliqua Duncan.

- De quoi ? J'étais à l'extérieur lorsqu'on a assassiné le vieux baron, et vous le savez aussi bien que moi. Allez, un bon mouvement. Cela me fera au moins une distraction.

- Si une enquête pour meurtre peut vous distraire, Mademoiselle Mc Iver… renifla Duncan, méprisant.

- Allez, quittez cet air guindé, constable Webster, et dites-moi tout, fit la jeune femme dont la bonne humeur semblait communicative. Et par la même occasion, appelez-moi Kayla. Alors, qu'est-ce qui se passe dans ce château de fous ? Pourquoi la réapparition de cette fille, vraie ou fausse, les fait tous autant flipper ? Cela ressemble à la famille Addams, ici !

Chapitre 16 – La découverte de Kayla

Malgré lui, Duncan sourit et sentit sa méfiance fondre. Cette jeune femme était vraiment sympathique. En fait, elle semblait la plus normale de tous. Et elle avait raison, elle n'aurait matériellement pas pu tuer le baron Farquart, à moins de contourner le château à la vitesse d'une fusée supersonique pour sonner à la porte d'entrée moins de dix minutes plus tard. Sa réticence l'abandonnant, il commença à lui raconter toute l'histoire. Elle lui posait des questions de temps en temps, réfléchissant.

- Eh bien… fit-elle enfin, semblant abasourdie. On se croirait dans Mac Beth. Mais vous savez ce qui est le plus incroyable ?

- Quoi donc ?

- Le mobile, dit-elle fermement. Je n'en vois aucun.

Duncan sentit son admiration pour l'intelligence de la jeune femme grandir. Voilà bien ce sur quoi il butait depuis le début… l'absence de ce satané mobile…

Kayla réfléchit, les yeux plissés dans un effort de concentration.

- Même si l'assassin a tué Ian pour éviter d'être reconnu en remontant de la chapelle – et même cela semble incroyable, car lui aussi aurait pu dire qu'il venait se recueillir, ou avancer n'importe quel autre prétexte – le mobile de l'assassinat du vieux baron nous échappe. Une fois les chicaneries légales terminées, la situation n'en sera que très légèrement modifiée pour chacun des héritiers.

Elle releva brusquement la tête.

- Je crois que vous devriez reparler à Mademoiselle Andrews, vous savez. C'est la gouvernante des enfants Farquart depuis une éternité, vous le savez ? Elle doit certainement en savoir beaucoup sur les secrets de la famille.

- Vous-même, comment le savez-vous ?

- C'est Barbara qui m'en a parlé à la cuisine. Peut-être ne vous a-t-elle pas tout dit la première fois, lorsque vous l'avez interrogée. J'ai moi aussi une question à lui poser, si ce que je crois est vrai, je vais pouvoir vous aider dans votre enquête.

Mademoiselle Andrews tricotait dans la pièce où, à l'autre bout, Niel essayait maladroitement de mettre la pièce d'un gros puzzle en place.

- Mademoiselle Andrews ? Pouvons-nous vous voler quelques minutes ? Mademoiselle Mc Iver a une question à vous poser, dit Duncan, désireux de voir ce sur quoi la jeune femme était curieuse.

La vieille gouvernante leva les yeux avec un sourire bienveillant, et pivota sur sa chaise. Avant que Kayla ait pu parler, elle l'interrompit.

- Vous savez, ma petite, ce qui me frappe chez vous, c'est à quel point vous ressemblez à…

- A cette fille ? Aileen ? grogna-t-elle, un brin agacée.

- Non, à votre mère Tessa. C'est moins physique que comportemental, sans doute. Lorsque je vous vois rejeter la tête en arrière, ou avancer le menton d'un air décidé, j'ai l'impression de la revoir. J'aimais bien votre maman, en fait on parlait souvent ensemble lorsqu'elle habitait ici. Mais contrairement à vous, elle était blonde comme les blés.

- Elle l'est toujours, dit la jeune femme dont le visage s'illumina. Enfin, maintenant les cheveux sont plutôt blancs. Dites-moi, Mademoiselle Andrews, y a-t-il des visites officielles du château ?

- Oui, bien sûr, c'est un monument historique classé.

- Et y a-t-il des attractions pour les visiteurs ? Vous savez, des endroits où prendre une photo souvenir, ce genre de choses ?

- Oui, je crois.

- Les visiteurs peuvent-ils se déguiser ?

- Je crois qu'on a des costumes pour enfants et pour adultes dans un couloir du rez-de-chaussée, oui. Il y a un petit magasin de souvenirs aménagé dans les communs, dans l'ancienne écurie. Il y a certainement une clé à la cuisine.

- Peut-on accéder directement aux communs depuis le château ?

- Oui, l'entrée se fait par la porte qui se trouve dans le grand hall juste à côté de la cuisine. C'est l'entrée du circuit des visiteurs.

- Très bien, merci.

Kayla fit deux pas en arrière, et en prenant la laisse de Clancy, adressa au constable Webster un regard significatif pour qu'il prenne en main la suite de l'entretien. Celui-ci ne voyait absolument pas où la jeune femme avait voulu en venir avec ces questions, mais s'adressa à la gouvernante.

- Mademoiselle Andrews, je voudrais vous demander des précisions sur cette histoire familiale, maintenant que Ian Farquart est décédé. Il faut vraiment que vous me parliez du caractère d'Aileen plus en détail. Était-elle intelligente ? Était-elle rancunière ? Pouvait-elle conserver une colère contre quelqu'un pendant longtemps ? Saviez-vous que mon propre frère aîné avait été un de ses amoureux à l'époque ?

- Je vous ai déjà dit presque tout ce que je savais, constable. Mais laissez-moi vous apporter quelques détails supplémentaires.

Mademoiselle Andrews réfléchit, puis continua.

- Je vous ai dit qu'Aileen était égoïste, elle était aussi curieuse, très curieuse. Elle explorait sans cesse les lieux ici, devant se prendre pour l'héroïne d'un roman d'aventures. Enfant, je la retrouvais sans cesse perchée dans des endroits invraisemblables. C'était toujours ce besoin d'attirer l'attention sur elle, sans doute.

- Aurait-elle pu connaître des lieux spéciaux dans le château ou découvrir des cachettes connues d'elle seule ?

- Cela, c'est certain. Ce ne sont pas les cachettes possibles qui manquent ici. Le château est plein de coins et de recoins variés, sans compter les passages des anciens serviteurs, lorsque la domesticité était beaucoup plus importante, au siècle dernier. Ils ont été condamnés depuis, nul ne sait plus exactement où ils se trouvaient.

- Et ce passage secret ? Avez-vous une idée personnelle de son entrée ?

- Non, aucune.

- Mon frère Rory dit qu'Aileen Farquart était au courant de sa découverte, et qu'il était son dernier flirt en date.

- C'est possible. J'ignorais que Rory était le jeune homme en question, notez bien. Vous savez, connaissant Aileen, je suis certaine qu'elle a été très impressionnée par la découverte de votre frère Rory sur le moment, mais que par la suite la tentation aura été la plus forte… elle aura voulu conserver le bénéfice de cette découverte pour elle seule et s'en attribuer le prestige. Histoire de se mettre en avant à nouveau, sans doute. Elle n'avait que dix-sept ans tout juste et faisait preuve d'une vanité sans bornes. Et puis, elle avait la tête pleine d'histoires romantiques à l'eau de rose… il pouvait s'agir aussi bien des grandes ballades écossaises que des histoires d'amour à quatre sous.

- Rory était-il vraiment le dernier flirt qu'Aileen ait eu ?

- Elle avait parlé un jour à Neil en ma présence d'un jeune homme du village, sans plus. Elle se confiait beaucoup à son jeune frère, vous savez. Mais quant à vous dire s'il s'agissait du dernier soupirant en date… mes souvenirs sont assez imprécis. Je crois quand même que c'était peu de temps avant sa disparition. Mais il me semble aussi qu'elle avait parlé d'un soupirant dont le nom devait rester secret… était-ce avant ou après ? Je ne sais plus.

Duncan demanda à brûle-pourpoint.

- Vous avez dit que Neil connaissait beaucoup de choses sur sa sœur… voyez-vous un inconvénient à ce que je lui parle ?

- Non, bien sûr.

Comme à son habitude, Neil fredonnait en jouant avec un train miniature. Duncan ne savait pas très bien comment commencer l'entretien, mais Mademoiselle Andrews vint à son secours.

- Neil ? Ce monsieur voudrait te parler d'Aileen. Tu te rappelles d'elle, n'est-ce pas ?

- Princesse, répondit-il vaguement.

- Neil, peux-tu me dire quel était le nom du dernier petit ami de ta sœur ? Celui avec lequel elle a voulu s'enfuir ?

- Prince Charmant, dit-il promptement. Partis chez les morts.

- Tu as souvent dit cela, mon petit Neil, intervint la vieille gouvernante avec douceur. Peux-tu nous dire de quels morts il s'agit ?

Le jeune homme au regard fuyant arrêta son mouvement de train et fronça les sourcils.

- La famille, dans la famille. Princesse me l'avait dit. Deux fois les morts dans la famille. C'est là qu'il fallait aller. Elle sera une Princesse avec le Prince Charmant et ils seront heureux.

Son regard se posa sur la vieille gouvernante avec une lueur d'intérêt.

- Elle va bientôt revenir ? supplia-t-il.

- On ne revient pas de chez les morts, mon petit Neil, dit-elle avec gentillesse. Nous en avons déjà parlé à l'époque.

- Si, s'obstina-t-il. Elle va remonter.

Mademoiselle Andrews eut un léger signe à l'attention de Duncan et Kayla.

- Je pense que vous devriez partir, souffla-t-elle. Je vais le distraire pour qu'il oublie cette conversation, cela le perturbe toujours de parler de sa sœur disparue. Seul dans la famille, il a toujours cru dur comme fer qu'elle reviendrait un jour.

- Curieux, dit Duncan.

Lorsqu'ils furent dans le couloir, Kayla s'empara du bras du policier.

- Venez, constable. Je vais vous montrer mon idée de tout à l'heure.

Ils descendirent l'escalier et débouchèrent dans le hall. Kayla sembla se diriger vers la porte qui menait à la cuisine, mais examina les lambris avec soin et finit par repousser un panneau situé sur sa gauche avec un cri de triomphe.

- C'est l'entrée des communs ? devina Duncan.

- Exact, et elle n'est pas fermée. Je ne suis pas sûre à cent pour cent que nous trouvions ici ce que je cherche, mais cela vaut le coup d'essayer. Venez avec moi.

Ils allumèrent l'électricité du boyau étroit au murs nus, qui menait tout au fond à une porte sécurisée. Comme le couloir s'élargissait quelque peu juste avant la porte, Kayla poussa un cri de satisfaction et releva un pan de tissu qui dissimulait un rail sur la droite.

- Regardez, constable !

Sans comprendre, Duncan observa la rangée de costumes d'époque pour enfants et adultes, sagement alignés sur une patère. Immédiatement, Kayla les repoussa les uns après les autres pour les examiner et finit par avoir une exclamation de victoire devant un costume composé d'un pourpoint noir auquel les manches d'une chemise blanche avaient été cousus, flanqué d'un pantalon noir très large. Tandis que les autres costumes avaient leurs accessoires pendus au bout d'un fil au crochet du cintre, celui-ci n'avait pas de chapeau mais seulement une fausse hache en plastique assez grande.

- Alors ? jubila-t-elle.

- Vous cherchez le chapeau manquant ? demanda Duncan sans comprendre.

- C'est un costume de bourreau, cher ami, répondit la jeune femme avec vivacité. Ne voyez-vous pas ce qui manque ?

- Le masque ?

- Oui, et certainement *une grande cape noire et des gants assortis*. Voyez-vous où votre mystérieux intrus de la nuit dernière a trouvé ses accessoires pour s'affubler ?

- Crénom ! s'écria Duncan. Vous voulez dire…

- J'y ai pensé lorsque vous avez parlé de cette cape noire. Qui emmènerait un vêtement pareil avec lui ? J'ai pensé à un costume d'époque… et il était simple de trouver un déguisement dans ces oripeaux entassés là… *il fallait seulement savoir qu'ils existaient, et où les trouver*. C'est pourquoi j'ai demandé à Mademoiselle Andrews si les visiteurs du château avaient des costumes à disposition.

- L'assassin de Ian Farquart connaît donc bien les lieux, fit lentement Duncan.

- Pensez-vous…

Kayla sembla hésiter.

- Pensez-vous que nous pouvons revenir dans le grand salon ? Le lieu où le vieux baron a été assassiné ?

- Cela n'est pas réglementaire, dit aussitôt Duncan de sa voix la plus officielle.

- Vous serez avec moi, fit-elle en haussant les épaules.

- Pourquoi voulez-vous y revenir ? demanda Duncan, curieux.

- J'aurais quelque chose à vérifier. Faites-moi confiance.

Un sourire éclaira son beau visage.

- Et puis, je viens de vous aider, non ?

Un combat se livrait dans l'esprit de Duncan entre les règles de service et la gratitude qu'il éprouvait envers la jolie jeune femme qui, il faut bien l'avouer, ne manquait pas de cervelle et venait de résoudre un point dans l'enquête. Finalement, il obtempéra.

- Vous ne voulez pas me dire ce que vous voulez y faire ?

- Je veux seulement vérifier quelque chose, et ne toucherai à rien. Vous avez ma parole.

Duncan grommela, mais finit par acquiescer.

- Je vous y fais entrer, mais pas plus de cinq minutes, et ne vous lâche pas des yeux. C'est d'accord ?

- Merci, constable, fit-elle avec un clin d'œil.

A contrecœur, mais aiguillonné par la curiosité, Duncan déverrouilla la grande porte dont lui seul avait maintenant la clef.

- Enlevez vos chaussures avant d'entrer, dit-il par-dessus son épaule.

Kayla s'exécuta aussitôt et entra dans le grand salon, auquel on n'avait pas touché depuis que le corps du baron avait été découvert. Elle se dirigea aussitôt vers la porte-fenêtre, dont elle examina avec soin les charnières, inspecta le sol puis se rendit vers la porte qui séparait le grand du petit salon, et hocha la tête, semblant satisfaite.

- Eh bien ? demanda Duncan, un peu nerveux. Quelle est votre hypothèse ?

- Je vois qu'il y a un système de sécurité sur ces loquets, constable. Regardez…

Intéressé malgré lui, Duncan vint s'agenouiller à côté de la jeune femme et constata qu'une petite saillie en métal permettait au loquet de monter et descendre suivant l'ouverture ou la fermeture de la porte. Lorsque l'excroissance tournait vers l'encoche appropriée, alors le loquet restait en position fermée. Le petit verrou grinça affreusement lorsque Kayla le fit jouer à l'aide d'un crayon, comme la première fois Mademoiselle Andrews dans le petit salon. Elle fit de même sur toutes les portes, laissant Duncan perplexe.

- Je vous fais remarquer que la porte intérieure du petit salon et celle de la bibliothèque sont munies du même dispositif.

- Oui, je vois. C'est le cran de sûreté dont avait parlé Ferguson, et que Mademoiselle Andrews nous a montré dans le petit salon. Et alors ?

- Je voulais juste vérifier qu'il existait bien sur chacune des portes, constable, et je viens de la faire jouer sur chacune d'entre elles. A ce stade, il y a une anomalie peut-être tout à fait innocente, mais qui me semble bizarre.

- Quoi donc ?

- Vous n'avez rien remarqué ?

- Ma foi non. Qu'est-ce qu'il y a à voir ?

- Excusez-moi, est-ce que je vous dérange ? les interrompit une voix sèche.

Mark Galbraith se tenait sur le pas de la porte, l'air pincé. Aussitôt, se sentant coupable, Duncan bondit sur ses pieds et entraîna Kayla à sa suite.

- Que se passe-t-il, Monsieur Galbraith ?

- Eh bien, si je ne vous dérange pas, je voudrais vous demander si vous avancez dans l'enquête. Puis-je vous parler en privé ?

- Oui, bien sûr.

Duncan verrouilla soigneusement de nouveau la porte, tandis que Kayla croisa le regard courroucé du notaire et s'exclama.

- Je crois que je vais aller voir Gail et Madame Ferguson à, la cuisine. Elles ont sans doute besoin d'aide.

Dès qu'elle fut hors de vue, Mark Galbraith amena le policier derrière la grande cage d'escalier du hall, qui était à l'abri des regards, et l'invectiva avec véhémence.

- Êtes-vous fou, constable ? Vous avez rouvert la scène de crime à une inconnue ! Je ne vous cache pas que de vous à moi, elle me semble la plus suspecte de nous tous. Que savons-nous d'elle, au juste ?

- Elle n'a pas pu tuer le vieux baron Farquart, Monsieur Galbraith.

- Mais elle a très bien pu tuer Ian Farquart, et être la complice de quelqu'un dans le premier crime, objecta l'homme de loi. Je suis très déçu de votre attitude, constable Webster. Il nous faut rester totalement professionnels jusqu'à ce que l'équipe médico-légale arrive sur les lieux. Je suis conscient qu'il s'agit d'une très belle jeune femme, mais…

- S'il vous plaît, Monsieur Galbraith, je sais exactement ce que je fais. Elle vient d'ailleurs de m'apporter une aide précieuse. Savez-vous que des déguisements sont à disposition des visiteurs du château ?

Décontenancé, le jeune homme de loi s'interrompit net.

- Pardon ?

- Oui, et c'est d'ailleurs…

Duncan s'interrompit. L'arrière de l'escalier était sombre, mais il venait de voir quelque chose de brillant dépasser de sous une console en bois massif, derrière l'homme de loi.

- Regardez ! fit-il rapidement.

Plongeant à genoux, il enveloppa sa main de son mouchoir et tira la lame d'une belle épée ouvragée, puis une autre, puis un couteau du dessous de la console. Mark Galbraith, stupéfait, lui demanda.

- Mais qu'est-ce que c'est ? Qu'est-ce que cela fait là ?

- Si je ne m'abuse, voici des armes qui avaient disparu de l'arsenal, dont Ferguson avait constaté la disparition. Mais pourquoi ont-elles réapparu ici, je ne saurais le dire…

Chapitre 17 – Le dîner

Avec un soulagement manifeste, Ferguson avait identifié sans erreur possible les armes manquantes grâce à l'inventaire de l'armurerie. Toutefois, Duncan les avait enveloppées dans du papier et tenait à les conserver sous clé dans sa chambre, en compagnie du pistolet de Ian, pour les soumettre à la police d'Inverness lorsqu'elle arriverait au château.

Après cela, Duncan avait mis au courant le jeune notaire de la découverte de Kayla et de la provenance de la cape noire, celui-ci était resté perplexe. Toutefois, sa méfiance envers la jeune femme n'avait pas disparu, et s'en était peut-être même trouvée accentuée.

- Et vous dites qu'elle a pensé tout de suite à l'hypothèse des costumes des visiteurs ? Cela me semble sujet à caution, constable. C'est peut-être du fait qu'elle a subtilisé cette cape elle-même. Elle vous aura dirigé vers cette piste pour endormir votre méfiance.

- Dans quel but ? demanda Duncan en haussant le sourcil. Elle n'est pas plus suspecte qu'aucun autre membre de la maisonnée, et son innocence est établie pour le premier crime.

- Oui, mais peut-être a-t-elle volé les armes de l'arsenal.

- Pourquoi les rendre, alors ?

- Nous ignorons sans doute des choses là-dessus, fit Mark Galbraith, toujours dubitatif. Il y a peut-être un lien entre les crimes et le vol.

Duncan avait du mal à comprendre des préventions si nettes contre la jeune femme, mais les mettait sur le compte du souci de protéger l'honorabilité des membres de la famille. Evidemment, cela aurait arrangé l'homme de loi qu'aucun de ses clients prestigieux ne soit reconnu coupable dans une affaire de meurtre. Lorsque Mark commença à s'interroger également sur les Ferguson en envisageant une possible complicité de Kayla en interne, Duncan sourit intérieurement.

- Mademoiselle Andrews était la vieille nurse de tous les enfants, vous l'ignoriez sans doute ?

- Non, non, je le savais. Mon père m'avait appris ce fait.

- En tout cas, c'est un membre de la domesticité que vous ne pouvez soupçonner, son attachement à la famille remonte à presque quarante ans. Et elle se montre extrêmement dévouée envers Niel Farquart.

- Celui-ci me fiche la trouille, dit Mark Galbraith avec un frisson. Sa manière qu'il a de se prosterner devant moi lorsqu'il me voit me met mal à l'aise. Je me demande même s'il n'est pas plus cinglé qu'on ne le croit.

- Il se comporte ainsi probablement parce que vous êtes un inconnu au château, sourit Duncan.

- Pourtant, j'y suis venu plusieurs fois, mais mon dernier passage remonte à il y a des années, constable. J'ai dû accompagner mon père une ou deux fois lors de la signature de papiers, lorsque j'étais en stage à son cabinet, et quelques fois auparavant. En fait, je finis par me demander si mon paternel n'avait pas raison… il a essayé de me dissuader de venir pour procéder à la lecture du testament, en me disant que c'était une drôle de famille. Je commence à croire qu'il avait vu juste.

- Une drôle de famille ? Que voulait-il dire ?

Gêné, l'homme de loi répondit.

- Gardez cela pour vous, constable. Mais il se trouve que la famille Farquart a été maudite il y a de cela des siècles, c'est du moins le folklore local. On dit qu'un jour il y aura un sacrifice humain, qu'ils mourront tous et que l'harmonie ne sera restaurée que lorsqu'une femme deviendra baronne et cheffe de clan. Des superstitions ridicules et franchement morbides de nos campagnes, ai-je toujours pensé. Mais maintenant…

Il frissonna involontairement. De fait, le jeune homme de loi semblait de plus en plus mal supporter le confinement imposé par la tempête.

- Maître, je me permets de vous poser à nouveau la question, pensez-vous vraiment qu'Aileen Farquart se dissimule quelque part dans le château ?

Mark Galbraith garda le silence quelques instants, et essuya ses lunettes d'écaille avant de déclarer prudemment.

- Ceci n'engage que moi, vous le comprenez bien… mais si c'est une opinion personnelle que vous me demandez, oui, je suis convaincue qu'Aileen Farquart, ou quelqu'un qui lui est apparenté, se trouve là-dessous. Et je pense qu'il ou elle n'en a pas fini avec ses règlements de compte, voilà ce qui me fait peur.

- Est-ce lié au partage de l'héritage ?

- Je dirais que oui, mais sans en être sûr. L'argent est un des motifs les plus fréquents d'un meurtre, vous savez. Surtout à l'intérieur d'une même famille. Et il y a ici de gros intérêts en jeu…

- A combien se montait précisément la fortune de la défunte baronne ?

- Entre dix et douze millions de dollars américains, constable. Ils étaient restés investis outre-Atlantique.

Duncan siffla légèrement entre ses dents.

- Si… je ne veux pas me montrer pessimiste, mais si les… éliminations des héritiers devaient continuer, que se passerait-il ?

- Eh bien, si Aileen Farquart ou un de ses descendants se présentait à notre étude alors qu'aucun autre héritier ne soit en vie, nous devrions réévaluer la situation par rapport au testament laissé, mais il ou elle hériterait forcément de tout au final, y compris d'Argyllion et de la maison de Londres subdivisée en appartements. Cependant, il devrait d'abord prouver son innocence de ces crimes auprès de la police, car il deviendrait de facto le suspect principal. Mais je finis par me demander…

- Oui ?

- Au départ, j'étais convaincu que le meurtre du baron était lié à l'héritage laissé par sa femme. Mais s'il s'agissait de haine pure ? D'une volonté d'éliminer tous les membres de la famille Farquart sans exception ? Cela suggère un esprit déséquilibré… fou…

- Voilà pourquoi vous êtes si mal à l'aise en présence de Niel ?

Mark Galbraith sursauta, et rougit.

- Vous avez remarqué ? Eh bien oui, je… je me demande jusqu'où va son déséquilibre mental. A-t-il développé au fil des années une rancœur profonde, en la cachant à son entourage ? Je dois vous apparaître paranoïaque. Mais l'angoissant, c'est que on ne sait pas vraiment qui suspecter.

- Absence de mobile, marmonna Duncan, fataliste. Maître, j'ai l'impression que lorsque nous aurons découvert le pourquoi de ces crimes, nous découvrirons en même temps l'assassin.

Avec un regard au-dessus de son épaule, l'homme de loi continua.

- Parfois, je soupçonne aussi Nora Farquart… c'est à vous rendre dingue, de ne pas savoir. Après tout, nous n'avons que sa parole sur le motif qui l'a poussée à descendre dans la chapelle près du corps de son père. Et comme elle est restée assez longtemps dans le petit salon tandis que son père et Ian se disputaient, par moments elle me semble la coupable la plus probable…

- Mais elle n'a pas pu commettre le deuxième crime, intervint Duncan. Lorsque je suis descendu, le corps de son frère n'était pas là et je ne l'ai pas quittée un instant avant que nous ne remontions l'escalier.

- Je sais. Mais les crimes ont pu être commis par deux personnes différentes ?

- C'est possible.

- Et si Aileen Farquart se cache actuellement dans le château, elle a pu bénéficier d'une complicité ? Son frère ou sa sœur seraient tout indiqués, en plus de cette mystérieuse Kayla

Mc Iver ou d'un domestique ? Je me demande parfois si les deux sœurs n'étaient pas plus liées qu'on voudrait bien nous le faire croire. Je deviens fou à essayer de passer chacun en revue. Quant à Mademoiselle Mac Iver, cette inconnue surgie de nulle part… c'est celle qui revient le plus souvent comme coupable possible.

Avec une pensée contrite pour la pauvre Kayla qui s'affairait à la cuisine en attendant son retour, le policier changea de sujet.

- Savez-vous où est Ferguson ? Pouvez-vous aller le rejoindre ?

- Il est parti vérifier les installations et le jardin au-dehors, l'informa Mark. Vu le temps, je n'ai pas souhaité l'accompagner, ce qu'il m'a d'ailleurs déconseillé, et à mon avis il ne court aucun risque : il est très peu probable qu'on s'en prenne à lui dans cette tempête rugissante.

- Je vous recommande de l'attendre à la cuisine, dans ce cas, dit Duncan. Ensuite, il faut que j'aille promener Clancy.

- C'est votre chien ? Je le trouve très intelligent.

Dans la cuisine, ils trouvèrent Barbara Ferguson et Kayla Mc Iver occupées à diverses tâches ménagères en vue de la préparation du repas.

- Gail n'est pas là ? fit Duncan en fronçant le sourcil.

- Elle est partie dresser la table au premier étage.

- Il y a des tonnes de nourriture préparée par la cuisinière Fiona qui ont été surgelées, heureusement, glissa Kayla à Duncan. Dès que j'ai terminé, je monte rejoindre Gail pour qu'elle ne soit pas seule.

Au moment où Kayla quittait la pièce, Mademoiselle Fairchild entra dans la cuisine et parut un peu troublée de voir tant de monde.

- Oh ! Heu… Madame Ferguson ? Je voulais vous demander s'il était possible de préparer un plateau repas pour Mademoiselle Nora Farquart. Je le lui monterai moi-même. Par ailleurs, constable, elle voudrait vous parler si cela est possible.

- Servez-vous dans le placard de gauche pour un plateau, Mademoiselle Fairchild, dit Barbara en lui indiquant les rangements. Je vous prépare cela tout de suite.

- A quel sujet ? demanda Duncan en haussant le sourcil.

- Vous lui avez posé une question au sujet des morts de la famille… cela lui a rappelé quelque chose. Elle se sent beaucoup mieux et voulait nous rejoindre à table, mais à mon avis il ne faut rien brusquer. Elle reste encore très secouée. Je l'ai enfermée en partant, voici la clé. Restez avec elle jusqu'à mon retour, je vous prie.

- Venez, Mademoiselle Mc Iver, dit Duncan. Je monte avec vous.

Lorsqu'ils furent arrivés au premier étage, Kayla rejoignit Gail qui plaçait cuillers et fourchettes en jetant de temps en temps des regards apeurés au-dessus de son épaule.

- Comment ça va ? demanda affectueusement Duncan.

- J'ai une frousse bleue que quelqu'un surgisse derrière moi, reconnut-elle avec un pâle sourire.

- Je te laisse avec Kayla. J'ai Nora Farquart à aller voir.

Arrivé devant la porte, le policier frappa et s'annonça avant de déverrouiller la porte. Nora Farquart était adossée à de multiples oreillers, et semblait toujours très pâle et fatiguée. Elle sourit faiblement en voyant Duncan.

- Merci d'être venu si vite, constable Webster. Ce n'est peut-être rien, mais j'ai pensé à ce que vous aviez dit sur les morts dans la famille… Et soudain, je me suis dit qu'il fallait peut-être prendre cette expression au sens figuré.

- Que voulez-vous dire ?

- Avez-vous remarqué le blason de notre famille, au-dessus de la porte d'entrée ?

- Euh… oui.

- Vous avez vu qu'il y avait une devise, au-dessous ?

- Un truc latin, non ? « Suivez-moi » ou quelque chose comme ça ? demanda Duncan avec plus de vivacité que de cérémonie.

Cela ne sembla pas vexer Nora Farquart, qui sourit légèrement en précisant.

- C'est exact. La devise latine est « *Sequere me* », ce qui veut dire « suis-moi ». C'est en fait une citation de la Bible, et la devise a été abrégée pour des raisons pratiques, car elle ne pouvait pas tenir au-dessus de la porte. Mais dans la cheminée du grand salon par exemple, la devise figure intégralement : on lit « *Sequere me et dimitte mortuos sepelire mortuos* », ce qui peut se traduire par « Suis-moi, et laisse les morts enterrer les morts ». C'est une invitation à laisser le passé derrière soi et à aller de l'avant.

- Je vois, fit Duncan, qui trouvait que Nora Farquart aurait été bien inspirée de prendre elle-même à son compte sa devise familiale. Et qu'en déduisez-vous ?

- Si la référence aux morts se rapporte à notre devise, il est possible que ce fameux passage secret soit à proximité d'un endroit où celle-ci est reproduite. Vérifiez la cheminée du grand salon… on a parfois entendu parler de passages dérobés dissimulés dans l'âtre de vieux conduits, dans nos vieux châteaux écossais.

- Merci, Mademoiselle, dit Duncan avec reconnaissance. Voilà un renseignement précieux, je vais examiner le salon à la première occasion.

A cet instant, une clochette se fit entendre.

- Allez déjeuner, constable, proposa aimablement Nora.

- C'est hors de question, je dois attendre que Mademoiselle Fairchild revienne avec votre repas.

L'infirmière apparut presque aussitôt et installa le plateau confortablement sur le lit. Nora sourit.

- Merci, nurse. Allez déjeuner maintenant avec les autres, Mademoiselle Fairchild.

- Mais…

- Je vous assure que je me sens tout à fait remise, coupa presque Nora. Cela vous fera du bien. Fermez à clé en sortant, voilà tout.

- Si vous insistez.

Duncan Webster et Lynn Fairchild quittèrent tous deux la pièce, que celle-ci verrouilla soigneusement. L'infirmière lui demanda à voix basse.

- Commet l'avez-vous trouvée, constable ?

- Assez lasse, mais elle semble plutôt remise d'aplomb.

- C'est aussi mon opinion. Mais il ne faudrait pas qu'un autre choc la terrasse.

- Espérons que non.

A cet instant, Ferguson les rejoignit.

- Mademoiselle Mc Iver ? J'ai de mauvaises nouvelles pour vous. Les bourrasques ont pratiquement retourné votre voiture sur le côté. Par contre, la vôtre n'a rien, constable. Voulez-vous me donner vos clés, Mademoiselle ? Je vais la mettre à l'abri au garage.

- Quelle poisse, grimaça-t-elle. C'est une voiture de location, il ne manquerait plus qu'ils me gardent la caution.

- Nous vous accompagnons, proposa Duncan.

Kayla ouvrit la porte de sa chambre, où Duncan eut la curiosité de jeter un coup d'œil depuis la porte. Au contraire de l'austérité de l'ameublement élisabéthain de la chambre de Nora Farquart, cette vaste pièce avait clairement été aménagée pour une jeune fille, avec ses tonalités tendres et claires et ses meubles Régence. Un grand tapis Axminster aux teintes pastel ajoutait une note raffinée à l'ensemble.

- Allez déjeuner, maintenant, proposa Ferguson dès qu'il eut empoché le trousseau de clés. Je vais mettre à l'abri votre voiture tout de suite.

C'était la première fois que Duncan déjeunait dans le cadre magnifique de la salle à manger du premier étage. La magnificence du cadre lui coupait presque l'appétit, et il vivait dans l'angoisse de se saisir de la mauvaise fourchette ou du mauvais couteau. Neil les avait rejoints avec Mademoiselle Andrews, et fredonnait comme à son habitude dans le vague. Le vent rugissait toujours avec autant de violence au-dehors des grandes fenêtres aux tentures artistement drapées, et Duncan se sentit intérieurement reconnaissant que le bruit de la tempête soit atténué à l'intérieur du château, ou il aurait fallu ajouter un vacarme incessant au stress des crimes, et de l'isolement complet. Il n'avait qu'à regarder autour de lui pour voir que se retrouver ainsi coupé de tout pesait sur les nerfs de tous, indépendamment des deux meurtres. Quant à lui, il se sentait frustré et impuissant à mener cette enquête, et n'espérait que l'arrivée de la police d'Inverness le plus tôt possible.

Le repas toutefois, se déroula sans encombre. Tout le monde s'ingéniait à essayer d'oublier les deux tragédies qui avaient eu lieu, et comme Duncan, parfois les convives regardaient au-dehors en laissant échapper un léger soupir, anxieux que leur enfermement prenne fin. Mademoiselle Fairchild prit sur elle de les distraire en leur racontant les dernières pièces de Londres dont son cousin, un acteur de théâtre, lui parlait lorsqu'il la visitait à Argyllion.

- Gerald essaye de venir me voir assez régulièrement depuis que je suis revenue au Royaume-Uni, c'est le seul parent qui me reste.

- Se limite-t-il au théâtre, ou joue-t-il également dans des films de cinéma ? demanda Mademoiselle Andrews, intéressée.

- Surtout du théâtre shakespearien, je crois, donc des rôles historiques. Ils partent souvent en tournée à l'étranger. Je l'ai mis en rapport avec des théâtres du Connecticut, lorsque j'y habitais.

- Vous avez choisi des voies très différentes, observa Mark Galbraith avec un sourire.

Après avoir servi le fromage et le sherry, Gail et Barbara s'éclipsèrent tranquillement tandis que les invités, un peu détendus se laissèrent aller à quelques prudentes suppositions sur la fin de la tempête et l'arrivée des secours. Duncan commençait à ressentir un mal de tête lancinant et les paupières lourdes, tandis que Mark Galbraith essayait à grand-peine de dissimuler d'énormes bâillements. Mademoiselle Fairchild et

Mademoiselle Andrews se frottaient discrètement les yeux à intervalles réguliers, et Neil alla sans façon s'installer dans un petit canapé tendu de velours, dans un coin de la pièce. Duncan s'en voulut presque de ne pas être déficient mental pour avoir l'alibi d'un sans-gêne pareil.

- Il semblerait que tout le monde ait envie de faire la sieste, fit gaiement remarquer Kayla, qui battait des paupières et soutenait son menton dans son poing.

Duncan se faisait la réflexion qu'elle était vraiment jolie en inclinant ainsi la tête, et imaginait presque les propos à l'eau de rose qu'il aurait pu tenir à Kayla s'ils s'étaient rencontrés à Lochmory lorsque d'un coup, il se dressa net. Il venait de comprendre.

- Nous venons tous d'être drogués ! s'écria-t-il.

Chapitre 18 – Deux sœurs

Duncan reprit vaguement conscience avec l'impression que l'ouragan du dehors avait élu domicile dans son cou et sa tête. Il avait l'impression d'être balloté sans merci sur des récifs de granit avec des secousses répétées. Alors qu'une vague particulièrement haute venait de le propulser dans la stratosphère, il ouvrit les yeux mais tout tournait autour de lui. Un mouvement instinctif le fit retomber dans l'obscurité d'un trou sans fond avant qu'une douleur aigüe ne lui fasse suspecter qu'il était tout simplement tombé de sa chaise.

Il tenta de se rappeler ce qui s'était passé juste avant qu'il ne sombre totalement dans l'inconscience… Il n'avait eu que quelques minutes après avoir compris ce qui était en train de se passer avant d'abandonner la lutte contre le sommeil qui lui enveloppait les épaules tel une chape de plomb. Il se rappelait de Mark Galbraith se lever, les yeux exorbités de terreur, et s'emparer frénétiquement de son verre d'eau, tandis que Kayla avait déjà la tête tombée sur la poitrine au creux de sa chaise, et Mademoiselle Fairchild se levait et titubait en faisant quelques pas maladroits… Mademoiselle Andrews avait tendu la main vers Neil déjà profondément endormi sur le canapé, puis l'avait laissée retomber…

Duncan battit des paupières, il fallait se sortir de cette torpeur qui le paralysait encore. Il tenta de ramper sur le sol et de faire quelques mouvements, et constata que sa vision floue redevenait peu à peu normale. Après encore quelques mouvements de reptation sur la moquette moelleuse, au prix de mille difficultés il se dressa sur un coude. La pièce baignait dans une clarté diffuse, une lampe discrète ayant été allumée pendant le déjeuner car la pièce s'était assombrie avec les nuages noirs du dehors. Duncan prit une longue inspiration. Sa tête avait l'impression de flotter dans du coton, mais il photographia d'instinct ce qui l'entourait. Neil dormait toujours paisiblement sur le canapé, et Mark Galbraith comme Mademoiselle Fairchild étaient étalés de tout leur long non loin de lui, totalement inertes. Duncan prit une longue inspiration et réussit à se mettre à quatre pattes, puis à prendre appui sur la table de la salle à manger pour se relever.

Dans ce nouveau champ de vision, Mademoiselle Andrews et Kayla étaient affalées sur leur chaise, à moitié allongées sur la table. Elles aussi semblaient totalement inconscientes. Malgré le vertige, Duncan réussit à se mettre debout et, avec des gestes hésitants, alla de l'un à l'autre en tâtant leur pouls. Tous étaient en vie, et dormaient paisiblement avec un rythme cardiaque régulier. Duncan poussa un soupir de soulagement. Heureusement, leur mystérieux assaillant n'avait pas profité de leur inconscience pour trucider l'un d'entre eux. *Mais les autres ?* se demanda-t-il soudain. Il regarda sa montre et lut, incrédule, vingt-deux heures. Ils avaient donc dormi presque dix heures !

Sa démarche n'était toujours pas assurée, mais en se tenant aux meubles il réussit à atteindre la porte et à l'ouvrir. Le couloir était plongé dans l'obscurité totale et un silence de mort régnait, si l'on exceptait le bruit des rafales assourdies qui se faisaient toujours sentir au dehors. *Cette maudite tempête n'aura donc jamais de fin*, grommela Duncan intérieurement.

Il s'accrocha à la rampe de l'escalier et constata que le hall restait plongé dans le noir. A tâtons il chercha l'interrupteur et l'alluma, puis commença à descendre l'escalier marche par marche lorsqu'on l'appela d'une voix pâteuse.

- Duncan… constable Webster !

Se retournant il vit Kayla qui s'appuyait contre le chambranle de la porte, les yeux semi-ouverts et ses longs cheveux épars sur ses épaules.

- Kayla, essayez de réveiller les autres, parvint-il à articuler. Je descends voir à la cuisine si tout le monde est ok.

- D'accord, répondit-elle.

Au bout d'un périple aventureux qui lui faisait l'effet d'être un nourrisson intrépide, Duncan parvint à se retrouver devant la porte de l'office dans laquelle il donna un coup de pied. Le même spectacle de désolation s'offrit à ses yeux. Ferguson était étalé de tout son long sur la table de la cuisine à côté de son assiette, tandis que Gail et Barbara dormaient allongées sur le carrelage rutilant. Une casserole où une préparation calcinée avait débordé se tenait encore sur le fourneau, heureusement la sécurité des feux à induction avait arrêté la combustion.

Duncan s'attarda auprès de chacun et tenta de les réveiller sans succès. Ils étaient tous sains et saufs, mais dormaient encore profondément, ayant sans doute pris leur déjeuner peu après les convives de la salle à manger. Le policier s'intéressa alors au contenu de l'assiette de Ferguson et à la vaisselle placée dans le lave-vaisselle, et constata qu'ils avaient tous mangé la même chose. Si un plat quelconque avait été drogué par un sédatif, tous y avaient eu droit. A cet instant, Mark Galbraith entra d'un pas hésitant en se tenant la tête.

- Constable Webster ? dit-il faiblement. Que s'est-il passé ?

- Notre repas contenait un somnifère, l'informa-t-il. Nous avons tous dormi dix heures.

- Quelqu'un nous a fait prendre un… somnifère ? Mais pourquoi ?

- Aucune idée, grommela Duncan. Maître, restez ici et attendez qu'ils se réveillent. Autant que je puisse voir, nous allons tous bien, je vais voir si Nora Farquart dort également.

L'exercice de remonter l'escalier s'avéra plus facile qu'il ne l'aurait cru, les effets de la drogue commençant à se dissiper. Il retrouva Kayla dans la salle à manger qui s'évertuait à verser un verre d'eau à chacun, encore somnolent et gémissant.

- Ils vont bien, dit-elle à Duncan.

- Merci, Kayla. Mademoiselle Fairchild, pouvez-vous me donner la clé de la chambre de Nora Farquart ?

L'infirmière la lui tendit sans un mot, en dodelinant de la tête. Duncan courut déverrouiller la porte de la chambre, qui était toujours fermée à clé, et constata que Nora avait disparu. Son lit était vide. Il chercha rapidement dans la pièce et appela dans le couloir, mais dut se rendre à l'évidence, Nora Farquart s'était volatilisée. Il se rendit alors compte qu'un mot avait été épinglé sur son oreiller, qu'il lut, les lèvres pincées, et mit dans sa poche.

Il revint alors dans la salle à manger et annonça tout de go.

- Inutile de chercher plus loin qui nous a joué cette mauvaise farce. Je pense que Nora Farquart a un détestable sens de l'humour.

- Mademoiselle Nora ? Que voulez-vous dire ? demanda Mademoiselle Andrews, surprise.

- J'ai trouvé un mot sur son oreiller qui disait « Je vous ai bien eus ». Si elle s'imagine être drôle…

- Vous vous trompez sans doute, constable, affirma Mademoiselle Fairchild. Elle n'a pas quitté sa chambre depuis ce matin ! Comment aurait-elle pu glisser un somnifère dans notre nourriture ?

- Elle a pu le faire plus tôt, opina Duncan. Je crois que Fiona avait préparé les repas, puis les avait surgelés. Savez-vous qui a choisi le menu de ce déjeuner ?

- Heu… Vous avez raison, c'est bien Mademoiselle Farquart qui a choisi le ragoût pour aujourd'hui. Barbara m'avait demandé quelle était sa préférence entre le ragoût ou un rôti de bœuf pour le déjeuner, et je lui ai répondu que Mademoiselle Nora préférait le ragoût. Mais vous n'allez pas en déduire…

- En tout cas, elle a disparu et il nous faut la retrouver, coupa Duncan. Je vais attendre que Mark Galbraith et Angus Ferguson me rejoignent et nous allons fouiller ce château jusqu'à remettre la main sur elle, je vous le garantis.

- Pensez-vous… qu'elle soit également coupable des autres crimes ?

- Tout est possible à ce stade, mais je ne le pense pas pour le deuxième. Il a pu s'agir d'un complice, notez bien. Elle a peut-être feint sa terreur dans la chapelle pour le laisser s'enfuir. Mademoiselle Fairchild ?

- Oui ?

- Voulez-vous avoir l'amabilité de vérifier votre stock de médicaments et autres drogues ? Je voudrais que vous me confirmiez que rien ne manque. Nora Farquart s'en est peut-être servi.

- Tout de suite, acquiesça-t-elle en se levant vaillamment, car sa démarche restait incertaine.

Après quelques instants, Mademoiselle Andrews demanda.

- Qu'en pensez-vous, constable ? Pourquoi nous avoir ainsi drogués ?

- Je pense que Nora Farquart voulait être sûre que nous soyons tous hors circuit pour un temps déterminé, mais pourquoi, cela je l'ignore. Apparemment rien n'a disparu et aucun d'entre nous n'a été attaqué. Personnellement, je pense que les deux sœurs sont de connivence depuis le début.

- Ou alors, c'est le contraire. Peut-être avait-elle une idée sur la cachette de sa sœur, et voulait l'explorer seule ? suggéra Kayla.

Ces mots rappelèrent à Duncan sa dernière conversation avec Nora.

- Vous savez peut-être qu'un passage secret existerait entre le village et le château depuis de lustres, et mon frère affirme qu'il en avait découvert l'entrée... notre grand-tante Miffy nous en parlait lorsque nous étions enfants. L'indice que j'ai, c'est que l'entrée a un lien avec les morts.

- Les morts ? Plutôt macabre, remarqua Mademoiselle Andrews en fronçant les sourcils.

- Oui, mais Nora Farquart pensait avoir trouvé un sens aux « morts », ce fameux mot clé relatif au passage secret. Elle pensait que ceci avait trait à la devise de la famille Farquart, et m'avait demandé de me rendre dans la cheminée du grand salon…

Ne perdant pas une seconde, il descendit l'escalier et arracha sans aucune précaution le ruban adhésif qui scellait la pièce, puis s'engouffra à l'intérieur, Kayla sur ses talons. En allumant une lampe, il s'approcha avec fébrilité de l'âtre de la cheminée majestueuse et distingua la vieille devise presque illisible en dessous du blason noirci par les ans et les flambées.

Frénétiquement, il reprit son calepin et relut « *Sequere me et dimitte mortuos sepelire mortuos* » en essayant de voir où les deux mots « *mortuos* » pouvaient se situer. Il finit par les identifier, et se tourna vers Kayla, qui dit aussitôt.

- Ils ont bien dit aller chez « les morts » ? Essayez de déplacer ou de faire pression sur les mots « *mortuos* », on va bien voir.

Obéissant, Duncan appuya fortement sur l'un, puis sur l'autre, puis sur les deux, mais rien ne se produisit. Il secoua la tête dans la négative, et Kayla et lui échangèrent un regard de profonde déception.

- Quel dommage que la fichue vision de la tante Miffy n'ait pas donné tout de suite l'entrée de ce damné passage, pour une fois ce truc servirait à quelque chose, grommela Duncan.

- La vision ? Que voulez-vous dire ? demanda Kayla, étonnée.

- Oh, ce sont de vieilles superstitions écossaises… dit Duncan, un peu gêné. Certaines personnes sont réputées avoir le don de seconde vue, dans des familles. Un tas d'imbécillités, si vous voulez mon avis. Enfin, il arrive que la tante Miffy nous agace sérieusement, avec son prétendu don.

- Parce qu'elle met un peu trop souvent dans le mille ? demanda Kayla avec le sourire.

L'air renfrogné de Duncan lui apprenant qu'elle avait vu juste, elle mit sa main devant sa bouche pour dissimuler son amusement.

A cet instant, Barbara Ferguson entra dans la pièce et s'immobilisa, intimidée. Elle semblait avoir repris la pleine possession de ses moyens, même si elle se tenait encore à la porte pour garder son équilibre.

- Constable ? Angus pense que je vais vous faire perdre du temps avec une stupidité, mais vous aviez bien demandé à ce qu'on vous rapporte tout fait sortant de l'ordinaire, même insignifiant ?

- Que se passe-t-il ?

- Eh bien, ma bouteille d'huile a disparu.

- De l'huile ?

- Oui, de l'huile d'arachide tout à fait banale. Elle se trouvait à proximité du fourneau lorsque j'ai perdu connaissance, et a disparu maintenant. Angus pense que ce n'est rien, mais je voulais tout de même vous le signaler.

- Très bien. Merci, Barbara. Angus est réveillé ?

- Oui, mais il se sent encore atteint de vertige. Monsieur Galbraith lui a demandé de s'asseoir un moment.

- Et Gail ?

- Elle s'est réveillée, mais elle aussi a encore la tête qui tourne.

Après le départ de Barbara, Kayla secoua la tête et désigna à Duncan ses mains souillées de suie et de poussière noire.

- Je ne pense pas que cette devise-ci ouvre l'entrée du passage secret, constable. Regardez vos mains. Vu la couche de saleté, cet âtre n'a visiblement pas été touché depuis des lustres.

- Vous avez raison, Kayla, maugréa Duncan. Nora Farquart m'a probablement mené en bateau.

- A moins qu'un autre endroit dans le château ne reproduise la devise dans son intégralité, et soit la véritable entrée du passage secret. Vous ne l'avez vue nulle part ailleurs ?

Lentement, Duncan hocha la tête. Mis à part l'entrée de pierre du château d'Argyllion et cette imposante cheminée, il ne voyait pas d'autre possibilité.

- Nous pourrons demander à Mademoiselle Andrews, elle doit connaître les lieux comme sa poche, réfléchit Kayla.

- Bien. Kayla, je voudrais que vous remontiez auprès des autres, demandez à Gail et à Barbara de vous rejoindre. Pendant ce temps, Mark Galbraith, Ferguson et moi allons fouiller le château.

Le policier scella de nouveau la pièce, puis revint dans sa chambre pour prendre une torche, et vérifia que ses affaires n'avaient pas été dérangées. Les armes dérobées dans l'armurerie et découvertes sous la console du grand hall étaient toujours emballées dans leur papier protecteur, ainsi que l'arme de Ian. L'heure qui suivit fut bien remplie. Malgré l'obscurité et une pluie battante qui cinglait les vitres des fenêtres dans un tintamarre permanent, les trois hommes procédèrent à une fouille minutieuse des pièces du château du rez-de-chaussée et du premier étage, sans résultat. Nora Farquart s'était complètement évaporée.

- Et le deuxième étage ? demanda Mark Galbraith.

- Je l'avais verrouillé derrière moi avec un nouveau cadenas à combinaison secrète lorsque nous avions cherché si Mademoiselle Aileen ne s'y dissimulait pas, expliqua Ferguson.

- Les quartiers des domestiques ? s'enquit Duncan laconiquement.

- On peut y faire un tour, bien sûr, voulez-vous que nous allions vérifier l'extérieur ? demanda Ferguson.

- Y a-t-il des dépendances où elle aurait pu se cacher malgré la tempête ? demanda Mark, visiblement peu désireux de s'aventurer dehors en pleine nuit par un temps aussi épouvantable.

- Cela m'étonnerait, toutes celles auxquelles je pense ont été cadenassées avant l'ouragan, avoua Ferguson.

L'agent de sécurité et l'homme de loi coulèrent un regard en coin vers le policier. Duncan acquiesça à leur question muette.

- Laissons l'extérieur pour le moment. Mais nous allons quand même faire un tour dans les quartiers des domestiques.

- Suivez-moi, fit aussitôt Ferguson.

L'aile spéciale dévolue aux appartements du personnel était constituée de chambres modernes assez spacieuses qui, si elles n'offraient pas le luxe ni le confort des autres chambres du château, étaient assorties chacune d'une petite salle de bains privée. Un salon commun était pourvu d'une télévision et l'appartement des Ferguson, un des plus grands, disposait de plus d'une pièce à vivre attitrée. Toutes les pièces étaient vides, et aucune présence étrangère ne s'y remarquait.

- Ce n'est pas le grand luxe, bien sûr, déclara Ferguson, qui semblait s'excuser.

Mark Galbraith et Duncan Webster échangèrent un regard évocateur et simultané, l'un pensant à son ancienne chambre d'étudiant exiguë et l'autre à son minuscule logement de fonction à Lochmory.

- Vous n'êtes pas si mal lotis, croyez-moi, dit le policier.

Découragés, les trois hommes revinrent dans le hall, grâce à l'entrée des domestiques que Ferguson ouvrit avec son badge.

- Retournons dans la chambre de Nora Farquart, décida Duncan. Nous verrons au moins si elle s'est habillée ou a pris un manteau.

Mais parmi les possessions de Nora Farquart qui s'étalaient dans son dressing attenant, rien ne semblait manquer ou avoir été dérangé. Seuls le lit vide aux couvertures repoussées sur le côté, et les boîtes de médicaments sur la table de chevet constituaient des éléments de désordre relatif dans cette pièce à l'ordre impeccable.

- Tiens, c'est curieux, remarqua tout à coup Duncan.

- Quoi donc ?

- Quelque chose manque.

- Quoi donc ? Je ne vois rien, dit Mark Galbraith en jetant un coup d'œil circulaire.

- Si, sa robe de chambre.

Lorsqu'il avait vu Nora Farquart plus tôt dans la journée, sa robe de chambre était placée au pied de son lit. Il fronça les sourcils.

- Pouvait-elle ouvrir la porte de l'intérieur ?

- Oui, confirma aussitôt Ferguson. Si on referme la porte derrière soi, elle se verrouille à nouveau, mais c'est un impératif en cas d'incendie que personne ne reste enfermé dans sa chambre. La clé ne sert qu'à fermer de l'extérieur.

Un sombre pressentiment s'empara de Duncan. Si quelqu'un avait frappé à la porte… Alors Nora Farquart se serait levée, et aurait bien sûr revêtu sa robe de chambre… elle serait allée ouvrir… et ensuite ? Qu'avait-il pu se passer ?

Malgré lui, il sut tout de suite où il fallait regarder. En deux enjambées, il s'approcha de la fenêtre – l'ancienne fenêtre où Nora avait voulu pousser sa sœur dans le vide, bien des années auparavant - et ouvrit le crochet de sécurité en hauteur. Mark Galbraith, qui l'avait suivi, eut un hoquet de terreur alors qu'ils découvraient tous deux le tas informe qui gisait tout en bas.

- Nous l'avons retrouvée, fit Duncan d'une voix rauque en se tournant vers Ferguson.

Chapitre 19 – Troisième meurtre

Il fallut bien mettre au courant les autres. Si Mademoiselle Andrews se mit à sangloter à chaudes larmes, et Barbara sembla se figer en état de choc, Duncan fut reconnaissant à Kayla de son sang-froid. Elle aida Mademoiselle Fairchild à prendre soin de Gail qui venait d'avoir une violente crise de nerfs et criait qu'ils allaient tous mourir. Il fallut un certain temps pour la calmer, et Mademoiselle Fairchild dut lui certifier ainsi que faire confirmer par Mademoiselle Andrews que les cachets de calmants qu'elle lui donnait ne présentaient aucun danger.

Pendant ce temps, Duncan, Ferguson et Mark Galbraith se vêtirent chaudement et remplirent la tâche mélancolique d'aller chercher le corps disloqué de Nora Farquart pour le placer dans la chapelle funéraire. D'après les constatations de Duncan, elle était déjà morte depuis un certain temps, même si le froid avait pu aussi accélérer la rigidité cadavérique. Une expression de terreur se devinait encore sur ses traits, et Duncan se sentit envahi par une profonde pitié. Pauvre femme... Les trois hommes la portèrent avec respect dans la chapelle à côté des corps de son frère et de son père, et Duncan lui croisa les mains et dégagea ses cheveux épars de son visage– ce faisant, il poussa un cri.

- Regardez !

Fébrilement, il tourna la tête de Nora Farquart.

- Elle n'a rien de ce côté-ci. Mais voyez !!

A son oreille gauche, Nora Farquart portait la deuxième boucle d'oreille de sa sœur Aileen – Duncan vérifia immédiatement que la première, trouvée dans la main du baron, se trouvait encore dans sa poche intérieure. Il détacha la deuxième boucle d'oreille avec soin, et recouvrit le corps d'un drap.

- Venez, allons rejoindre les autres, dit-il aux deux hommes qui semblaient frappés de terreur.

Tous les habitants s'étaient rassemblés dans le grand salon resté ouvert, et malgré l'heure tardive, personne ne semblait éprouver l'envie de dormir ou même de se rendre dans sa chambre. Dès son arrivée, Duncan prit la parole.

- J'ai des choses à vous apprendre, fit-il.

- Moi aussi, constable, intervint Mademoiselle Fairchild. Avant que vous ne continuiez, sachez qu'une partie de ma réserve de morphine a disparu. Mon sac a été fouillé, je suis formelle là-dessus.

- Des comprimés ou une solution à injecter ? demanda Duncan, pratique.

- C'est une solution à injecter. Des patchs ou des comprimés auraient mis trop de temps à soulager le baron, dont les douleurs fortes pouvaient survenir très brutalement.

- S'agit-il du somnifère qui nous a été administré ?

- Je ne pense pas, constable. C'est une drogue puissante que j'injectais parfois à petite dose au baron lorsque ses douleurs surgissaient, pour obtenir un soulagement immédiat.

- La quantité volée suffit-elle pour tuer un être humain ?

Mademoiselle Fairchild hésita, puis déclara.

- Injectée d'un seul coup, oui. Je ne veux affoler personne, mais voilà pourquoi j'ai cru devoir vous en parler tout de suite.

L'assistance échangea des regards furtifs et effrayés.

- Que s'est-il passé pour la mort de Nora ? Pourquoi elle ? demanda Mademoiselle Andrews d'une voix brisée.

- A mon avis, Mademoiselle Farquart s'est levée pour répondre à quelqu'un qui se trouvait à la porte. Quelqu'un a dû frapper et lui annoncer sa présence.

- Et elle aurait ouvert la porte ? Je lui avais bien recommandé de n'ouvrir à personne d'autre qu'à moi, objecta Mademoiselle Fairchild.

- Quelles que soient ses raisons, elle a ouvert, dit Duncan. Elle l'aurait fait d'autant plus si la personne se présentait comme sa sœur disparue, non ? Elle n'avait pas de raison de suspecter que nous étions tous endormis à coté et que personne ne pourrait lui venir en aide.

- Vous voulez dire… qu'Aileen s'est présentée à sa porte ?

- Qui d'autre lui aurait mis ceci à l'oreille ? demanda Duncan en exhibant la boucle d'oreille qui incriminait la disparue.

Certains étouffèrent un cri.

- Mais… vous êtes sûrs que… balbutia Barbara Ferguson.

- Voici la deuxième, compléta Duncan en sortant l'autre de sa poche. On peut dire que le crime est signé. Il l'est d'autant plus que… cette fois, l'assassin nous a laissé un message. L'un d'entre vous le reconnaît-il ?

Il tendit la note manuscrite qu'il avait retrouvée sur l'oreiller de Nora Farquart à la personne la plus proche de lui, à savoir Kayla. Celle-ci leva les sourcils, eut un geste d'ignorance et la passa à Barbara Ferguson, puis à Ferguson qui eurent aussi des gestes de dénégation. Mais lorsque Ferguson la passa à Mademoiselle Andrews, celle-ci étouffa un cri et plaça sa main contre sa bouche.

- Oh mon Dieu ! C'est… c'est l'écriture d'Aileen Farquart !

Mademoiselle Fairchild bondit de sa chaise et s'empara de la note. Elle aussi poussa une exclamation.

- Mais oui ! Cela y ressemble ! Le baron m'avait donné la soi-disant lettre de sa fille à consulter, attendez ! Je vais la chercher afin que nous comparions, elle est enfermée à clé dans son secrétaire, avec ses autres papiers confidentiels. J'avais ôté la clé du cou du baron Farquart avant que son corps ne soit emmené. Et même s'il l'a mise dans son coffre privé, je sais où trouver la combinaison.

- Galbraith ! Accompagnez Mademoiselle Fairchild, ordonna Duncan.

Celui-ci hocha la tête, et quitta le salon en compagnie de l'infirmière. Ils revinrent tous deux peu de temps après, et la similitude des écritures ne faisait pas de doute lorsqu'on les comparait.

- Ces deux messages ont été écrits par la même main, déclara résolument Duncan. Il nous reste cependant à être sûrs qu'il s'agit bien d'Aileen Farquart. Avez-vous des échantillons de son écriture datant d'avant sa disparition, Mademoiselle Andrews ?

- Oui, mais je ne sais pas si cela vous servirait à grand-chose, constable. Elle a disparu voici si longtemps... et l'écriture de quelqu'un peut se modifier avec les années.

- Vous avez raison, il faudrait un expert pour affirmer avec certitude qu'il s'agit de la même personne. Mais gardez-les. Nous soumettrons tout ceci à la police d'Inverness.

- Si elle arrive un jour, soupira Barbara Ferguson.

- J'ai peur qu'Aileen Farquart ne prenne plus aucune précaution pour dissimuler sa présence ici, et j'en ignore la raison, mais elle semble vouloir se moquer ouvertement de nous, observa Kayla.

- En admettant qu'Aileen Farquart se soit introduite et cachée dans le château et que, pour une raison inconnue, elle ait décidé de tuer tous les membres de sa famille encore en vie, pensez-vous que Neil soit menacé ? demanda Mademoiselle Andrews, la voix chargée d'angoisse. Je ne l'aurais jamais cru au départ, ils s'entendaient si bien...

- Vous avez raison. Je suggère que vous et Mademoiselle Fairchild soyez maintenant attachées toutes deux à la surveillance de Neil Farquart. Ne le quittez pas d'une semelle.

- En tous les cas, il est exclu de la succession, remarqua Mark Galbraith. Si on s'en prenait à lui, ce ne serait pas pour des motifs intéressés. J'espère que cela le met à l'abri... et que cette liste macabre est maintenant terminée...

- Nous ne pouvons être sûrs de rien, opina Kayla en secouant la tête, dubitative.

- Mais nous ? demanda Gail, terrorisée. Jusqu'à présent, on s'en est uniquement pris aux membres de la famille, mais supposez que le meurtrier soit un psychopathe et décide de tuer tout le monde, un à un ?

- Je ne crois pas, Gail, fit Duncan d'un ton apaisant. Pour l'instant, c'est cette damnée ligne successorale qui est visée. Je pense que les étrangers à la famille ne risquent rien.

- Sauf si nous découvrons où se cache Aileen Farquart, et que nous lui tombions dessus, compléta Angus Ferguson en regardant autour de lui. C'est une folle furieuse.

Tous se regardèrent, s'attendant presque à voir Aileen Farquart, lèvres écumantes, surgir de nulle part. Mais cela aurait presque mieux valu que cette atmosphère oppressante qui les enveloppait maintenant, car chacun ressentait sourdement qu'une présence invisible et menaçante pouvait frapper à tout moment.

- Aileen Farquart a eu la partie belle jusqu'à présent, remarqua Mark Galbraith, dont la voix s'efforçait de rester ferme. Personne ne suspectait sérieusement sa présence ici, donc aucun de nous ne se méfiait vraiment. Mais maintenant, nous allons tous nous tenir sur nos gardes. Que cet intrus soit Aileen Farquart elle-même ou quelqu'un qui se fait passer pour elle, nous voilà prévenus et un homme averti en vaut deux.

- Je suis d'accord avec vous, cela nous donne un avantage certain, acquiesça Duncan. Nous devons sortir malgré la nuit pour nous assurer qu'elle n'a pas pu s'enfuir après son troisième crime. Tout d'abord, il faut vérifier que toutes les voitures sont là. Combien y en a-t-il dans le garage, Ferguson ?

- Le garage est occupé par six voitures, constable. Il y a la nôtre, celle de Monsieur Galbraith, celle de ce pauvre Monsieur Ian Farquart qu'il avait ramenée d'Inverness, celle de Mademoiselle Nora qu'elle n'utilisait pratiquement jamais, et la grande limousine qui était aménagée pour recevoir le baron et son fauteuil roulant. La vôtre est bien protégée là où vous l'avez garée, mais j'y ai ajouté tout à l'heure la voiture de location de Mademoiselle Mc Iver qui souffrait de la tempête.

Donc six voitures au total. Le garage a été aménagé dans l'ancienne remise à calèches.

- Bien. Allons vérifier.

Laissant les femmes dans le salon, Ferguson, Mark Galbraith et Duncan empruntèrent le boyau étroit au bout duquel se trouvaient les costumes et atteignirent les communs situés derrière le château. Sur la droite, Ferguson déverrouilla l'entrée du grand garage qui y était aménagé, derrière le magasin de souvenirs grillagé, noir et silencieux. Lorsque Ferguson alluma l'électricité, toutes les voitures se trouvaient là.

- Vu le temps, personne n'a pu sortir du château aujourd'hui, opina Ferguson. Et toutes les voitures sont bien là, garées et propres. Personne ne s'en est servi. De toute façon, le badge spécial qui commande l'ouverture du garage n'est détenu que par moi et par Gareth, le chauffeur du château, qui est reparti chez lui avant la tempête.

- Mais si quelqu'un voulait se servir de sa voiture, ne peut-il entrer directement et la prendre ? objecta Duncan.

- En temps normal, on le demande au majordome et il transmet la requête à moi ou à Gareth. La voiture est amenée devant le perron quelques minutes après. En règle générale, les invités se garent dans le parking des invités, à côté du château, et ne passent pas par le garage.

- Je vois.

Duncan jeta un coup d'œil circulaire et nota fugitivement un détail qui lui rappelait quelque chose, mais il n'aurait su dire quoi. Haussant intérieurement les épaules, il ramena son attention vers Mark Galbraith et Ferguson qui attendaient visiblement son signal pour rejoindre le château.

- Voilà au moins un point éclairci. Rentrons.

Une fois revenus dans la grande salle, ils virent que toutes les femmes se trouvaient assises, sauf Kayla qui inspectait encore les fermetures des portes intérieures et des fenêtres. Duncan fit alors observer à tous qu'il était près d'une heure du matin et qu'il était temps d'aller se coucher, même si cette proposition ne rencontra que peu d'enthousiasme. Tout le monde avait visiblement espéré qu'une voiture manquait à l'appel, et qu'Aileen Farquart ait décampé après son dernier crime.

- Elle est donc toujours là, murmura Mademoiselle Fairchild d'une voix rauque.

- On va devoir s'enfermer chacun à double tour dans sa chambre cette nuit, frissonna Gail.

- La première des choses est de ne pas céder à la panique, tenta de les apaiser Duncan. Prenons toutes les précautions possibles, car je vous rappelle que le sac de Mademoiselle Fairchild a été fouillé. Avant que nous nous séparions, je voudrais s'il vous plaît que chacun vérifie qu'il est bien en possession de tous les objets qu'il portait sur lui au moment de son endormissement. Vérifiez que rien ne vous manque, et faites également un contrôle de vos possessions dans votre chambre lorsque vous y serez, déclara Duncan en haussant la voix. Si une arme ou un objet quelconque a disparu, informez-moi tout de suite.

Immédiatement, des mains se plongèrent dans des poches, et à tour de rôle, chacun déclara qu'il ne lui manquait rien.

- Vous avez tous vos clés de chambre ? Vos badges d'accès aux quartiers des domestiques ? Personne ne vous a volé quelque chose ? insista Duncan.

Tandis que Angus, Gail et Barbara brandissaient chacun leur badge, Duncan sentit un doute affreux le saisir. Il plongea la main dans sa propre poche, et constata avec soulagement que la clé du tiroir de la cuisine se trouvait toujours là. Mais les autres badges s'y trouvaient-ils tous ?

- Ferguson, venez avec moi, ordonna-t-il.

Courant presque à travers le hall, il se précipita vers la cuisine, et déverrouilla le tiroir où il avait inspecté les badges laissés par les domestiques, la veille. Il chercha quelques instants, puis poussa un juron.

- Qu'y a-t-il, constable ? demanda Ferguson, effrayé.

- Deux enveloppes sont vides, répondit-il, l'air sombre, dont le badge spécial du garage de Gareth, le chauffeur. Aileen Farquart peut donc se déplacer où elle veut dans le château, et elle a également trouvé le moyen d'en partir le moment venu…

Chapitre 20 – L'étau se resserre

Neuf personnes effrayées se retrouvèrent le lendemain au petit salon où le petit déjeuner les attendait. Duncan s'était levé très tôt – en fait, il lui avait été quasiment impossible de dormir, et il suspectait que les autres n'avaient pas passé une bonne nuit non plus. Grâce à leur sommeil forcé de la veille, personne ne semblait heureusement ressentir trop de fatigue. Duncan avait supervisé la fabrication du petit déjeuner par Barbara et Gail, en veillant à ce qu'elles n'utilisent que des produits encore emballés et non entamés. Il put d'un mot rassurer chacun des participants qui hésitaient même à se servir de toasts grillés.

Mark Galbraith s'éclaircit la gorge et prit la parole vers la fin du déjeuner.

- Vous nous avez demandé de vous rapporter toutes les informations qui vous sembleraient utiles, constable. Je n'ai pas pu me coordonner avec mon père, mais je suis sûr qu'il serait de mon avis de vous apprendre ceci vu les circonstances. Voici les faits. Pendant des années, notre étude a supervisé les recherches concernant Aileen Farquart suite à sa disparition. Les premières vérifications ont été localisées sur les mariages enregistrés à Gretna Green. Vous savez que la tradition ancienne veut que le maréchal-ferrant y prononce des mariages sans consentement parental, qui sont légaux pour les mineurs depuis le dix-huitième siècle. C'est l'un des endroits les plus fréquentés au monde pour un mariage, car il conserve une aura de romanesque au vu de son histoire. Mon père a informé le baron et la baronne qu'Aileen lui avait posé des questions à ce sujet lorsqu'il était venu régulariser des documents légaux - précisément la veille de sa disparition. Je l'accompagnais, mais n'ai pas été le témoin de leur entrevue.

- Comment ? Elle voulait se marier ? demanda Mademoiselle Fairchild, stupéfaite.

Mark Galbraith eut une moue dubitative.

- En tout cas, elle avait demandé quelles étaient les dispositions pour célébrer un mariage là-bas. Nous ne pouvons être sûrs de rien. Après sa disparition, mon père s'en est bien sûr souvenu, et a fait toutes les vérifications sur les mariages enregistrés dans les jours qui suivaient à Gretna Green. Par la suite, il a même dépêché un détective sur place à demeure avec le signalement et des photographies d'Aileen. Celui-ci y est resté un mois entier sans succès. Aucun des mariages enregistrés ne concerne Aileen Farquart. Mon père en a conclu que cette piste tournait court.

- Mais devait-elle s'y rendre obligatoirement ? N'aurait-elle pas pu se marier ailleurs ? Gretna Green est assez loin de Caithness, et si ma mémoire est bonne, on n'a pas pu établir qu'elle avait quitté les lieux par la gare la plus proche de Lochmory, objecta Mademoiselle Andrews.

Approbateur, l'homme de loi inclina la tête devant la question de Mademoiselle Andrews.

- Vous avez raison, cela ne prouve rien. Historiquement, Gretna Green symbolise surtout le mariage de mineurs en dehors du consentement des parents. Mais Aileen venait d'atteindre son dix-septième anniversaire, et l'âge légal du mariage en Ecosse étant de seize ans sans qu'un contentement parental soit nécessaire depuis 1929, elle pouvait déjà se marier dans n'importe quelle chapelle, église, mairie habilitée partout dans la région. Bref, nous n'étions pas plus avancés. En fait, se marier à Gretna Green ne présentait de sens qu'en un seul cas…

- Oui ? demanda Duncan, intéressé.

- Eh bien, si le futur époux, lui, n'était pas écossais et avait le même âge qu'elle. En Angleterre et au Pays de Galles, l'âge légal du mariage est de seize ans minimum avec un consentement parental, mais sans celui-ci il faut attendre dix-huit ans.

- Mais si le mariage avait eu lieu à Gretna Green sans le consentement des parents du mari, il aurait été reconnu valable ?

- Je pense que oui, fit lentement Mark Galbraith.

- On peut donc supposer valablement que son fiancé – enfin, celui qu'elle voulait rejoindre selon Neil Farquart et Mademoiselle Andrews – serait devenu son mari ?

- Nous ignorons si ce mariage a bien eu lieu, et avec qui, constable. Mais on peut ajouter comme suspects de ces crimes le mari de Aileen Farquart si elle s'est bien mariée, et peut-être aussi les enfants qui auraient suivi.

- Ils seraient encore trop jeunes, voyons, objecta Mademoiselle Andrews. Aileen n'a disparu qu'il y a vingt ans.

- Je suis sûr que nous ne pouvons pas exclure que le fils ou la fille d'Aileen Farquart, à dix-neuf ou vingt ans, puisse constituer un suspect potentiel - en plus d'un possible conjoint, Mademoiselle Andrews.

Autour de la table, chacun s'entre-regarda. Mademoiselle Fairchild prit sur elle de formuler tout haut les craintes que chacun nourrissait *in petto*.

- Voulez-vous dire que nous pourrions avoir *plusieurs* intrus dans le château ?

- Je veux dire que nous ne pouvons être sûrs du nombre de potentiels intrus. Nous devons rester très vigilants.

- Attendez, fit Mademoiselle Andrews avec décision. J'ai un livre sur les mariages célébrés à Gretna Green dans ma bibliothèque. Je vais le montrer à Neil et nous verrons bien si l'idée lui est familière, enfin si Aileen lui en avait parlé à l'époque.

Elle quitta la pièce comme une flèche, et Ferguson lui emboîta le pas sur un signe de tête de Duncan. Plus que jamais, personne ne devait rester seul.

- C'est une des multiples pistes que mon père avait suivies à l'époque, bien sûr, s'excusa presque Mark Galbraith. Je ne sais pas si cela peut vous aider.

- Dites-moi, Maître… intervint Kayla, fronçant les sourcils. Si un mariage avait été célébré ailleurs, mettons dans un établissement d'état-civil ou une chapelle quelconque, comment pourrions-nous en retrouver la trace avec le seul nom d'un des époux ? J'imagine que cela n'est pas possible ?

- Mais si, bien sûr. Cela peut demander du temps et un peu d'argent, mais il est tout à fait possible de retrouver la trace d'un mariage dans ces conditions. Tous les mariages sur le territoire du Pays de Galles et d'Angleterre sont centralisés au General Record Office. Les mariages célébrés en Ecosse sont enregistrés auprès du National Records of Scotland. Au fil des années, nous avons fait des demandes régulières de recherches à ces organismes au nom d'Aileen Farquart, en incluant même le Registre Central d'Irlande du Nord, et sans aucun succès. Il semble bien qu'elle ne se soit pas mariée, en tout cas au Royaume-Uni, c'est l'hypothèse que nous avons finalement retenue.

- Comment ? Il suffit de contacter l'un de ces organismes ? C'est si simple que cela ? s'étonna Kayla.

- Oui, bien sûr. Le mariage est un acte d'état-civil public, vous savez. Il est très facile d'en retrouver la trace. Avec l'année du mariage et le nom d'un des conjoints, c'est même d'une simplicité enfantine.

Kayla semblait vraiment abasourdie par cette découverte.

- Mais Aileen Farquart aurait pu se marier à l'étranger, non ? remarqua Mademoiselle Fairchild avec justesse. Auquel cas le mariage n'aurait pas été retranscrit en Angleterre ? Après tout, sa mère était américaine ? C'est grâce à la recommandation de sa tante que j'ai été embauchée auprès du baron.

- Vous êtes Américaine, Mademoiselle Fairchild ?

- Je suis Anglaise, mais ai exercé pour plusieurs patients aux Etats-Unis. J'y passe d'ailleurs toutes mes vacances.

- Je vois…

Mark Galbraith s'agita sur sa chaise, un peu mal à l'aise.

- C'est vrai que le mariage peut avoir eu lieu à l'étranger, reconnut-il. Voilà pourquoi je me devais de mentionner le fait, mais sans que nous puissions en retirer une certitude absolue.

- Mais cela ne nous avance pas beaucoup quant au mobile de ces crimes, remarqua Duncan. Qu'il s'agisse d'Aileen Farquart, de son mari ou d'un de ses enfants, quelle serait la raison de trucider ainsi un à un les membres de la famille ? Et puis, Aileen Farquart haïssait-elle vraiment ses proches pour revenir se venger ainsi des années plus tard ? demanda Duncan. Mademoiselle Andrews, vous qui connaissez la famille depuis longtemps, qu'en pensez-vous ?

Celle-ci venait de rentrer dans la pièce, un gros livre illustré à la main, Ferguson sur les talons. Elle s'interrompit net, semblant surprise.

- Oui, constable ?

- Vous nous avez beaucoup parlé du caractère de la disparue en général, mais Aileen Farquart s'entendait-elle bien avec sa famille juste avant sa disparition ? N'y aurait-il pas eu une dispute avec un membre de la fratrie, un incident, n'importe quoi qui justifie ainsi sa fugue ?

- Elle s'était violemment querellée avec son père, je le sais. Mais à quel sujet, cela je l'ignore. Et sa mère lui avait refusé d'arborer un très beau collier qu'elle convoitait depuis longtemps dans ses bijoux, ce qui l'avait mise dans une colère folle. Mais c'était avant que je ne parte pour aller voir ma sœur, car je me rappelle que les bijoux ornés d'émeraude que lui avait offerts la baronne pour ses dix-sept ans visaient à faire la paix et oublier cet incident malheureux. La dispute avait donc dû survenir un peu de temps auparavant.

- Rien d'autre ?

- Non… mais si elle savait par votre frère où se trouvait l'entrée de ce fameux passage secret, on peut supposer qu'elle soit partie par là – et nous ignorons où il débouchait. Voilà pourquoi on ne l'a pas vue partir du château.

Mademoiselle Andrews était plongée dans ses souvenirs, et secoua la tête tristement. Kayla s'était levée, et scrutait le ciel à travers les rideaux. Tout à coup, elle observa tout à trac.

- J'ai l'impressions que la tempête décroît d'intensité, aujourd'hui.

Duncan la rejoignit, et opina.

- Elle devient moins importante, en effet. Mais il est hors de question de rouvrir les routes. Je suis sûr que l'accès à Lochmory est toujours interdit.

Pendant ce temps, Neil avait rejoint Mademoiselle Andrews sur un siège de fenêtre circulaire et la vieille femme lui montrait patiemment les images de son livre en lui parlant à mi-voix. Tout à coup, Le jeune homme dégingandé posa son doigt sur ce qui semblait être une image et se mit à parler de manière volubile, très excité.

- Que se passe-t-il ?

- Neil semble reconnaître une photographie de mariage, constable.

Neil montrait la mariée en la nommant Aileen, ce qui causa une vive émotion chez les participants. Mademoiselle Andrews posa alors son doigt sur le marié en lui demandant avec douceur :

- Et lui ? Sais-tu de qui il s'agit ?

Mais Neil la regarda d'un œil vide, semblant ne pas comprendre la question. Finalement, il se leva et vint à nouveau se prosterner devant Mark Galbraith, au grand embarras de celui-ci, puis désigna triomphalement le célébrant de la photo à Mademoiselle Andrews. Celle-ci eut un sourire d'excuse à l'attention du conseil juridique.

- Mille pardons, Maître, Neil sait que vous êtes quelqu'un d'officiel en rapport avec la loi, voilà pourquoi il pense que vous pouvez célébrer un mariage. Mais il ne semble se souvenir de rien sur le prétendu époux d'Aileen…

- Cela ne nous avance pas à grand-chose, remarqua Duncan.

- En tout cas, la photo d'une mariée lui rappelle Aileen, je pense que nous pouvons tenir pour acquis que celle-ci lui avait fait part de projets matrimoniaux.

- Et il s'en souviendrait après tout ce temps ? objecta Kayla, sceptique.

- Les souvenirs de Neil se sont bloqués en ce qui concerne Aileen au jour de sa disparition, Mademoiselle Mac Iver, expliqua Mademoiselle Andrews. Malgré ses troubles moteurs et cognitifs, je vous assure que Neil possède une excellente mémoire. Il se souvient de beaucoup de détails de cette journée-là.

Mademoiselle Andrews hésita, puis poursuivit.

- Je pense que certains d'entre vous connaissent déjà cette vieille légende comme quoi à cause d'un sacrifice, tous les Farquart devaient mourir un jour, jusqu'à ce qu'une femme soit le prochain chef de clan et la baronne suivante. Aileen connaissait cette prétendue malédiction, et je me demande si elle n'est pas devenue folle au fil des ans, s'imaginant que la prédiction la concerne. Cela expliquerait sa folie homicide pour éliminer tous les membres de sa famille… jusqu'à rester la seule héritière.

- Mais est-ce possible ? objecta Mademoiselle Fairchild. Les titres de noblesse se transmettent par la lignée mâle seulement, non ?

- Le titre de laird, ou chef de clan si vous préférez, n'exclut pas les femmes de la succession, en l'absence d'héritiers masculins. C'est la même chose pour ce titre de baronnie, qui remonte à des temps saxons immémoriaux. Si la prochaine baronne et chef de clan se marie, son époux sera seulement contraint de prendre le nom de sa femme – et pas l'inverse.

Mark Galbraith marqua de la tête son approbation devant ce que venait de dire Mademoiselle Andrews.

- C'est tout à fait exact.

Duncan Webster se caressa le menton, réfléchissant.

- Donc, vous pensez qu'Aileen Farquart a pété un boulon, et se terre dans le château, persuadée de devenir la prochaine baronne ?

- Plus j'y réfléchis, plus cela me semble la seule explication possible, constable, répondit Mademoiselle Andrews. Qu'en pensez-vous, vous autres ?

Ferguson, sa femme, Gail et Mademoiselle Fairchild hochèrent eux aussi la tête en signe d'assentiment, et Duncan reconnaissait aussi que seule cette hypothèse avait le mérite de tout expliquer. Il sortit un papier de sa poche et relut à nouveau :

- *L'arrivée de Kayla Mc Iver au château est-elle vraiment due au hasard ?*

Oui, sans aucun doute.

- *Pourquoi empêcher les communications vers l'extérieur ?*

Maintenant, il était permis de supposer qu'Aileen tenait à être tranquille afin d'achever sa liste macabre de crimes en toute sécurité.

- *Si un intrus s'est introduit dans le château, qui est-il ? Aileen Farquart ou quelqu'un d'autre ?*

Cette question restait en suspens. En particulier, plusieurs intrus et non un seul pouvaient s'être introduit dans le château.

- *Le meurtre de Ian était-il seulement un crime de sécurité ou était-il réellement visé ?*

Pour Duncan, il ne faisait pas de doute qu'Aileen avait profité de l'occasion pour éliminer son frère lorsqu'il s'était trouvé devant elle.

- *Pourquoi Ian n'a-t-il pas fait usage de son arme ?*

La stupéfaction de Ian en voyant sa sœur vivante expliquait qu'il n'ait pas songé à se servir de son pistolet.

- *Si on admet que l'assassinat de Ian était seulement dû aux circonstances, quel est le mobile du meurtre de son père le vieux baron ?*

Hors de propos maintenant, puisque les crimes étaient tous liés les uns aux autres dans le but de faire d'elle la seule héritière.

- *Pourquoi dérober l'arme du crime dans la chapelle ?*

Curieux, il n'avait pas vraiment de réponse à cela.

- *Pourquoi laisser à nouveau l'arme du crime sur place au lieu de l'emporter après la mort de Ian ?*

Là non plus, il n'avait pas d'explication.

- *Quel était ce bruit sec que Ian prétendait avoir entendu ?*

Bien sûr, c'était le loquet de la porte-fenêtre qui s'était fiché dans le sol lorsque le baron avait fait entrer sa fille dans la pièce.

- *Qui hérite maintenant du château d'Argyllion ?*

Probablement personne… Si Aileen se présentait, elle serait probablement arrêtée pour le meurtre de sa famille, et sa folie serait sans doute facile à établir.

- *Où se trouve l'entrée du passage secret de Rory ?*

Toujours un point à élucider… grommela intérieurement Duncan. Mais il était certain qu'ils avaient maintenant percé à jour la manière dont Aileen avait réussi à s'éclipser du château sans attirer l'attention vingt ans auparavant.

- *Pourquoi parle-t-on d'aller chez les morts à propos d'Aileen – Rory en a parlé, et son frère Neil également ?*

Il faudrait probablement inspecter pièce par pièce du château pour retrouver l'endroit où cette damnée devise était reproduite dans son intégralité et indiquait l'entrée du passage.

Duncan replia sa liste en soupirant. Il n'était pas plus avancé.

Chapitre 21 – Les cacahuètes

La tempête amorçant des signes d'apaisement, Duncan se rendit ensuite au bureau situé en face du grand salon, de l'autre côté de la majestueuse cage d'escalier, qu'il déverrouilla. Il était descendu seul, mais avec son arme de service dans sa poche. Il essaya de faire fonctionner la radio, toujours sans succès, mais il lui sembla que les craquements et les grésillements s'intensifiaient sur la ligne, signe qu'elle allait bientôt redevenir audible. Peut-être qu'en hauteur, cela marcherait mieux ? Il s'empara de la radio qu'il débrancha, en vue de l'installer dans sa chambre près de la fenêtre. Ce faisant, ses yeux tombèrent sur le porte-lettres et il réalisa aussitôt ce qui lui avait rappelé quelque chose dans le garage de la demeure, la veille. Prenant avec soin le bristol par les deux côtés, il la glissa dans une petite pochette avec l'intention de procéder aux vérifications qui s'imposaient.

Lorsqu'il expliqua son dessein aux autres habitants qui se tenaient maintenant réunis d'un commun accord dans le petit salon attenant à la salle à manger, près des chambres, tous marquèrent du soulagement à l'espoir que la radio puisse bientôt fonctionner et que le cauchemar prenne fin. La pensée des trois cadavres allongés dans la chapelle et d'une tueuse en série – voire plusieurs – en liberté dans le château les oppressait tous.

Sur les conseils de Mademoiselle Andrews, ils avaient préféré occuper cette pièce qui ne contenait aucune entrée pour domestiques, contrairement aux salons de réception du rez-de-chaussée, maintenant qu'ils savaient que le ou les tueurs possédaient les badges d'entrée de ces couloirs. Ils étaient ainsi sûrs qu'Aileen Farquart ne pourrait s'introduire parmi eux. Mademoiselle Fairchild et Monsieur Galbraith avaient amené des livres, Kayla jouait grâce à son smartphone sur un jeu hors ligne, Mademoiselle Andrews avait amené un tricot mousseux qui faisait penser à de la barbe à papa, et Ferguson s'était joint à Gail et sa femme qui regardaient une série TV sur un lecteur DVD portable. En bref, tout le monde semblait occuper son temps pour oublier l'atmosphère tendue.

- Je vais essayer à cet étage. Quel est le meilleur endroit pour capter la radio, ici ? demanda Duncan à la cantonade.

Ferguson s'interrompit et se leva.

- Je vais vous accompagner, constable.

Dans le couloir, il glissa à mi-voix.

- En fait, je ne voulais pas le dire devant les autres, mais le meilleur endroit pour entendre quelque chose est la chambre de… enfin, l'ancienne chambre de Mademoiselle Nora. Elle est située juste au-dessus de la chapelle, sur une excroissance du bâtiment car la chapelle était construite à l'origine comme une dépendance, à un coude du bâtiment, mais…

Ferguson s'interrompit, gêné.

- Oui ? demanda Duncan pour l'encourager.

- Il… heu… faudra probablement se rapprocher de la fenêtre pour mieux capter. Je vais rester avec vous.

Duncan haussa les épaules, nullement gêné de se tenir à l'endroit où avait eu lieu l'assassinat de la propriétaire des lieux. La grande fenêtre en rotonde qui présentait une vue superbe sur le parc et la lande avoisinante offrait certainement une position idéale pour capter des ondes.

- Très bien. Allons-y.

- Vous savez que Mademoiselle Nora a entendu le fantôme de sa sœur à plusieurs reprises, dans cette chambre ? observa Ferguson, qui ne semblait pas trop à son aise.

- Si un spectre se présente, je ferai des trous dedans, répondit Duncan, laconique. De toute façon, quelle que soit la personne qui m'a repoussé en arrière en sortant de la chapelle, je peux vous assurer qu'il ne s'agissait pas d'un pur esprit ! Allez du courage, Ferguson, vous n'êtes pas une femmelette, que diable !

Duncan portait sur lui la clé de la chambre de Nora, maintenant que celle-ci était également devenue une scène de crime. On ne lui en voudrait pas de l'ouvrir pour essayer de rétablir les communications. Dès qu'il fut entré, il s'avança sans hésiter vers le petit banc de fenêtre où il installa sa radio, prenant grand soin de la brancher sur une prise de courant. Ferguson quant à lui jetait des coups d'œil furtifs et apeurés vers le lit qui n'avait pas été refait depuis l'assassinat de son occupante.

Après quelques essais infructueux, Duncan dut abandonner assez vite, mais ne se résolut pas à ramener la radio vers le bureau. Les craquements s'étaient encore accentués, et il avait même entendu des bribes de conversation lointaine. Il était certain que cette fichue tempête allait bientôt suffisamment se calmer pour leur permettre de communiquer avec l'extérieur.

- On va laisser cela ici, fit-il avec décision. J'essaierai à nouveau tout à l'heure.

A cet instant, des cris se firent entendre en provenance du salon. Priant pour qu'il ne s'agisse pas d'une nouvelle catastrophe, les deux hommes se précipitèrent, non sans que Duncan ait pris le temps de refermer à clé la porte de la chambre, avec un sursaut instinctif de méfiance. Pas question que cette folle d'Aileen Farquart détruise la radio dans son dos, il avait appris à se méfier des diversions. Et elle semblait les épier en permanence... Mais en l'occurrence, lorsqu'ils arrivèrent dans le petit salon, ils virent Neil soutenu tant bien que mal par Mademoiselle Andrews et Mademoiselle Fairchild, qui tentaient de lui faire régurgiter dans une grande cuvette creuse en porcelaine probablement sans prix le contenu de son estomac.

- Que se passe-t-il ? s'écria Duncan.

Kayla se tenait près d'eux et avait laissé tomber un paquet de friandises au chocolat, tout en pleurant, paniquée. Dès qu'elle vit Duncan elle sanglota :

- Je ne savais pas… je vous jure que je ne savais pas !

Mark Galbraith, qui se tenait à côté, avait l'air aussi choqué qu'elle et dit lui aussi :

- C'est de ma faute… mon Dieu, c'est de ma faute…

- Cela ira, fit Mademoiselle Andrews, qui se releva, avec sa robe souillée tandis que Mademoiselle Fairchild soutenait Neil, qui hoquetait toujours au-dessus de la grande assiette. Je crois qu'il a régurgité le maximum. Pour éviter une réaction trop violente, il faut aller chercher son désensibilisant dans ma chambre. C'est la petite seringue remplie, dans le tiroir de ma table de nuit. Tout de suite !

- J'y cours, se proposa aussitôt Galbraith, qui partit comme une flèche après avoir saisi la clé que lui tendait Mademoiselle Andrews.

- Mais enfin, que se passe-t-il ici ? s'écria Duncan, exaspéré.

Mademoiselle Andrews se remit debout avec l'aide de Ferguson, et expliqua.

- J'étais partie chercher de la laine dans ma chambre en compagnie de Mademoiselle Fairchild. Et c'est alors que cette jeune fille a donné sans malice des friandises aux cacahuètes à Neil… il développe une réaction allergique très violente aux arachides, noix, noisettes… il commençait à se sentir mal et à avoir du mal à respirer lorsque je suis revenue, tout de suite Mademoiselle Fairchild et moi l'avons forcé à rendre ces choses… le pharynx peut même gonfler et rendre l'opération de vomissement impossible, nous avons eu de la chance. Mais il lui faut tout de suite son désensibilisant.

- Ferguson ! appela Duncan, conscient tout à coup d'autres considérations. Galbraith est parti seul, courez après lui !

Mais à cet instant, Mark Galbraith reparut, haletant.

- Désolé, dit-il. J'ai tardé, mais au départ je ne l'ai pas vue, elle était dans un écrin, c'est bien cette seringue ?

Il tendit une petite seringue remplie d'un produit translucide dont l'aiguille était scellée par un bout de plastique à Mademoiselle Andrews, qui opina. Celle-ci se pencha vers Mademoiselle Fairchild et lui demanda.

- Mes mains tremblent encore, voulez-vous faire l'injection ?

Mademoiselle Fairchild s'exécuta, et ouvrit sa mallette. A cet instant, des hoquets convulsifs firent converger toutes les têtes vers le pauvre Neil, qui tremblait de tout son corps et paraissait épuisé.

- Il a eu chaud, observa Duncan. C'était moins une, visiblement. Pourquoi lui avez-vous donné ces friandises, Mademoiselle Mac Iver ?

- Je n'avais aucune idée de ce que cela lui ferait, constable, je vous assure ! J'ai trouvé ces bonbons en arrivant dans ma chambre le premier soir, et d'autres encore le lendemain matin. Je croyais que c'était Gail qui les avait laissées dans toutes les chambres !

Celle-ci eut un signe de dénégation.

- Quand nous nous sommes trouvés seuls, j'en ai proposé à Maître Galbraith, puis aux autres. Je vous assure que je ne pensais pas à mal !

- En fait, c'est de ma faute, constable, intervint Mark Galbraith, contrit. Lorsque je suis passé près de Mademoiselle Mc Iver, j'ai vu le sachet de friandises à côté d'elle et lui ai demandé si je pouvais en prendre une. C'est alors qu'elle en a aussi proposé à tous les autres, dont Neil. Si j'avais su…

- Vous ne pouviez pas deviner, coupa Mademoiselle Andrews. Neil a cette allergie très violente depuis son plus jeune âge, et personne d'autre que moi et les membres de la famille ne connaissait cette faiblesse. Cela fait des années que le baron et la baronne me font confiance pour que je surveille l'alimentation de Neil, et il n'y a jamais eu de problème grâce à ma vigilance. Mais j'ai toujours une seringue prête au cas où un accident se produirait.

- C'est la première fois que j'en entends parler, dit Gail, stupéfaite.

- Même si on nous en avait parlé, on l'avait complètement oublié depuis longtemps, confessa Barbara.

- Cela ne m'étonne pas, hormis les membres de la famille seules moi et Fiona, la cuisinière, étions au courant.

- C'est bon. Pouvez-vous le mettre sur le canapé ? demanda Mademoiselle Fairchild de sa voix nette.

Ferguson, Duncan et Mark Galbraith hissèrent le grand jeune homme dégingandé qui marmonnait des paroles sans suite et l'allongèrent, tandis que Mademoiselle Andrews dépliait la manche de sa chemise avec des paroles réconfortantes. Mademoiselle Fairchild fit l'injection rapidement, et se releva.

- Merci, Lynn. Cela va l'assommer un petit moment, je pense, dit Mademoiselle Andrews. Repose-toi, mon petit.

Le soulagement envahit l'assistance. Mademoiselle Andrews se regarda puis eut un petit rire d'excuse.

- Je vais me changer.

- Moi aussi, Eliza, renchérit Mademoiselle Fairchild. Je vous accompagne.

A l'attention du policier, elle ajouta.

- Nous partons et revenons ensemble, ne vous inquiétez pas.

Duncan s'assit lourdement et déclara.

- Au moins, cette catastrophe-là aura été évitée.

- Quand pensez-vous que nous allons pouvoir être en relation avec l'extérieur, constable ? demanda Mark Galbraith.

A son expression tendue et anxieuse, Duncan devina que cette question était partagée par tous les autres, maintenant que la tempête montrait des signes d'affaiblissement. L'impatience comme la lassitude se lisaient sur tous les visages. Malheureusement, il dut encore leur enjoindre de faire preuve de patience. La gouvernante et l'infirmière qui revinrent quelques minutes plus tard, fleurant le désinfectant et le savon, lancèrent également un regard interrogateur au policier.

- J'ai bon espoir que nous parvenions à contacter de nouveau l'extérieur prochainement par radio, expliqua le policier. Les interférences de la ligne sont en nette amélioration. Mais je ne compte pas pouvoir émettre de manière satisfaisante avant vingt-quatre heures, au moins.

- Grâce au ciel ! dit Mademoiselle Andrews.

Les époux Ferguson laissèrent échapper un soupir de soulagement.

- Quelle épreuve que cet emprisonnement avec des crimes en série, soupira Mark Galbraith. Et à ce sujet ? Sommes-nous plus avancés sur l'identité des coupables ?

- Je pense que oui, avança lentement Duncan. J'ai encore une analyse à faire, et si elle se vérifie, nous allons identifier, disons, peut-être pas le meurtrier, mais au moins un complice. En tout cas cette personne aura des explications à nous fournir.

- Comment ? s'écria Mark Galbraith.

- Que voulez-vous dire ? demanda Barbara.

- Je veux parler de ceci, fit Duncan en prenant avec soin la chemise de papier cristal où il avait glissé un bristol flambant neuf pris dans le bureau – une carte de visite.

Il se planta devant Kayla.

- Cette carte de visite, je l'ai ramassée et rangée dans le bureau qui a été cambriolé juste après l'assassinat du baron Farquart. Quelqu'un y cherchait quelque chose, et vu le désordre, n'avait pas eu beaucoup de temps pour fouiller la pièce… c'était aussi quelqu'un qui ne connaissait pas bien les habitudes du château, car les papiers familiaux ou confidentiels n'étaient pas conservés à cet endroit…

- Eh bien ? demanda-t-elle d'un air de défi.

- Ce qui me semble curieux, c'est qu'on n'ait absolument rien pris… que cherchiez-vous dans ce bureau, Mademoiselle Mac Iver ?

- Je n'y suis pas allée, observa-t-elle avec un air de défi.

- Oh si, j'en suis sûr. Parce que cette carte de visite est celle de la société qui vous a loué une voiture, à Inverness… ils font mention d'une promotion spéciale qui durera tout au long de ce mois, donc cette carte est récente.

- D'autre que moi louent des voitures à cet endroit, observa-t-elle. Cela ne prouve rien.

- Ian possédait sa propre Bentley, qu'il conservait dans un garage en ville. C'est également le cas pour Maître Galbraith qui a amené son propre véhicule, dit calmement Duncan. Cette carte de location de voiture ne peut appartenir qu'à vous.

- Prouvez-le, rétorqua-t-elle.

- Mais bien sûr. Vous avez eu la bonté d'authentifier pour moi ce bristol, car la marque et le type de votre voiture y ont été griffonnés au dos.

Un instant, la couleur se retira du joli visage, mais Kayla fit front dans la seconde qui suivit.

- Cela ne prouve rien. D'autres personnes que moi louent ce type de voiture.

- Tout à fait. J'ajouterais que je suis certain que vous portiez des gants lorsque vous avez fouillé dans ce bureau, pendant que nous étions tous rassemblés devant le petit salon après la découverte du corps.

- C'est là une accusation tout à fait gratuite, conclut-elle en relevant le menton.

- J'ai une question à vous poser, Mademoiselle.

- Allez-y, répliqua-t-elle, le ton toujours hâbleur.

- Si je fais une analyse des empreintes digitales présentes sur ce bristol, n'y trouverai-je que les miennes ?

Kayla sut qu'elle avait perdu, et Duncan le devina à la manière dont ses épaules s'affaissèrent légèrement, et résolut de tenter à nouveau sa chance.

- Que cherchiez-vous dans ce bureau, Mademoiselle Mac Iver ?

Mais à cet instant, Mademoiselle Andrews s'écria.

- Mon Dieu ! oh, Mon Dieu ! Venez !

- Que se passe-t-il ?

- C'est Neil… il ne respire plus.

Chapitre 22 – Une partie du voile

Dans les minutes qui suivirent, la confusion fut à son comble. Duncan bondit auprès du jeune déficient mental, et constata que son pouls ne battait plus. Mademoiselle Andrews tenta quelques mouvements maladroits de respiration artificielle et Mademoiselle Fairchild un massage cardiaque énergique, mais toutes deux abandonnèrent leurs efforts inutiles après quelques minutes.

- Mais qu'est-ce qui lui est arrivé ? demanda Gail, toute pâle. C'est un autre crime de cette folle ? Pourtant, nous étions tous là !

- Mademoiselle Fairchild, dit Duncan de sa voix officielle, je vais vous demander de me remettre quelque chose.

- Oui ?

- La seringue avec laquelle vous venez de faire son injection à Neil.

L'infirmière rougit de colère.

- Que voulez-vous insinuer ? C'est un outrage !

- S'il vous plaît, Mademoiselle. Donnez-la-moi, continua Duncan sans hausser le ton.

Il prit avec précaution la petite seringue que l'infirmière avait replacée dans sa sacoche avec son mouchoir et la glissa dans un petit sac plastique – c'était son dernier.

- Je ne vous accuse de rien, Mademoiselle Fairchild. Mais il faut que nous soyons sûrs que c'est bien du désensibilisant que vous avez injecté à Neil, et pas autre chose.

Les yeux effrayés de Mademoiselle Andrews se posèrent sur la petite seringue emballée.

- Voulez-vous dire que… quelqu'un aurait trafiqué le médicament dans ma chambre ? Et Lynn aurait injecté autre chose que le médicament initial ?

- C'est une possibilité, reconnut Duncan.

- Mais quoi d'autre ?

- La morphine disparue, par exemple. On a pu opérer une substitution.

- Mais voyons, il aurait fallu que l'assassin connaisse la sensibilité de Neil aux arachides, et sache où se trouve son médicament en cas d'urgence ! s'exclama Mademoiselle Andrews, exaspérée. Personne ici ne le savait !

- Et Aileen Farquart ? Le savait-elle ?

Lèvres blanchies tout à coup, Mademoiselle Andrews hocha la tête en signe d'assentiment.

- Bien évidemment oui, Aileen savait que Neil souffrait de cette allergie et où je conservais son médicament en cas d'urgence, l'endroit n'a jamais changé, dit-elle d'une voix saccadée.

- Vous êtes absolument certaine que personne en dehors de la famille Farquart ne connaissait cette faiblesse de Niel ?

- Absolument certaine. Le baron et la baronne trouvaient que son état diminué le mettait déjà suffisamment à part, et n'en parlaient jamais à l'extérieur. Mais alors vous voulez dire…

- Je veux dire que cet accident me semble bizarre. En tout cas, il pouvait se produire n'importe quand… pourvu qu'on dispose de l'instrument nécessaire pour déclencher une crise.

Le regard du policier vrillait celui de Kayla, qui le lui rendit sans broncher.

- Nous n'avons que votre parole pour croire qu'on vous a amené ces bonbons dans votre chambre, Mademoiselle. Et pourquoi les avez-vous offerts à Neil précisément alors que Mademoiselle Andrews s'était absentée ?

- On vient de vous expliquer comment cela s'était passé, constable. C'est un pur hasard.

- Saviez-vous que Neil développerait ce genre de réaction ?

- Non.

- Avez-vous essayé de le tuer ? Ces bonbons contenaient-ils quelque chose ?

- Non. D'ailleurs, nous en avons tous mangé, moi y compris.

- La seringue de désensibilisant a-t-elle été trafiquée à l'avance ?

- Je n'en sais rien.

- Laissez-moi faire, constable, s'écria Mademoiselle Fairchild. Je saurai bien la faire parler.

De fait, l'infirmière, yeux étincelants de colère et mains sur les hanches, s'était campée devant la jeune fille d'un air menaçant. Les autres présents la toisaient aussi avec méfiance et suspicion.

- Calmcz-vous, s'il vous plaît, intima Duncan à l'assistance. Mademoiselle Mac Iver, qu'avez-vous à dire ?

- Rien.

- Vous niez avoir cambriolé le bureau ?

- Ce serait peine perdue, puisque cette satanée carte est visiblement tombée de ma poche. Je reconnais y être entrée pour chercher quelque chose sous l'impulsion du moment, mais cela n'avait rien à voir avec ces crimes. J'ignorais l'assassinat du baron à ce moment-là.

- Êtes-vous la fille d'Aileen Farquart, et êtes-vous de mèche avec elle ?

- Non et non, ma mère s'appelle Tessa Mc Iver, pour la millième fois. Je n'y peux rien si je ressemble à cette fille.

- Alors que cherchiez-vous dans ce bureau ?

- C'est mon affaire, constable.

- Vous êtes mêlée à une série de meurtres, et vous avez intérêt à vous expliquer. Fouiller la propriété d'autrui peut vous attirer de graves ennuis.

- Je n'ai rien pris, vous l'avez dit vous-même. Alors quel est le motif pour m'arrêter ? D'avoir mis du désordre ?

- Êtes-vous apparentée à la famille Farquart ?

- Désolée de ne pouvoir nier avec certitude, mon père a abandonné ma mère avant ma naissance et je n'ai jamais connu son identité. Ma mère est muette comme une carpe là-dessus.

Duncan la considéra un instant, puis continua d'un ton emphatique.

- Quatre meurtres, Kayla. Si vous ne voulez pas parler, je suis obligé de vous consigner dans votre chambre jusqu'à l'arrivée de la police d'Inverness.

- Vous délirez. Je suis innocente du crime du vieux baron, vous l'avez dit vous-même. Quant au troisième crime, pensez-vous que j'aurais eu la carrure et la force nécessaire pour ceinturer Nora Farquart et la faire basculer par sa fenêtre ? Et enfin, vous n'êtes même pas sûr qu'on a tué le pauvre Neil.

- Neil était en excellente santé, dit posément Mademoiselle Andrews.

- Je n'ai pas trafiqué cette seringue, si c'est elle la responsable, contra Kayla.

- Là-dessus, elle a raison, intervint Gail qui fut approuvée d'un signe de la tête par Barbara. On ne s'est pas quittées depuis que Mademoiselle Fairchild a annoncé le vol de cette drogue.

- Mais si un intrus est votre complice, tout s'explique. Cet intrus avait tout loisir de trafiquer la seringue de désensibilisant, et vous auriez pu pousser Nora à deux, cela devient faisable, dit calmement Duncan. Concernant l'assassinat du baron, votre tâche consistait peut-être à faire diversion pendant que le meurtrier pénétrait dans les lieux par la porte-fenêtre du grand salon.

- J'y renonce, fit Kayla en haussant les épaules. Quoi que je dise, vous êtes tous convaincus que je suis la coupable. Et pourquoi, s'il vous plaît ? Qu'est-ce que j'avais à gagner en assassinant tous ces gens que je ne connaissais ni d'Eve ni d'Adam ?

- Cela, nous le découvrirons, fit suavement Duncan. Mais je pense qu'il y a un lien avec ce que vous cherchiez si désespérément dans le bureau.

Le visage de Kayla se ferma, et elle serra les lèvres.

- Ferguson, Galbraith, allez enfermer Mademoiselle Mc Iver dans sa chambre. Si nous avons mis la main sur une moitié de l'assassin, il nous faut découvrir l'autre, dit Duncan. Ferguson ! Vous ferez coulisser un meuble devant sa porte pour l'empêcher de sortir.

Quelques minutes plus tard, les hommes revinrent et l'homme de loi tendit une clé à Duncan. Il semblait satisfait que son hypothèse se trouve confirmée.

- Je reconnais que je me suis méfié d'elle dès le départ, dit-il. Son arrivée à l'improviste me semblait louche.

Attristé, Ferguson désigna le corps de Neil qui restait paisiblement allongé sur le canapé.

- Je crois que nous avons encore quelqu'un à placer dans la chapelle, remarqua-t-il, la voix enrouée.

Mark Galbraith et Duncan hochèrent la tête, et le policier glissa involontairement un regard vers Mademoiselle Andrews, dont les larmes coulaient maintenant sans discontinuer sur ses vieilles joues fanées.

- Nous allons l'emmener, Mademoiselle.

Duncan glissa un regard significatif vers Mademoiselle Fairchild, qui hocha imperceptiblement la tête et entoura la vieille gouvernante de son bras.

- Gail et Barbara, vous pourrez vous rendre à la cuisine dès que Ferguson sera revenu pour vous y accompagner, ajouta Duncan.

Les trois hommes, maintenant habitués en une sorte de sinistre rituel, enveloppèrent la dépouille d'un drap, puis prirent le cadavre à bras-le-corps et le portèrent avec précaution le long du couloir, et descendirent l'escalier. Une fois entrés dans la chapelle, Duncan frissonna devant les trois formes allongées qui s'y trouvaient déjà, puis ils arrangèrent le corps du dernier des Farquart auprès de ses parents.

- Pauvre type, murmura Ferguson. Quel besoin y avait-il de le tuer ? Le pauvre gamin ne faisait même plus partie de la succession !

- C'est une folle, observa à mi-voix Mark Galbraith, l'air crispé.

Il frissonna en regardant derrière lui.

- De plus en plus, je me dis que cette famille porte malheur... on ressent quelque chose dans ces murs, ne trouvez-vous pas ? Tout a commencé avec cette Aileen...

Duncan pensa avec indulgence que l'enfermement imposé avait commencé à attaquer le sang-froid de l'homme de loi. Et il fallait l'avouer, il y avait de quoi.

- Rassurez-vous, Maître, jusqu'à présent ce sont surtout les membres de la famille qui ont fait les frais de cette prétendue malédiction, si elle existe. Grâce au Ciel, il n'y a pas eu de dommage collatéral.

- J'ai peur, reconnut simplement l'homme de loi, qui jetait des regards autour de lui.

Ferguson n'avait pas l'air trop à l'aise non plus, et fut visiblement soulagé lorsqu'ils quittèrent tous trois les lieux.

- Et maintenant, que faisons-nous ? demanda Mark Galbraith, qui semblait désireux de faire oublier son accès de pusillanimité dans la chapelle.

- Je vais essayer de faire de nouveau fonctionner la radio, décida Duncan. Pendant ce temps, allez tenir compagnie à Mademoiselle Andrews et Mademoiselle Fairchild. Il ne faut pas qu'elles restent seules. Ferguson, emmenez Gail et votre femme à la cuisine, si nous voulons manger quelque chose aujourd'hui.

- Mais vous ? objecta l'homme de loi.

- Je vais m'enfermer dans la chambre, n'ayez pas peur. Et j'espère avoir de bonnes nouvelles en vous rejoignant pour le dîner. Avec un peu de chance, cette fichue tempête aura suffisamment décliné pour rétablir les communications.

Les trois hommes se séparèrent une fois arrivés au sommet de l'escalier, et Duncan rejoignit l'appareil radio, qu'il essaya de faire fonctionner à nouveau. Cette fois, en se promenant au gré des ondes, il entendit au loin un vague bulletin météo et devina que quelqu'un faisait son rapport sur la force de la tempête. Il régla avec soin la fréquence habituelle du poste de police le plus proche, mais personne ne répondit à ses appels. Il s'essayait à d'autres fréquences lorsque des sanglots éperdus se firent entendre dans l'appareil.

Clignant des yeux de stupéfaction, presque sûr d'avoir mal entendu, il balaya de nouveau les fréquences disponibles mais n'entendit que des messages lointains et des mots dans suite. Finalement, il démonta rapidement l'appareil qu'il inspecta avec une petite lampe torche, mais tout était en parfait état de fonctionnement et la batterie était pleine. Remettant la lampe dans sa poche, il revissa la paroi de la radio lorsque les sanglots se firent de nouveau entendre, encore plus forts, ainsi que des gémissements qui semblaient résonner lugubrement dans la pièce sombre.

En sursautant, Duncan courut à l'interrupteur et alluma la pièce sombre en grand, mais personne ne s'y trouvait à part lui. Le cœur battant la chamade, il s'essuya le front. Etait-ce vrai ? Venait-il d'entendre des plaintes de l'au-delà ? Nora n'avait peut-être pas imaginé ces bruits et ces pleurs qu'elle prétendait avoir entendus après la disparition de sa sœur…

- Qui est là ? demanda-t-il d'une voix forte.

Il n'y eut aucune réponse, mais plusieurs minutes plus tard, les pleurs et les gémissements reprirent, comme portés par le hurlement assourdi du vent qu'il entendait depuis la fenêtre. Ils avaient l'air de diminuer puis augmenter d'intensité de manière aléatoire. Il s'immobilisa de frayeur lorsqu'il entendit une voix sourde sangloter :

- C'est la fin… La malédiction des Farquart est terminée… ils sont tous morts maintenant… et la vengeance va venir…

Dans un tremblement, la voix se tut.

Chapitre 23 – Les morts

Pressant ses mains moites l'une contre l'autre, et essayant de calmer les battements précipités de son cœur, Duncan s'efforça de revenir à la raison. Il entendait ces sons, et ils devaient bien provenir de quelque part, puisque personne ne se trouvait avec lui dans la pièce. Il devait rester logique, et s'astreignit à essayer de détecter l'origine de ce qu'il venait d'entendre. En haut du plafond, Il repéra une bouche d'aération et essaya de tendre l'oreille, mais les bruits ne semblaient pas provenir de là. Il se mit ensuite à quatre pattes près de son appareil de radio, là où le bruit lui avait semblé le plus net, et comprit pourquoi il avait tout d'abord cru que les sons provenaient de l'émetteur : le banc juste au-dessous était en partie grillagé, et une autre bouche d'aération devait se trouver derrière. Il poussa un soupir de soulagement. Ces gémissements d'outre-tombe provenaient donc d'une autre pièce et résonnaient à travers le couloir d'aération, mais d'où précisément ? S'agissait-il d'Aileen Farquart, dont la complice venait d'être découverte ? Mais pourquoi pleurerait-elle sur les crimes qu'elle avait commis ?

Les gémissements reprirent mais cette fois on aurait dit que deux voix se mêlaient, l'une entrecoupée de sanglots, l'autre un vague murmure de paroles indistinctes mais apaisantes. Duncan tenait son oreille collée contre la paroi grillagée, mais les sons décrurent, puis s'évanouirent. Le policier bondit sur ses pieds, ouvrit la chambre et courut vers le petit salon du premier étage, où il ne trouva que Mark Galbraith occupé à lire un livre. Il leva les yeux à son entrée.

- Oui, constable ?

- Où sont les autres ? Que faites-vous ici tout seul ?

- En fait, Mademoiselle Andrews voulait se recueillir sur la dépouille de Neil, c'est bien naturel. Elle ne tenait visiblement pas à ce que je l'accompagne, c'est Lynn Fairchild qui se trouve avec elle. Mais elles m'ont juré qu'elles ne s'absenteraient pas longtemps.

- Et les autres ? A la cuisine ?

- Oui, c'est cela. Mais que se passe-t-il ?

- Sont-elles toujours à la chapelle ? demanda Duncan, ignorant la question.

- Oui, je pense. Voulez-vous que j'aille voir ?

- Pas la peine, j'y vais.

Duncan dévala l'escalier, où il vit Mademoiselle Andrews, qui donnait le bras à l'infirmière, amorcer la montée. Toutes deux levèrent les yeux vers le policier.

- Constable ? Que se passe-t-il ?

- Etiez-vous dans la chapelle il y a quelques minutes ?

- Oui, mais…

- Et vous étiez en proie à votre chagrin, n'est-ce pas ? Vous pleuriez ? Mademoiselle Fairchild essayait de vous consoler ?

- Mais comment le savez-vous ?

- Revenez au salon, s'il vous plaît, dit Duncan avec décision. Maître Galbraith vous y attend.

Il les dépassa et remonta le couloir qui menait à la chapelle presque en courant. Ferguson lui avait bien dit que la chambre de Nora Farquart était construite juste au-dessus de la chapelle… il devait écouter les sons d'un couloir acoustique entre les deux étages, probablement le long des tuyaux du conduit d'aération. Voilà pourquoi Nora Farquart avait entendu le soi-disant fantôme de sa sœur aux deux endroits. Mais d'où ces sons provenaient-ils ?

Sans cérémonie, Duncan ouvrit la porte en grand. Les quatre formes allongées et enveloppées de blanc lui faisaient face, et il balaya du regard la pièce aux prie-Dieu et aux bancs entassés en désordre sur les côtés. Il inspecta les murs mais son regard s'accrocha tout à coup à l'évidence. Mais bien sûr ! se morigéna-t-il. L'autel ! Comment avait-il été assez stupide pour ne pas y songer ? Se penchant au pied du grand rectangle de pierre blanche posé sur un piédestal de pierre, il constata que le carrelage avait été ajouté après coup – c'était donc bien le meuble d'origine qui se trouvait là… décoré de multiples fresques à demi-effacées par le temps dans un style de décorations celtiques.

Duncan fit le tour de l'autel rectangulaire avec soin, photographiant chaque détail. Le cœur bondissant dans sa poitrine, il constata que la devise de la famille Farquart avait été taillée au burin dans le haut de la pierre, sur une bande entourant l'autel… et les mots « mortuos » étaient situés très proches l'un de l'autre, de chaque côté de l'angle supérieur droit. Duncan était certain d'avoir raison. Il appuya fortement sur chacun des mots qui s'enfoncèrent dans la pierre avec un « clang » sonore. Duncan poussa ensuite de toute sa force sur la longueur de l'autel qui grinça vaguement en avançant légèrement en diagonale. Un autre effort fit pivoter encore un peu plus le grand bloc de marbre sur l'avant, avec un grincement sinistre.

Duncan suspecta qu'il lui faudrait encore aligner les efforts de poussée un bon moment, lorsque son regard s'accrocha à une bouteille abandonnée dans un coin, juste à côté de l'autel. *La bouteille d'huile qui avait disparu de la cuisine…* il n'avait donc pas été le seul à essayer d'ouvrir le passage secret, et voilà pourquoi ils avaient tous été drogués, afin qu'on n'entende pas le bruit de tout ce remue-ménage. Quel que soit celui qui avait essayé de s'introduire dans le passage, Duncan se demandait s'il avait réussi à dégager un passage suffisant pour s'y glisser. En scrutant la première marche de pierre qui s'offrit à ses yeux, Duncan constata que des traces de pas récentes se dessinaient sur l'épaisse poussière qui la recouvrait. Alors, c'était là la cachette du mystérieux intrus… Il glissa avec précaution sa torche dans le trou sombre du passage qu'il avait réussi à dégager, et distingua le début d'une volée de marches en pierre. Aucun son ne filtrait du réduit secret qu'il venait de découvrir. *Voilà donc le fameux passage secret de Rory*, songea-t-il. *Et probablement le passage par lequel Aileen Farquart a faussé compagnie à sa famille, des années auparavant...* il poussa à nouveau fortement sur l'autel, arrosa abondamment sa base d'huile, et fut récompensé de ses efforts par un passage suffisant pour laisser passer un homme assez mince. Il s'apprêtait à emprunter l'escalier lorsqu'un réflexe de prudence lui fit quitter la chapelle. N'allait –il pas se jeter imprudemment dans la gueule du loup ? Après une halte rapide dans sa chambre pour y prendre du matériel, réveillant Clancy qui dormait dans son panier, il courut vers la cuisine. Ravi de l'animation, le fidèle chien l'y suivit en aboyant avec excitation.

- Ferguson ! Barbara et Gail, venez avec moi. Je viens de découvrir le passage secret.

- Comment ? s'exclama Barbara, laissant presque tomber une tourte par terre.

Etonnés, ceux-ci le suivirent jusqu'à la chapelle, où l'autel déplacé sur la diagonale et le passage béant qui s'ouvrait devant eux les fit s'exclamer de stupéfaction. Duncan réussit juste à temps à empêcher Clancy de s'y engager tout seul.

- Quelqu'un a ouvert le passage pendant que nous étions drogués, et je veux savoir pourquoi, expliqua Duncan. Je vais m'y engager.

- Je viens avec vous, constable, proposa aussitôt Ferguson. Si vous vous retrouvez face à un fou furieux, vous aurez besoin d'aide.

- Hors de question, mon vieux. Il y a toujours la possibilité d'un intrus dissimulé quelque part dans le château, et s'il ne se trouve pas terré ici, je compte sur vous pour veiller sur votre femme et Gail. J'ai mon arme de service en cas de besoin, et je sais me battre. Mais je ne pense pas qu'il soit caché ici.

- Et pourquoi ?

- Clancy ne gronde pas, ce qu'il ferait si quelqu'un se trouvait là. Gardez-le avec vous, Ferguson.

- C'est d'accord, acquiesça Ferguson. Mais faites attention à vous, constable.

Duncan s'enveloppa dans son caban de policier, alluma la torche avant de résolument s'engager dans le passage. Une pestilentielle odeur de moisi frappa ses narines, et il prit soin de ramener son épais cache-col sur son nez.

- Cela ne sent pas la rose, dit-il résigné, mais bon, allons-y !

Il descendit quelques marches avec précaution sous le regard craintif de ses compagnons, en promenant sa torche sur ce qui l'entourait. Des murs de soutènement érigés en pierre lui faisaient face, ainsi qu'à gauche et à droite, et Duncan devina que cette petite pièce carrée dissimulée sous l'autel avait dû servir à se cacher en catastrophe si une attaque survenait dans le château, au cours des siècles passés. Des restes de tonneaux pourris et de caisses éventrées occupaient tout un coin, preuve étant que les anciens châtelains avaient entreposé des vivres au cas où ils auraient dû rester plusieurs jours sous terre…

- Rien de dramatique. C'était un endroit où se réfugier au Moyen-Âge, cria-t-il.

- Voyez-vous quelque chose de spécial ? Le passage vers le village ? demanda Ferguson, la voix lointaine.

- Non, attendez je vais descendre encore.

Balayant le petit réduit de sa torche, le policier s'assura qu'il se trouvait seul. L'intrus avait donc dû ressortir après être descendu dans la pièce secrète. Lorsque Duncan eut posé le pied sur la dernière marche de pierre, il eut la surprise très désagréable d'entendre le même « clang » sonore qui avait accompagné l'ouverture du passage. Alors que des exclamations de surprise et d'horreur retentissaient au-dessus, Duncan sut instinctivement ce qui allait de passer, tandis que le grincement de la dalle glissant en sens inverse l'avertit trop tard…

*****

- Oh, non ! oh, non ! psalmodiait Barbara la main sur la bouche.

Tandis que Clancy hurlait à la mort et essayait frénétiquement de s'échapper des bras de Gail, Ferguson, lui, s'escrimait comme un fou pour essayer de bloquer l'autel, mais rien n'y fit. Le gros bloc de pierre revint dans sa position initiale avec un bruit sec.

- Il est enfermé ! s'écria Gail, folle de terreur.

- Bon sang, comment a-t-il pu ouvrir ce truc ? Comment ça marche ? gronda Ferguson, qui essayait inutilement de repousser l'autel.

Personne n'avait remarqué que les deux inscriptions de pierre « mortuos » n'étaient plus enfoncées, et que le mécanisme de charnière de pierre s'était bloqué de nouveau. Ferguson, Barbara et Gail essayèrent inutilement de presser et de pousser à différents endroits des fresques de pierre avant d'abandonner.

- Venez, fit Ferguson, haletant. On va prévenir les autres. Il faut qu'on réussisse à le libérer.

Une fois mis au courant et les premières exclamations de stupéfaction passées, tout le monde se retrouva dans la chapelle autour de l'autel – pour une fois tous indifférents aux quatre corps alignés dans leur suaire qui leur faisaient face. Clancy s'était allongé contre l'autel et gémissait sans rémission.

- Vous dites que cela pivotait en diagonale ? demanda Mark Galbraith, essayant lui aussi de repousser le bloc de pierre sans résultat. On devrait donc concentrer nos efforts sur ce coin-là. Venez m'aider, Ferguson.

Mais leurs efforts conjugués ne firent pas avancer la pierre d'un pouce. Mark Galbraith ôta ses lunettes d'écaille qu'il essuya, puis déclara.

- Inutile. Il doit y avoir un mécanisme de sécurité quelque part… sinon, ce passage aurait été découvert il y a bien longtemps déjà. Vous êtes sûrs que le constable Webster ne vous a rien dit avant de s'engager là-dedans ? Il ne vous a donné aucune instruction ? Et ne vous a rien dit sur la manière dont il l'avait ouvert ?

- Je suis d'avis qu'il n'y a tout simplement pas pensé, dit Barbara, dont les lèvres tremblaient. Il ne pouvait pas supposer qu'il y avait un mécanisme à l'intérieur qui refermait le passage…

- Il va… rester là-dedans pour toujours ? demanda Gail dans un souffle.

Mark Galbraith essaya de remonter le moral des autres.

- Mais non, ce n'est pas si grave. Ne paniquez pas. Il en est quitte pour maximum quarante-huit heures là-dedans. Dès que la police d'Inverness arrivera, on attaquera ce bloc de pierre au marteau-piqueur s'il le faut, mais on le dégagera. Vous pouvez en être certains.

- Et cette demoiselle Mc Iver, la complice du tueur ? Ne pourrait-elle nous dire comment ouvrir le passage ?

- Il y avait un lien avec la devise de la famille Farquart, si vous vous rappelez bien. Mais je n'ai pas vu de blason sur l'autel, musa Mark Galbraith, perplexe. C'était peut-être tout autre chose qui l'ouvrait, et que le constable Webster a découvert par hasard. En tous les cas, ce n'est pas à nous de mener un interrogatoire contre Mademoiselle Mc Iver, nous devons attendre l'arrivée de la police.

- Comment ? Et le laisser moisir là-dessous ? s'indigna Gail.

- De toute manière, nous n'avons pas la clef de la chambre de Mademoiselle Mc Iver. Elle aussi se trouve enfermée pour quarante-huit heures, car c'était le constable qui avait en sa possession la clé de sa chambre. Nous pouvons enlever la lourde console en bronze que j'ai placée devant sa porte, et attendre qu'elle sorte d'elle-même, mais cela m'étonnerait.

- Alors d'après vous, nous ne pouvons rien faire ? conclut Mademoiselle Andrews.

- Si, fit Ferguson avec décision. Vous oubliez une chose, Maître Galbraith, j'ai le passepartout de la chambre de Mademoiselle Mc Iver, en tant que responsable de la sécurité.

- Bien, inutile de rendre son emprisonnement plus difficile que nécessaire, nous pourrons au moins lui apporter de la nourriture, répliqua l'homme de loi.

- Vous n'avez pas compris ce que Ferguson essaie de vous dire, Maître, asséna Mademoiselle Fairchild. Cette fille doit être interrogée et cuisinée pour nous dire la vérité.

- Et comment comptez-vous vous y prendre, pour lui faire avouer ce que vous suspectez ?

- Ne vous inquiétez pas pour cela, Maître. J'ai ma petite idée pour la forcer à parler… murmura l'infirmière, menaçante.

Chapitre 24 – Le long périple

Duncan s'était précipité vers le haut de l'escalier sans parvenir à se glisser au-dehors avant que le bloc de pierre ne se remette en place. Eperdu, il s'attendit à ce que celui-ci se rouvre, et s'impatienta même après quelques minutes d'attente, avant de réaliser avec un affreux pincement de cœur que ni Gail, ni les époux Ferguson ne connaissaient le secret du mécanisme pour l'ouvrir à nouveau. Avec qui se trouvait-il dans le grand salon lorsqu'il avait essayé de faire fonctionner un ressort secret dans l'âtre ? se demanda-t-il. Qui pouvait deviner qu'il fallait appuyer sur les deux mots « mortuos » en même temps ?

Le découragement l'envahit soudain, en même temps que ses souvenirs se précisaient. Il se trouvait seul avec Kayla lorsqu'ils avaient essayé de découvrir le passage secret à cet endroit… or, maintenant qu'elle était confondue pour avoir fouillé le bureau du rez-de-chaussée, et enfermée dans sa chambre au premier étage, personne ne lui ferait plus confiance… et il la voyait mal renseigner les habitants du château, de toute façon. Les hurlements de Clancy accompagnés des coups sourds qu'il entendit au-dessus de sa tête le convainquirent que personne n'avait la moindre idée de la manière de réenclencher le mécanisme d'ouverture… *Triple imbécile*, se morigéna-t-il. *Pourquoi ne leur as-tu pas dit comment ouvrir la dalle, avant de t'y engager comme une fleur* ?

Il attendit patiemment ce qu'il suspectait constituer un miracle de science infuse pendant de longues minutes, puis se releva. Les bruits étouffés avaient cessé, donc les autres n'avaient visiblement pas trouvé la solution pour le faire sortir. Il en était quitte pour essayer de trouver une sortie ailleurs. Quelle poisse… Enfin, ne disait-on pas que ce passage secret menait au village ? Il devait bien y avoir une issue à cette crypte quelque part. Heureusement, on savait qu'il se trouvait là. Au pire, lorsque la police d'Inverness arriverait, il serait délivré, fût-ce à l'explosif. En attendant, pour tromper son attente, il pouvait essayer de trouver le passage et voir s'il était encore praticable. Après tout, cela pouvait s'être effondré, depuis le temps.

Ayant pris sa décision, Duncan promena sa torche le long de la petite pièce carrée, recherchant à la fois un levier ou une manette pour actionner sa sortie depuis l'intérieur, ou bien un autre passage qui s'ouvrirait vers Lochmory. Surpris, il constata que les murs étaient construits en pierres assemblées solidement les unes aux autres, et paraissaient massifs. Des piliers de pierre soutenaient une espèce de voûte romane en pierre au-dessus de sa tête. Il inspecta minutieusement le réduit en détaillant pierre par pierre, mais sans résultat qu'un trou noir placé près des pierres du haut – un conduit d'aération, devina-t-il. Il devait être relié à la chapelle de quelque manière. Il essaya de s'époumoner à travers celui-ci, puis finit par abandonner. Rien à faire, les autres avaient déjà dû quitter les lieux.

Soupirant, Duncan reprit son inspection détaillée. Les débris des tonneaux et des caisses ne laissaient plus rien présager de leur contenu initial, mis à part une petite caissette en métal où on devinait un fond de quelques vieilles pièces d'or ou de bronze. Le policier ne voyait pas la moindre porte de sortie à la petite pièce carrée, et finit même par supposer que le passage n'avait jamais existé.

Duncan attendit deux heures assis par terre, et commençait vraiment à trouver le temps long lorsqu'il porta la main à son visage, stupéfait. Un *courant d'air* ? Mais d'où venait-il ? Il prêta l'oreille et il sembla distinguer un léger crissement le long du mur, en provenance de l'arrière des restes de caisses et de tonneaux. Heureusement, il avait avec lui ses gants de protection. Il les enfila rapidement et, surmontant sa répugnance, entreprit de dégager les débris de bois pourri posés devant le mur. Il inspecta ensuite la paroi à l'aide de sa torche, et enleva un gant pour passer sa main devant chaque pierre. Avait-il rêvé ? Lorsqu'il repéra une fente très fine par laquelle l'air s'infiltrait, il essaya de l'agrandir à mains nues, mais sans succès. Si seulement il avait une truelle… ou un instrument quelconque… songea-t-il.

Il regarda autour de lui, balayant l'espace avec sa torche. N'y avait-il rien qui pouvait lui servir ? Non, rien ne semblait assez fin pour se glisser dans l'espace réduit de la fente… si ! réalisa-t-il brusquement. Les pièces ! les pièces pourraient lui servir de racloir ! Il se précipita vers la cassette, et constata que parmi les deux ou trois pièces qui s'y trouvaient encore, l'une d'elles était grande, fine et aux bords tranchants. Il la fit tinter contre les murs, essaya de la plier et constata à son grand soulagement qu'elle était aussi dure que l'acier.

Revenu près de la fente, il serra son petit instrument très fort entre le pouce et l'index et commença à agrandir méthodiquement la fente, raclant et dégageant l'espace entre les deux pierres sur toute la longueur du mur, dégageant une coulée d'air froid. De la terre beaucoup plus dure lui apprit qu'il était arrivé au bout de la hauteur, et il continua à angle droit, jusqu'à avoir dégagé une porte en pierre d'environ un mètre vingt de hauteur pour quarante-cinq à cinquante centimètres de largeur. Il poussa de tout son poids pour la faire pivoter, et à son grand étonnement le passage s'ouvrit sans trop de difficultés. Duncan comprenait maintenant pourquoi les tonneaux et autres marchandises avaient été entreposées devant… d'éventuels poursuivants auraient cherché longtemps où les fugitifs avaient disparu.

Il alluma la torche et balaya un petit tunnel, également en pierre, avec une petite voûte étroite au-dessus de sa tête. A première vue, depuis des temps immémoriaux personne ne l'avait emprunté. La voûte détournait sans doute l'eau de pluie sur les deux côtés du passage… c'était plutôt bien imaginé, et Duncan rendit mentalement hommage aux talents de constructeur de ses ancêtres. Maintenant, où cette issue menait-elle ? Au village sans doute, mais il y avait bien douze kilomètres depuis le château jusqu'à Lochmory, sauf à longer le raccourci qui suivait la falaise… il n'avait donc aucune idée de la longueur totale de ce passage, et s'il ne s'était pas effondré à un endroit depuis le temps. Duncan regarda le boyau étroit et obscur, et s'arma de courage devant cette perspective peu encourageante. *Bah, tant pis, essayons,* se décida–t-il. Il serait toujours temps de rebrousser chemin si le passage devenait impraticable. Tâtant avec soin le sol pierreux, il se glissa dans le tunnel étroit en avançant avec précaution. A sa grande surprise, le passage sembla s'élargir et il constata bientôt que les pierres assemblées de main d'homme avaient disparu au profit d'une sorte de caverne creusée au pic dans de la pierre qu'il devina être une sorte de granit, ou de roche volcanique. Le vent s'introduisait par des interstices de la roche, et l'odeur pestilentielle de l'antichambre avait disparu au profit d'un froid glacial.

Il continua ce qui lui sembla être des heures jusqu'à trouver une espèce de renfoncement naturel où suintait un peu d'eau dans une cuvette de pierre naturelle. Décidément, les braves Ecossais du Moyen Âge avaient tout prévu, sourit-il. Avec précaution il goûta l'eau cristalline qui filtrait des roches et la trouva excellente, puis fit une pause. Il se remettait en route lorsqu'il constata qu'une sorte de lumière diffuse éclairait désormais à moitié le passage en provenance des fentes de la roche côté droit.

Je dois longer la falaise, réfléchit-il. Il continua d'avancer, fatigué et les jambes lourdes, pendant encore une demi-heure, jusqu'à se trouver au bas d'un escalier de pierre tout semblable à celui qu'il avait descendu depuis la chapelle du château. Il consulta sa montre, et constata que le tout ne lui avait pas pris une heure. Il n'avait pas rencontré âme qui vive, et était maintenant certain que le mystérieux intrus qui avait pénétré ici avant lui pendant leur endormissement n'avait pas parcouru tout ce chemin… il monta l'escalier qui déboucha sur une petite pièce circulaire plongée dans l'obscurité. Duncan s'apprêtait à balayer l'espace de sa torche lorsqu'un reflet métallique alerta son regard. Il distingua bientôt ce qui lui apparut comme un tas indistinct de vêtements dans un coin. Avec un mouvement de recul, il devina une silhouette qui se tenait tapie dans l'ombre et l'observait. Braquant son arme de service sur la forme confuse, il s'écria.

- Eh, vous ! Debout ou je tire !

La silhouette n'eut pas un mouvement, et lorsque Duncan éclaira en grand la forme avec sa torche à pleine puissance, celle-ci faillit lui échapper des mains.

Un squelette couvert de lambeaux en décomposition lui faisait face.

******

Kayla tournait et retournait comme un lion dans sa cage, regardant chaque détail de sa chambre dans l'espoir d'apercevoir une perspective de s'échapper. La fenêtre ? Elle abandonna d'emblée cette idée vu la tempête en cours. Il lui fallait s'enfuir, puisque le pot aux roses avait été découvert, c'était maintenant certain. Il ne s'écoulerait pas longtemps avant qu'ils ne découvrent tout le reste… et elle serait alors en bien fâcheuse posture. Il lui serait même complètement impossible de soutenir son innocence par rapport à ces crimes. Son regard s'accrocha à son reflet dans le miroir et elle fit involontairement la grimace. *Merci, Maman*, grommela-t-elle. On peut *dire que tu viens de me mettre dans un fichu pétrin. Qu'est-ce qui t'a pris de te faire la malle il y a toutes ces années…*

A cet instant, un affreux raffut et un grincement strident lui apprirent qu'on déplaçait de nouveau le meuble qui avait été placé devant sa porte. Une clé tourna dans la serrure, et elle fit volte-face, pour se trouver devant Mark Galbraith et Ferguson, qui arboraient tous deux un air inhabituellement ferme et déterminé.

- Qu'est-ce que vous voulez ? demanda-t-elle, hargneuse.

- Nous venons seulement vous avertir qu'il est inutile d'essayer de vous échapper, répliqua l'homme de loi. Seul moi ou Ferguson vous apporterons votre nourriture, et vous allez rester enfermée ici jusqu'à ce que la police d'Inverness arrive. Votre porte peut être ouverte de l'intérieur, mais je ne vous conseille pas d'essayer de sortir, Ferguson et moi allons bloquer cette issue et monter la garde à tour de rôle.

- Ça va, grogna-t-elle en croisant les bras sur sa poitrine. J'ai compris. Où est le constable Webster ?

- Cela ne vous regarde pas, dit sèchement Mark Galbraith. Ne bougez pas d'ici, c'est bien compris ?

Lorsque les deux hommes furent sortis, par acquit de conscience, Kayla se décida à ouvrir sa fenêtre. A sa grande surprise, le vent semblait s'être beaucoup calmé depuis la veille. Elle regarda au-dessous, et constata que sa chambre n'était pas si haute qu'elle l'avait tout d'abord cru, et donnait sur un carré de pelouse. *Cela amortirait un peu le choc si je sautais, mais je risque des fractures,* songea-t-elle. D'ailleurs, même si elle s'en sortait indemne, où irait-elle ensuite ? Ferguson avait ses clés de voiture, et elle ne s'enfuirait pas bien loin à pied sur la route… elle soupira, et se rassit sur son lit. Quelle histoire… tout était allé de travers depuis son arrivée.

Pourtant, si elle était honnête avec elle-même, il lui fallait reconnaître qu'elle avait apprécié les brefs interludes où elle avait eu l'impression de mener l'enquête avec Duncan… en fait, elle l'appréciait surtout, *lui*. Mais ça, c'était avant qu'il ne l'accuse ouvertement de complicité de meurtre, bien sûr. Il avait su gérer la situation et rassembler autour de lui tous ces gens effrayés comme figure de l'autorité, même si les assassinats s'étaient succédés sans qu'il ne puisse rien faire pour les empêcher… il avait eu affaire à trop forte partie, sourit-elle d'un air sarcastique. Le meurtrier avait agi de main de maître. Mais il ne fallait pas qu'on s'imagine qu'on pouvait faire quelque chose contre elle.

Elle se releva, et continua à tourner en rond avant de s'arrêter brusquement. *Dorénavant, pas question d'avaler quoi que ce soit dans cette fichue baraque,* décida-t-elle. L'eau du robinet de la salle de bains attenante lui conviendrait parfaitement, et elle devait avoir un paquet de biscuits dans sa petite valise. Mais il lui faudrait se rationner jusqu'à l'arrivée de ces fichus flics… Avec un soupir, elle ouvrit son placard et se pencha pour regarder dans la minuscule valise grande ouverte au sol. Oui, il y avait une petite provision de biscuits toujours emballés sous cellophane. Maintenant, elle se maudissait d'avoir commencé un des paquets sur le trajet vers Lochmory.

En se redressant, elle ne put réprimer un petit cri d'effarement. Devant elle, sur l'étagère du haut visiblement prévue pour les chapeaux, un bout de tissu noir dépassait. Or, elle était absolument certaine que ce placard était totalement vide lorsqu'elle avait déposé sa valise. D'une main qui tremblait un peu, elle tira sur le tissu, devinant déjà ce dont il s'agissait. Elle déplia une grande cape noire à capuche en nylon opaque. Rageusement, elle jeta la pièce incriminante sur son lit. Alors, c'était comme ça ! On essayait de lui faire porter le chapeau ? Eh bien, le meurtrier allait trouver à qui parler.

Un vague murmure dans le couloir lui fit dresser la tête, et la peur l'envahit. Il fallait se débarrasser de ce truc, mais où ? Eperdue, elle regarda tour à tour chacun des objets de sa chambre, sans trouver de solution. Il n'y avait pas de cheminée où brûler cette maudite cape, et de toute façon l'odeur avertirait à coup sûr ses geôliers. Pas moyen non plus de s'en débarrasser par la fenêtre, le vent était contraire et s'engouffrait violemment dans la pièce. Mais elle ne pouvait pas rester ainsi, les autres pouvaient décider de fouiller ses bagages et sa chambre à tout moment. Tout à coup, son regard s'accrocha à une solution si évidente qu'elle se maudit de ne pas y avoir pensé plus tôt. Deux minutes lui suffirent, puis elle referma son placard et se rassit sur son lit, le cœur battant. Elle les attendait de pied ferme…

- Laissez-moi passer ! s'exclama tout à coup une voix claire devant se porte, qui la fit sursauter.

- C'est hors de question, Mademoiselle Fairchild, répondit la voix calme de Mark Galbraith. Nous montons la garde jusqu'à l'arrivée de la police.

- Elle a tué tous ces gens ! dit l'infirmière, dont la voix montait dans les aigus alors que l'hystérie se devinait. Je veux la faire avouer ! Vous les hommes de loi, vous êtes tous pareils ! De vraies chiffes molles !

- La vengeance privée n'est pas admise dans ce pays, Mademoiselle Fairchild. Je vous conseille de vous calmer ou j'appelle Ferguson.

- Ecoutez-moi bien, mon petit avocaillon : ce château est une vraie armurerie, et il se pourrait qu'une arbalète ou une dague manque à l'appel bientôt. Vous avez compris ?

- Je ne vois pas en quoi de la violence supplémentaire va nous ramener les victimes, rétorqua Mark Galbraith d'un ton sec.

Au silence de Mademoiselle Fairchild, Kayla suspecta qu'il avait marqué un point. Elle-même était surprise de cette soudaine explosion de colère de la part de l'infirmière qu'elle avait toujours trouvée si calme et si professionnelle.

- Allons, retournez au petit salon avec les autres, continua-t-il d'un ton ferme. Vous ne devriez même pas être seule.

Des pas décrurent – mais Kayla pressa les mains sur son cœur, en proie à la terreur. L'homme de loi avait réussi à calmer la virago provisoirement, mais qu'en serait-il plus tard ? Et si elle revenait à la charge ? Il lui fallait s'organiser dès maintenant. Une idée lumineuse la traversa, et Kayla commença par retirer les draps de son lit en se bénissant d'avoir emmené une paire de ciseaux. Elle courut s'enfermer dans la salle de bains pour l'opération suivante, qui consistait à déchirer les draps en bandes, de crainte que le bruit n'avertisse la sentinelle qui menait la garde devant la porte. Elle noua les bandes solidement les unes aux autres – merci les scouts – et accrocha le bout au crochet auquel son peignoir était suspendu, un solide portemanteau de fer forgé fixé au mur avec de grosses vis. A sa grande satisfaction, en se suspendant de tout son poids à la corde ainsi improvisée, le crochet ne céda pas, ni les nœuds qui maintenaient les lés ensemble. Elle plaça son échelle de tissu tout au fond du panier à linge, et jeta une serviette dessus pour la cacher. Maintenant, elle avait un moyen à disposition pour s'en aller en cas d'urgence, même s'il comportait des risques.

Quelques temps plus tard, ce fut un brouhaha confus qui lui fit lever la tête. On approchait dans le couloir, et il s'agissait de plusieurs personnes. Kayla reconnut le ton de voix triomphant de Mademoiselle Fairchild, qui apostropha le jeune homme de loi, lequel montait toujours la garde.

- Les autres sont d'accord avec moi, Maître Galbraith ! On va la faire parler, à la fois sur Aileen qui se cache quelque part ici, et aussi sur le mécanisme d'entrée du passage secret pour libérer le constable Webster ! Qui vous dit qu'il n'étouffe pas, là-dedans ?

- Mais enfin, qui vous donne le droit de conduire un interrogatoire sauvage comme cela ? Nous devons attendre l'arrivée de la police ! fulmina l'avocat.

- Je vous ai dit de vous calmer, Lynn ! s'interposa Mademoiselle Andrews. On sait qu'elle n'a pas pu tuer le baron Farquart, ni mettre de la morphine dans ma seringue. Je suis sûre que le constable Webster sera libéré par la police dès qu'elle arrivera. Et vous, Barbara, Gail et Angus, vous ne devriez pas céder à la panique !

- Vous attendez quoi ? cria presque Barbara d'une voix stridente, où l'on devinait une peur incontrôlable. Que nous soyons les suivants sur la liste ? Il faut faire avouer à cette fille ce qu'elle sait, et *maintenant* !

Kayla se figea, stupéfaite. Où que soit situé le passage secret, Duncan en avait donc découvert l'entrée qui s'était refermée sur lui. Elle perdait un soutien de poids dans cette figure de force tranquille et d'autorité que tous avaient d'instinct respectée pendant leur enfermement. Aux tentatives d'apaisement maladroites qu'elle entendit, Kayla comprit que la prestance de Duncan Webster éclipsait de beaucoup celle du juriste. Il finirait par céder, ou par être débordé par ces hystériques. Rien n'était plus dangereux que la folie d'un groupe en colère et sans contrôle, et elle comprit qu'elle n'avait plus le choix. C'était seulement une question de temps avant qu'ils ne garrotent l'homme de loi et entrent par la force. Paniquée, elle courut chercher sa corde de tissu, l'attacha solidement, puis regarda dans le vide et respira un bon coup. C'était dangereux, certes, mais il fallait se lancer…

Chapitre 25 – L'arrivée à Lochmory

Pétrifié, Duncan regardait bouche bée le squelette qui lui faisait face, recroquevillé sur lui-même. Lorsqu'il l'avait éclairé de sa torche puissante, des bruits de petites pattes paniquées qui détalaient dans tous les sens s'étaient fait entendre. Il frissonna de dégoût. Des rats… il n'avait pas la moindre envie de constituer le menu suivant, et s'approcha du cadavre sans doute enfermé là depuis des siècles. Il avait été soit emprisonné intentionnellement, soit n'avait pu réussir à s'extirper à temps de ce maudit passage. Duncan espérait de tout cœur que l'expérience de cet infortuné ne serait pas similaire à la sienne. Il hésita un instant à regarder de plus près les restes, puis y renonça et dans l'obscurité, traça un signe de croix en direction de la dépouille. Lorsqu'il sortirait de là, les habitants du village s'occuperaient de donner une sépulture décente au malheureux qui gisait là, abandonné.

Il reporta son attention sur la pièce où il était arrivé. Le couloir s'était resserré avant son arrivée, et la pièce circulaire et humide dans laquelle il se trouvait était dallée et maçonnée de main d'homme. Bien. Il était donc arrivé au bout du passage, vers l'autre sortie. Mais où se trouvait la porte ? Il essaya de tâter toutes les parois sans succès, et même en observant bien les interstices entre les pierres, dut se rendre à l'évidence : au contraire de la petite salle carrée dissimulée sous l'autel du château d'Argyllion, aucune issue n'était cachée dans ces murs. Le policier inspecta le sol en quête d'une trappe sans aucun résultat, mais lorsqu'il leva sa torche, son cœur bondit dans sa poitrine : un trou rond et noir était situé juste au-dessus de sa tête. Il l'éclaira et découvrit un passage ressemblant à un puits, assez large pour faire passer un homme, plutôt court mais qui restait impossible à franchir sans une corde ou une échelle. Il devait faire deux à trois mètres de longueur au plus. Le policier mit sa main en visière et plissa les yeux pour essayer de voir ce qui bouchait l'orifice tout en haut, et en tendant la torche du plus haut qu'il put, vit qu'il s'agissait d'un morceau de pierre rose marbré de veinures. Il poussa une exclamation de surprise.

Tout Lochmory savait que les premiers chrétiens, lorsqu'ils avaient évangélisé la région, avaient fait venir du sud de l'Angleterre un morceau de marbre rose d'un ancien temple romain pour ériger l'autel… la minuscule église du village de Lochmory était très fière de cette antiquité et ceci constituait une des curiosités pour les touristes et randonneurs de passage pendant l'été. Il se trouvait donc dans la petite église de Lochmory, juste sous l'autel. Cela faisait sens, car l'église ne se trouvait pas loin du port… voilà donc l'issue ingénieuse qu'avaient arrangé les premiers châtelains de la lignée des Farquart, à la fois pour évacuer les civils du village en toute discrétion vers l'abri du château en cas d'attaque par la mer, et également pour permettre aux châtelains et aux gardes de fuir par la mer en cas d'urgence si des envahisseurs menaçaient de prendre Argyllion… il regarda le puits d'un peu plus près, mais renonça assez vite à y grimper par lui-même, les prises n'étaient pas suffisantes pour tenir un homme de son poids. Il semblait qu'il était condamné à revenir vers le château et y attendre benoîtement l'arrivée de la police d'Inverness, à sa grande déception.

Après quelques minutes de réflexion, croisant les mains derrière la tête, Duncan se félicita en tout cas d'avoir réussi à découvrir – et à arpenter sur toute sa longueur – le fameux passage secret découvert par son frère Rory dans sa jeunesse. A sa prochaine visite, il pourrait rivaliser avec son grand frère en matière de récit d'aventures… Avant de repartir dans la direction opposée, Duncan balaya de nouveau le squelette de sa torche et murmura presque affectueusement.

- Allez, vieux frère. Encore un peu de temps, et tu pourras reposer en paix.

Ce fut alors qu'il remarqua que le reflet métallique qui avait tout d'abord attiré son attention brillait de nouveau sous les lambeaux de vêtements. Il s'avança vers le cadavre et son cœur crut s'arrêter lorsqu'il dégagea la manche du poignet réduit au cubitus et au radius entremêlés, et qu'il constata que ce qui luisait ainsi à la lueur de sa torche était un beau bracelet d'or orné de pierres vertes…

*****

Echevelée, trempée jusqu'aux os et claquant des dents de froid, Kayla avançait comme une somnambule sur le chemin de gravier qu'elle avait découvert au bout du parc dévasté par la tempête. Un sentier devait bien mener quelque part, non ? Elle se blâma de n'avoir même pas songé à prendre son coupe-vent avant de dévaler tant bien que mal le mur qui se tenait sous sa chambre, aidée de sa corde de drap. L'expérience n'avait pas été facile, et Kayla avait cru tomber dix fois. Mais finalement, en s'aidant des mains et des pieds, elle avait réussi tout de même à descendre les trois quarts de la longueur, puis à sauter sur la pelouse, et à s'enfuir. Tant pis si cela aggravait encore son cas auprès de la police, de toute façon maintenant qu'une partie de son implication avait été découverte, elle n'avait plus rien à perdre. Le chemin pierreux qu'elle avait découvert était plutôt malaisé à franchir, et maintenant que le soir commençait à baisser, il fallait faire attention où l'on posait les pieds, d'autant que la falaise bordait le chemin à deux mètres de là… Membres engourdis, Kayla sentait une torpeur l'envahir, mais dans son état, si elle s'arrêtait et se laissait aller au sommeil, elle risquait de mourir de froid. Dès qu'elle le pouvait, elle frottait de ses mains raidies ses bras et jambes pour activer la circulation, en essayant de conserver son rythme de marche et de garder les yeux fixés au sol, pour ne pas perdre de vue le sinueux chemin marqué de pierres et de gravier. Depuis combien de temps ce fichu sentier se déroulait-il ? Il devait mener au bout du monde…

Même s'il ne s'agissait plus que d'un résidu de la tempête passée, le vent soufflait encore avec violence, et Kayla faisait également très attention de ne pas perdre l'équilibre tout en continuant à avancer péniblement. Il y a encore quelques heures, ce chemin aurait été totalement impraticable… à deux reprises, elle dut contourner un bloc de pierre ou un arbre qui s'était abattu sur le passage. La nuit commençait à s'épaissir, et il ne fallait plus perdre de temps pour rejoindre le village.

Tout à coup, au détour d'un roc très haut, Kayla distingua la forme d'un hameau dans le lointain, avec quelques lumières allumées. Avec un élan d'allégresse, elle cria « Merci mon Dieu » avec ferveur dans le vide de la lande avoisinante, dont l'écho se perdit peu à peu dans l'immensité de la plaine envahie de bruyères. Lochmory ! Elle n'avait jamais été aussi heureuse de voir des habitations. Elle ne devait plus être loin maintenant, et sentit une bouffée d'énergie nouvelle pour continuer à avancer - malgré l'obscurité qui grandissait, malgré le fait qu'elle ne sentait presque plus ses extrémités, et malgré les sombres perspectives qui l'attendaient à l'arrivée.

Arrivée au bout du sentier, elle constata que des fils de fer barbelés et des gros sacs avaient été entreposés devant son entrée, qu'elle contourna par la végétation qui entourait le petit portillon de bois et marquait l'entrée de Lochmory. Une fois parvenue sur la route du village, qu'elle aurait volontiers embrassée, en se retournant elle vit que le passage pierreux avait été barricadé avec des pancartes de danger à l'attention des habitants.

Kayla avait presque l'envie de s'effondrer par terre, maintenant qu'elle était parvenue au bout de sa course. Mais où trouver quelqu'un pour l'accueillir ? Elle jeta un coup d'œil aux habitations du village sur sa gauche et sur sa droite, dont les fenêtres ne laissaient filtrer nulle clarté et qui avaient de surcroît été condamnées pour la plupart avec des planches de bois cloués. Elle titubait maintenant plus qu'elle ne marchait, mais parvint à distinguer l'enseigne d'un pub un peu plus loin dans la rue. Comme elle s'en approchait, quelques hommes de forte carrure en sortirent et prirent résolument le chemin de la rue en contrebas. Apparemment, ils ne l'avaient pas remarquée.

Tremblant de tout son corps, épuisée, elle s'avança vers la porte dont ils venaient de sortir et frappa de sa main engourdie par le froid. Il y eut un bruit confus, puis une femme âgée aux cheveux d'un blanc immaculé et aux yeux bleus perçants lui ouvrit la porte. Même dans son état second d'accablement, transie de froid, Kayla fut stupéfaite de l'accueil dont elle la gratifia avec un large sourire.

- Eh bien vous voilà ! On vous attendait depuis des heures, on peut dire que vous avez mis le temps ! Allez, entrez pour vous réchauffer !

******

Duncan restait hébété devant le corps qu'il avait en face de lui. Se pouvait-il… était-ce possible qu'il se trouve en face de la dépouille d'*Aileen Farquart* ? Sa torche s'attacha au moindre détail et il reconnut que des mèches de longs cheveux blonds s'attachaient encore aux restes de peau sur le crâne… les vêtements étaient réduits à de vagues lambeaux impossibles à identifier, mais ce qui subsistait des chaussures indiquait clairement des escarpins féminins. Eberlué, il dut se rendre à l'évidence : tout indiquait que la malheureuse s'était retrouvée prise au piège du passage secret lors de sa fuite, et était morte là de privations, oubliée de tous, après sans nul doute une agonie affreuse. *Comment était-ce possible ?* se demanda Duncan. *N'avait-elle mis personne au courant lors de sa fuite ?* Avec un tragique pincement de cœur, il réalisa que la pauvre Nora avait bel et bien entendu les gémissements et les cris de la mourante enfermée sous la chapelle – et également dans sa chambre grâce au couloir acoustique qui existait le long des tuyaux. Elle avait dû supplier qu'on vienne à son secours et qu'on la délivre, des jours durant… et lorsqu'elle avait compris que rien ne lui viendrait en aide, elle avait dû chercher autour d'elle une autre issue et avait dégagé le passage vers le village. *Pourtant, quelque chose semble bizarre*, réfléchit Duncan. *Pourquoi Aileen Farquart a-t-elle refermé le passage derrière elle ? En effet, les tonneaux et les restes des caisses avaient été soigneusement replacés devant la porte de la petite pièce carrée qui avait été close de nouveau... pourquoi Aileen Farquart n'aurait-elle pas voulu qu'on la retrouve ?*

Duncan essayait de détecter d'autres signes permettant d'identifier positivement le corps lorsque la lumière de sa torche pâlit soudain. Oh, *non*. Il secoua sa torche, mais la lumière faiblissait encore davantage, et les petits yeux rouges lumineux qu'il voyait luire dans les interstices des pierres ne lui semblaient pas de bon augure. *Pas question de me faire grignoter à petit feu par des rats*, pensa-t-il. Pour compenser la lumière déclinante de sa lampe torche, il fouilla dans ses poches et trouva son téléphone mobile inutilisé depuis des jours, éteint dans sa poche. Il l'alluma et constata que deux ratons plus téméraires que les autres s'étaient déjà approchés. Il les aveugla non sans satisfaction, et des petites pattes effrayées battirent en retraite. Il s'avança et leva son mobile pour les terrifier davantage lorsque le son qu'il se serait le moins attendu à entendre ici retentit dans le silence oppressant qui l'entourait.

Duncan crut tout d'abord qu'il avait rêvé, mais dut se rendre à l'évidence, cœur battant.

Le réseau fonctionnait.

*****

Avec une immense difficulté, Kayla entrouvrit les yeux. Elle se trouvait dans un lit, mais n'avait pas la force de bouger, et son corps moite était enveloppé de draps et de chaudes couvertures, comme dans un cocon. Elle avait la tête lourde, et il lui était pour l'instant impossible de remuer un de ses membres. Au prix d'un gros effort, elle tourna la tête sur le côté de l'oreiller moelleux et découvrit l'intérieur d'une chambre typique écossaise, décorée de tissu à tartan et de quelques meubles massifs de bois sombre. Elle bougea légèrement la tête et découvrit que la vieille femme aux cheveux de neige qui lui avait ouvert la porte tricotait avec ardeur dans le fauteuil d'à-côté. Au léger mouvement que fit Kayla, celle-ci s'arrêta et posa son regard bleu vif de myosotis sur la malade avec un sourire engageant.

- C'est moi qui leur ai dit que vous alliez venir, dit-elle. Comment va Duncan ? J'espère qu'il ne prend pas trop de risques… il va bientôt nous rejoindre.

Croyant que la vieille femme délirait, Kayla ouvrit la bouche mais celle-ci leva un doigt réprobateur.

- Tut, tut. Le docteur Campbell a bien dit que vous deviez vous reposer. Nous aurons le temps pour les parlottes plus tard, ma petite.

La charmante vieille trottina jusqu'à la commode et versa un verre d'eau, qu'elle aida Kayla à boire progressivement.

- Vous avez une jolie fièvre, observa-t-elle. Rien d'étonnant à cela lorsqu'on arpente la lande par un temps pareil… en fait, vous avez eu de la chance d'arriver jusqu'ici avec seulement un refroidissement.

- Qui êtes-vous ? parvint faiblement à articuler Kayla.

La vieille dame se retourna, visiblement surprise.

- Mais Miffy, bien sûr ! La tante Miffy ! Duncan ne vous pas parlé de moi ?

Cela éveilla quelques souvenirs dans l'esprit de Kayla. Qu'avait dit Duncan, déjà ? Ah, oui…

- C'est cela, dit Miffy, approbatrice. Lorsqu'il viendra nous rejoindre, nous pourrons parler de tout cela. En attendant, reposez-vous. La vision m'a dit que vous arriviez et que nous devions nous tenir prêts, mais la partie n'est pas encore gagnée. En attendant, combien y a-t-il eu de morts à Argyllion ? Quatre, c'est cela ?

Eberluée, Kayla hocha la tête dans l'affirmative.

- Je les ai tous vus arriver, dit Miffy avec simplicité. Mais le quatrième a plutôt été une surprise, je dois l'avouer.

- C'est… c'est vous qui avez…

- La vision, oui, dit-elle comme si elle énonçait une évidence. On en fait toute une histoire à Lochmory, mais bien sûr, c'est loin d'être une science exacte… l'avenir bouge, toujours en mouvement, et souvent tout ce que je vois est loin de se réaliser. Il se produit aussi des évènements que je n'avais pas prévus. Mais dans le cas d'Argyllion, les visions s'imposaient à moi avec netteté, ce qui veut dire que tout ceci a dû être prémédité longtemps à l'avance, et devenait inévitable… je voyais sans cesse un couteau au manche blanc couvert de sang… voilà pourquoi je m'inquiétais autant au sujet de Duncan. Je ne pense pas que sa présence faisait partie du plan initial. Mais c'est un bon garçon, et prudent, il s'en est tiré.

Kayla ne savait pas quoi répondre, et préféra garder le silence. Après tout, elle ignorait ce que Miffy connaissait déjà à son sujet, grâce à cette fichue vision. Cependant, cette vieille dame ne semblait pas antagoniste, mais plutôt bienveillante.

- Reposez-vous maintenant, lui intima-t-elle en tapotant son oreiller. Je vous laisse, ma petite. Et… plus d'imprudence. Il est inutile de chercher à nous fausser compagnie, vous êtes avec des amis maintenant.

Kayla avait la bouche ouverte de stupéfaction lorsque Miffy lui fit un clin d'œil et quitta la pièce.

*****

En croyant à peine à sa chance, Duncan décrocha fébrilement son téléphone et appela le pub du village. Il eut presque du mal à en croire ses oreilles lorsque la voix familière et tellement normale de Dave, le serveur du pub, retentit à ses oreilles.

- Duncan ! Ça fait une paye, dis donc. Tu es toujours à Argyllion chez les richards ?

- Je ne suis plus chez les richards, car crois-le ou non, ils se sont tous fait buter.

- Hein ? Mais alors, tu appelles d'où ?

- Ecoute-moi bien.

Au milieu d'interjections d'étonnement et des sifflements, Duncan lui apprit l'existence du passage secret et où il attendait qu'on le délivre.

- Et grouille-toi, s'il te plaît. L'endroit pullule de rats, et je n'ai pas envie qu'ils se fassent les dents sur moi. Dans peu de temps, la lumière va s'éteindre.

- Eh bien, quelle histoire. T'inquiète, on arrive tout de suite.

- Amène aussi un grand sac poubelle, tu sais, ceux que tu utilises pour le pub. J'en aurai besoin.

- Ok. Je préviens Daniel et les autres et on arrive. Et pour ces meurtres ? Tu as déjà une idée du coupable ?

- J'en avais une, répondit Duncan en regardant le squelette. Mais il faut croire qu'elle n'était pas la bonne…

Chapitre 26 – Aileen Farquart

D'un œil professionnel, Le docteur Campbell regardait les ossements étalés sur sa table chirurgicale. En face de lui se tenait Duncan en uniforme, l'air sinistre, qui venait de sortir ce qui restait d'Aileen Farquart d'un grand sac poubelle noir. Il avait posé une valisette métallique encore scellée à terre, à côté de la table chirurgicale – le cadavre était en appui dessus, et les rats n'avaient pu l'endommager au cours des années. Duncan était certain qu'une fois les verrous forcés, ils révéleraient les affaires personnelles qu'Aileen Farquart avaient emportées avec elle en disparaissant.

- J'ai peur qu'il n'y ait pas de doute, dit enfin le médecin. Ceci est le squelette d'une femme très jeune, blonde, et cette ancienne fracture sur la jambe qui a été résorbée sera très certainement facile à retrouver dans son dossier médical. Bien sûr, il faudra que Mademoiselle Andrews identifie pour nous les restes de vêtements et de bijoux pour établir sans l'ombre d'un doute son identité… à moins que Fiona Mac Innery, la cuisinière des Farquart, ne puisse le faire pour nous. Elle se trouve dans une des chambres du pub, je ne voulais pas qu'elle reste seule dans sa petite maison du village. C'est une dame charmante, et - il se permit un sourire en coin - elle a offert de cuisiner pour l'équipe d'urgence.

- Je vais la chercher, dit Duncan en remettant sa casquette.

- Et vous allez aussi retrouver votre amie, pouffa le vieux docteur.

- Qui ça ?

- La fille qui est arrivée du château en empruntant le sentier barré. Elle n'a pas froid aux yeux, la petite ! C'est Miffy qui nous a prévenus qu'elle arriverait presque en même temps que toi.

- Jeune, jolie, très brune aux cheveux longs ? demanda le policier, avec un sombre pressentiment.

- Tout juste, confirma le docteur d'un ton amusé. Je vois que tu sais repérer une jolie fille quand tu en vois une.

Agacé, Duncan quitta le cabinet médical accompagné des gloussements du médecin. Décidément, Miffy avait le chic pour le ridiculiser… mais savait-elle seulement qu'elle venait d'accueillir la principale suspecte de tous ces crimes ? Car maintenant, qui d'autre suspecter ? Pour une raison inconnue, seule Kayla semblait à même d'avoir perpétré tous ces assassinats. *Mais, attends une minute*, réfléchit-il soudain.

Il fit appel à ses souvenirs. La date d'anniversaire de Kayla l'avait frappé car elle était distante seulement de deux jours du sien. Et sa date de naissance indiquait qu'elle avait presque vingt et un ans… *elle est née trop tôt pour être la fille d'Aileen Farquart, s'il s'agit bien de son squelette,* réalisa-t-il. *Alors, qui est-elle ? Ou qui croit-elle être ?*

*****

Les retrouvailles entre Miffy et son petit-neveu ne dérogèrent pas à la règle habituelle. Déterminé à se montrer officiel et sérieux, Duncan se laissa d'emblée dépasser par le franc-parler et la lucidité effrayante de la vieille femme.

- Alors ? lui demanda-t-elle tout à trac. J'espère que tu es décidé à prouver son innocence ?

- L'innocence de qui, je te prie ?

- Mais de Kayla, bien sûr ! Elle se repose pour l'instant, pas question que tu la déranges. La pauvre chose est arrivée ici dans un état affreux, à moitié morte de froid et avec rien d'autre qu'un pull et un jean sur elle !

- Mais comment at-t-elle pu venir jusqu'ici par le sentier ? Tout était impraticable !

- Cette petite n'avait pas le choix, elle a découvert le chemin qui mène à Lochmory et l'a pris. Heureusement pour elle.

- Et pourquoi s'est-elle enfuie ? Te l'a-t-elle dit ou ta vision t'avait-elle déjà prévenue ? demanda Duncan, sarcastique.

- Ridicule, répliqua Miffy en haussant les épaules, comme toujours imperméable à son humour. La vision ne s'occupe pas de choses aussi triviales. Mais elle délirait presque lors de son arrivée, et m'a appris bien des choses presque à son insu. Elle ne s'est pas enfuie, bien sûr. Elle voulait juste se mettre à l'abri... c'est toi qui l'avais fait enfermer dans sa chambre ?

- Oui, reconnut Duncan, soudain penaud.

- Une brillante idée, vraiment, persifla-t-elle. Eh bien, tu aurais pu y réfléchir à deux fois. L'avocat essayait de les en empêcher, mais les autres voulaient lui faire avouer où cette Aileen Farquart se cachait dans le château – et en utilisant la manière forte au besoin.

- Quoi ? s'exclama Duncan, incrédule.

- Il y a de vieux instruments de torture dans ce château, et elle n'a pas demandé son reste. A mon avis, elle a fait preuve d'un sacré cran.

- Mais ils sont devenus fous !

- A ta place, je ne serais pas trop sévère envers eux. Qui a excité les soupçons contre elle ? A mon avis, tu as aussi une part de responsabilité là-dedans, répliqua Miffy, un rien acide. Maintenant, suis-moi. Fiona est prête à répondre à tes questions.

Duncan ouvrit la bouche pour demander comment Miffy pouvait être au courant qu'il voulait interroger la cuisinière, puis préféra la refermer. Il lui emboîta le pas en silence jusqu'à la grande salle du pub, encombrée de matériel et d'équipements en vue de la gestion de la tempête. Dans un coin une petite dame replète aux cheveux blond platine sirotait un verre à petites gorgées.

- Fiona ? Voici mon petit-neveu.

- Ah, c'est Duncan, c'est cela ? Un bon petit, m'a dit Miffy.

Se sentant soudain ridicule dans son uniforme, Duncan essaya de faire bonne figure. « *Un bon petit* », tu parles, fulmina-t-il intérieurement.

- Constable Webster, rectifia-t-il, un peu rigide et avec un regard vindicatif à l'encontre de sa grand-tante, qui ne dissimulait pas son amusement.

Le policier fit un effort pour revenir à un interrogatoire officiel.

- Madame Mc Innery, je dois vous demander de m'accompagner chez le docteur Campbell. Nous pensons avoir retrouvé le corps d'Aileen Farquart. Vous rappelez-vous comment elle était habillée le jour de sa disparition ?

- Bien sûr ! Elle était venue me demander des gâteaux à la cuisine, pour elle et un de ses amis. Je ne suis pas près de l'oublier, c'est la dernière fois que je l'ai vue. Voyons… elle portait une robe d'été, et des sandales.

- Pouvez-vous m'accompagner ? Je voudrais que vous voyiez ses effets vous-même.

- Et verrai-je…

Elle s'arrêta, et lança un regard éperdu à Miffy, tandis que ses lèvres tremblaient. A la gêne manifeste de son interlocutrice, Duncan devina sans peine à quoi son appréhension tenait. Il s'empressa de la rassurer.

- Ne vous inquiétez pas, vous ne verrez que ses affaires et pas son corps.

- J'accompagne Fiona chez le docteur Campbell, dit Miffy en se levant.

Elles s'apprêtaient à quitter toutes deux la pièce lorsque Miffy se retourna. Avec un clin d'œil à l'attention de Duncan, elle lui lança malicieusement.

- Quant à toi, tu as Kayla à aller voir maintenant, il me semble. Et une affaire de meurtres à reprendre depuis le début.

*****

Duncan pénétra sur la pointe des pieds dans la chambre où Kayla dormait d'un sommeil perturbé, en gémissant doucement. Des gouttelettes de transpiration perlaient à son front, et le policier mesura son courage et l'effort qu'elle avait dû faire sur elle-même pour s'engager dans ce périple glacial, alors que la tempête n'était pas terminée. Lui-même aurait hésité à s'engager ainsi sur ce chemin semé de dangers dans ces conditions. La culpabilité l'envahit. Duncan avait désigné si nettement Kayla comme la coupable, ou au moins la complice du meurtrier, que les autres n'avaient pas eu de scrupules à essayer de s'en prendre à elle, surtout hors de sa présence. Le policier se sentait honteux de l'avoir aussi vite suspectée, au mépris de toute rigueur professionnelle. Avoir fouillé le bureau pouvait être une circonstance tout à fait distincte des crimes qui avaient suivi… en tout cas, il se promettait d'en avoir le cœur net sur son motif, maintenant. Après tout, que pouvait-elle bien chercher dans ce bureau ancien où nul papier confidentiel n'était gardé ?

Plongé dans ses réflexions, il ne s'aperçut pas tout de suite que Kayla avait remué un peu plus, et avec un soupir, avait à demi ouvert les yeux. Ce fut lorsqu'elle s'adressa à lui avec son mélange habituel de bravade et d'humour qu'il sursauta.

- Salut, Duncan. Alors, vous êtes venu me passer les menottes ?

- Calmez-vous, Kayla. Vous vous êtes montrée d'une imprudence folle, à emprunter ainsi ce sentier. On aura de la chance si vous n'avez pas déjà attrapé une pneumonie.

- Quelle… importance ?

- Ça en a pour moi, fit-il sévèrement. Alors, que s'est-il passé ?

- Les autres… menés par Mademoiselle Fairchild, avaient résolu de me faire passer un sale quart d'heure. Je les ai entendus à travers la porte, et lorsqu'ils sont arrivé en nombre, je n'ai pas attendu de savoir comment ils comptaient me faire avouer Dieu sait quoi. Où était cachée Aileen Farquart dans le château, probablement, et aussi comment ouvrir de nouveau le passage secret. C'est à ce moment que j'ai su qu'il s'était refermé sur vous.

La respiration de Kayla était sifflante, et elle dut s'arrêter pour une quinte de toux. Duncan se hâta de lui faire boire un peu d'eau.

- Merci, reprit-elle faiblement. En tout cas, comme quelqu'un cherchait à me piéger sur ces crimes, j'avais déjà préparé une corde avec des morceaux de draps, et suis partie par la fenêtre.

- Vous piéger ? Que voulez-vous dire ?

- La cape noire de l'intrus, dans la chapelle… juste avant le meurtre de Ian, vous vous rappelez ? Celle qu'on suspectait avoir été prise des costumes ? Eh bien, je l'ai retrouvée dans mon placard. Avec les autres fous furieux à ma porte, je me suis dit que tout cela n'était qu'un coup monté. J'ai juste eu le temps de cacher cette maudite cape sous le tapis avant de m'enfuir. S'ils l'avaient découverte, on n'aurait plus douté que j'étais impliquée dans ces crimes.

- Kayla, je sais maintenant que vous n'étiez pas la complice d'Aileen Farquart. En fait, je ne pense pas que quiconque se soit dissimulé dans le château pendant tout ce temps. Je pense que c'est l'un de nous qui a assassiné toute la famille Farquart en nous faisant croire qu'un ou qu'une intruse se terrait quelque part dans le château. C'était très intelligent. De cette manière, nous ne nous soupçonnions pas vraiment les uns les autres. On aurait sans doute découvert une des voitures, abandonnée après les crimes à quelque distance du château, et on aurait cru que le mystérieux intrus s'était enfui, sa tâche accomplie.

- Un de nous ? C'est mauvais pour moi, murmura Kayla d'une voix faible, désabusée.

- Non, si vous me dites vraiment pourquoi vous avez fouillé ce bureau, répliqua sévèrement Duncan. Assez de cachotteries, dites-moi la vérité maintenant.

Kayla fit une grimace expressive, et répondit.

- Si je vous dis tout, vous n'aurez plus aucun doute que c'est moi la meurtrière de ces malheureux. Vous comprendrez que je n'avais pas envie de m'incriminer.

- Mettez-moi à l'épreuve, répliqua-t-il du tac au tac.

- Très bien… eh bien, j'étais la seule à avoir ce qu'on peut appeler un mobile pour les tuer tous. Parfaitement, pourléchez-vous à l'avance, monsieur le flic !

Duncan fut traversé par un éclair d'intelligence.

- Vous êtes une enfant illégitime des Farquart, n'est-ce pas ?

- La vérité, c'est que je n'en sais rien. En tout cas, je n'en ai pas de preuve. Ma mère m'a avoué deux jours avant que je ne vienne ici qu'un des aristos d'Argyllion l'avait menée en bateau avec un simulacre de mariage.

- C'était Ian ?

- Non, son frère aîné, Kenneth. Celui qui est mort dans cet accident de voiture. Ce qui fait que lorsqu'il est mort, sa famille a ri de ma mère et a cru qu'elle affabulait. Comble de malchance, Kenneth Farquart avait présenté cela comme une surprise qu'il avait arrangée, un jour qu'ils étaient partis en voiture. C'était sans aucun doute une blague, mais même si c'était vrai il avait gardé le soi-disant certificat de mariage et ma mère ne se souvenait même plus de l'endroit. Bref, de honte, elle s'est enfuie du village – il faut dire que ses parents l'avaient mise dehors lorsqu'ils avaient découvert son état.

- N'avait-elle vraiment aucune preuve de son mariage ?

- Mon père a disparu presque aussitôt après, et ma mère avait dix-neuf ans, autant dire qu'elle ignorait totalement comment faire valoir ses droits après l'accident. Jusqu'à il y a deux jours, je n'avais non plus aucune idée que l'on pouvait retrouver un mariage enregistré avec l'année et le nom d'un des époux au fameux registre dont parlait Maître Galbraith… je cherchais des renseignements, et ma première idée était de sonder ce que savaient mes charmants grands-parents.

J'ignorais d'ailleurs si je serais bien reçue… mais enfin, cela valait le coup d'essayer. Lorsque la tempête m'a contrainte de m'arrêter à Argyllion, j'ai trouvé cela ironique, pour tout vous dire. Voilà sans doute pourquoi j'ai décidé de flâner un peu quand Gail m'a quittée pour se rendre dans le grand salon… j'avais entendu des voix sur la gauche, alors j'ai ouvert la grande porte sur la droite, par curiosité. Et la première porte du corridor donnait sur ce fameux bureau… J'ai perdu la tête, en le voyant l'idée m'a traversée qu'une chance infime existait pour que ce certificat de mariage ait été classé là, quelque part… je n'ai pas eu beaucoup de temps, donc en moins d'une minute j'ai tout retourné et regardé les papiers en diagonale. Bien sûr, il n'y avait rien, et je n'avais pas le temps de tout remettre en ordre. Je me suis hâtée vers la cuisine deux minutes avant que Gail ne vienne m'y chercher, et je regrettais déjà mon action impulsive. C'est alors que vous m'avez appris le meurtre du baron. Heureusement, je portais des gants… et je ne soupçonnais pas que l'on puisse remonter jusqu'à moi.

- Ainsi donc, observa lentement Duncan, vous seriez la dernière des Farquart, si ce certificat était retrouvé…

- Oui, et si on fait des recherches et que c'est vrai, alors mon compte est bon, hein ?

- Non, Kayla, je ne pense pas que vous ayez tué quatre personnes pour un hypothétique héritage, répliqua lentement Duncan. Pas avant d'en être sûre, en tout cas. Et puis, au titre de fille posthume de Kenneth, eh bien il faudrait voir Mark Galbraith pour les détails légaux, mais vous auriez pu faire casser le testament de votre grand-mère pour y avoir une part… et si vous aviez une preuve de votre filiation, je ne pense pas que le vieux baron ou Nora Farquart vous auraient laissée sans rien, vous et votre mère. En fait, ou vous aviez une preuve de l'identité de votre père, et la famille vous aurait je pense accueillie, ou alors vous n'en aviez pas et alors, les assassiner n'avait pas de sens. De toute façon pourquoi vouloir éliminer toute la lignée, puisqu'étant la seule Farquart encore en vie, votre mobile aurait crevé les yeux dès que vous vous seriez présentée ? Par ailleurs…

Il réfléchit un instant.

- Pourquoi auriez-vous tué Neil ? Il n'entrait pas dans la ligne de succession. Et vous ne le connaissiez pas avant d'arriver.

- Il aurait pu dire ou faire quelque chose qui m'incriminait, contra Kayla, jouant l'avocat du Diable.

- Possible… mais je n'y crois pas.

- Comment cela ?

- Toute cette affaire a été montée par quelqu'un qui connaissait la famille de près. Quelqu'un qui en savait beaucoup sur la disparition d'Aileen Farquart vingt ans auparavant, par exemple, et pouvait imiter son écriture. Ce mystérieux X était aussi au courant de l'allergie alimentaire de Neil… et de l'existence du passage secret, qu'Aileen lui avait probablement révélée. Ni vous ni votre mère n'étiez assez proches de la famille pour pouvoir être au fait de tous ces détails…

Duncan mit la main dans sa poche, et retrouva la feuille pliée en quatre où il avait noté les points qui l'intriguaient, au début de son enquête.

- L'arrivée de Kayla Mc Iver au château est-elle vraiment due au hasard ?

- Pourquoi empêcher les communications vers l'extérieur ?

- Si un intrus s'est introduit dans le château, qui est-il ? Aileen Farquart ou quelqu'un d'autre ?

- Le meurtre de Ian était-il seulement un crime de sécurité ou était-il réellement visé ?

- Pourquoi Ian n'a-t-il pas fait usage de son arme ?

- Si on admet que l'assassinat de Ian était seulement dû aux circonstances, quel est le mobile du meurtre de son père le vieux baron ?

- Pourquoi dérober l'arme du crime dans la chapelle ?

- Pourquoi laisser à nouveau l'arme du crime sur place au lieu de l'emporter après la mort de Ian ?

- Quel était ce bruit sec que Ian prétendait avoir entendu ?

- Qui hérite maintenant de la fortune de la baronne et du château d'Argyllion ?

- Où se trouve l'entrée du passage secret de Rory ?

- Pourquoi parle-t-on d'aller chez les morts à propos d'Aileen – Rory en a parlé, et son frère Neil également ?

Il les relut à mi-voix, et fit la grimace.

- Hm. La première et la troisième question n'ont plus vraiment de sens, maintenant. Ni les deux dernières…

- Moi, je trouve qu'il y a une question vraiment cruciale là-dedans, observa Kayla faiblement.

- Vous trouvez ?

Duncan relut fébrilement sa liste à deux reprises, puis secoua la tête.

- Je ne vois rien de spécial. Qu'est-ce que vous…

Il s'interrompit en constatant que Kayla s'était de nouveau endormie, et après quelques secondes quitta la pièce sur la pointe des pieds.

Chapitre 27 – Les informations de Fiona

Duncan ne savait plus quoi penser de cette affaire qui devenait de plus en plus ténébreuse, et sur le chemin qui le ramenait vers le cabinet du Docteur Campbell, s'efforça de réfléchir une nouvelle fois à tout ce qui s'était passé dans le château. Si lui était à présent absolument convaincu de l'innocence de Kayla, il était certain que la police d'Inverness allait concentrer ses soupçons sur elle, comme les habitants du château l'avaient fait. Sa seule chance était qu'il réussisse à débrouiller l'enquête et à trouver le véritable coupable avant leur arrivée. Tout d'abord, les crimes n'avaient peut-être pas tous été commis par la même personne. Si l'on admettait cette hypothèse, il fallait revenir au début de cette histoire de crimes. Le meurtre du baron était intervenu en premier juste après la lecture du testament de sa femme. Aurait-il été tué par un de ses enfants ? Et quelqu'un du château l'aurait vengé en assassinant ensuite les trois membres de sa progéniture ? Mais qui aurait pu tenir au vieux baron à ce point ? Il élimina Lynn Fairchild, laquelle n'avait pas témoigné d'émotion particulière à la mort de son patient. Mais les autres ? Après réflexion, il élimina aussi Mark Galbraith, qui venait de l'extérieur pour raison professionnelle. Quant aux domestiques… il était certain de l'innocence de Gail, son ancienne camarade d'école. Mais il n'aurait pas juré que les époux Ferguson le soient aussi, ni Mademoiselle Andrews. Cependant, il voyait mal la respectable gouvernante assassiner ensuite Neil, auquel elle tenait tant. Difficile aussi d'admettre qu'elle ait supprimé Ian et Nora, qu'elle connaissait depuis leur tendre enfance.

Il continua à réfléchir. Si le premier crime, celui du baron, avait eu l'appât du gain comme mobile, le meurtre de Ian semblait plutôt dû au hasard d'avoir croisé le chemin de l'intrus qui s'enfuyait de la chapelle… tandis que celui de Nora, lui, avait été clairement prémédité pendant leur sommeil et que l'intrus avait le champ libre pour descendre en toute tranquillité dans le passage secret. Pourquoi, d'ailleurs ? Qu'y cherchait-il pour s'être rendu dans la chapelle à deux reprises, sous un déguisement d'abord puis lorsqu'ils avaient été drogués ?

Il ne s'agissait pas d'un inconnu dissimulé dans un recoin du château, comme ils l'avaient tous cru jusqu'alors. Duncan s'arrêta sur la route et se mordit la lèvre. Bien, sûr, l'un des convives aurait eu la tâche encore plus facile pour mélanger le somnifère au repas plutôt qu'un intrus quelconque. Et Kayla s'était souvent trouvée à la cuisine avec Gail, réalisa-t-il. Mais non, cela n'avait pas de sens, elle aurait dû emmener un somnifère avec elle, et donc planifier le tout bien à l'avance… Lorsqu'ils s'étaient tous trouvés plongés dans leur sommeil artificiel, l'un d'entre eux – qui avait seulement dû faire semblant de manger jusque-là – s'était relevé, et avait dû essayer de faire fonctionner le passage secret. Et ensuite ? se demanda Duncan. Il avait fait en sorte que Nora lui ouvre la porte… et l'avait fait passer par la même fenêtre où elle avait tenté de pousser sa sœur, bien des années auparavant. Peut-être voulait-il seulement faire croire qu'Aileen se cachait bien dans le château et continuait sa vengeance. Ce mystérieux inconnu ne vengeait pas Aileen lui-même, dont il n'avait manifestement pas découvert le corps.

Quant à Neil… Totalement inoffensif, il n'y avait aucune raison de le tuer. Sauf si Kayla avait raison… il avait peut-être fait ou dit quelque chose qui incriminait le meurtrier, quelque chose que *lui* avait reconnu, mais qui n'avait pas éveillé l'attention des autres… auquel cas le mystérieux assassin avait pris peur, et avait décidé de l'éliminer aussi.

Tout en continuant à réfléchir, Duncan poussa la barrière en bois du coquet logement qui abritait le cabinet médical. Pensif, il se retourna et constata que le vent était tombé, et qu'une faible lueur filtrait à travers les nuages gris… *la tempête touche à sa fin,* songea-t-il. *Ils seront bientôt là.*

Curieusement, cela lui laissait une sensation d'échec et d'inachevé... *j'aurais dû les protéger*, pensa-t-il, en proie au remords, tandis que les visages du vieux baron, de Ian, de Nora et de Neil apparaissaient devant lui, aussi nets que s'il venait de les quitter chacun d'entre eux une seconde auparavant. Son cœur se serra de pitié, et il sonna à la porte d'entrée en se promettant de ne pas laisser leur mort impunie. Le docteur Campbell lui ouvrit presque aussitôt.

- Viens, lui dit-il.

Dans la petite salle de consultation, le docteur avait installé Fiona et Miffy sur deux chaises en face de son bureau couvert de dossiers. Il hocha la tête en direction de Fiona.

- Répétez au constable ce que vous venez de me dire, Madame Mc Innery.

- Je n'ai rien reconnu des affaires d'Aileen après si longtemps, vu leur état, mais je pense qu'il s'agit bien de ses chaussures, débita-t-elle d'une traite. Et son bracelet est le même, aucun doute là-dessus.

- De mon côté, j'ai vérifié le dossier médical d'Aileen Farquart, qui avait été suivie par mon prédécesseur, et confirme qu'elle s'est effectivement fait une fracture à l'endroit où nous en avons trouvé la trace. Il s'agit bien d'elle, sans l'ombre d'un doute.

- Très bien. Amenez-moi la petite valise, pour en avoir le cœur net nous allons regarder ses affaires.

Le docteur Campbell alla chercher la mallette et la déposa sur sa table de consultation, d'où les ossements avaient été retirés.

- A vous l'honneur, dit-il avec un signe de tête au policier.

Celui-ci s'escrima et les verrous rouillés cédèrent avec un craquement sec.

- Voyons donc ce que nous avons ici...

Une odeur de renfermé les saisit à la gorge, tandis que le policier dépliait plusieurs vêtements que Fiona identifia avec certitude. La valise renfermait habits, colifichets, trousse de toilette et une longue enveloppe posée à plat au fond, déjà affranchie. Duncan la prit et lut l'adresse.

- Incroyable. Il s'agit d'un pli adressé à la mère de Kayla, lorsqu'elle habitait toujours chez ses parents à Lochmory.

Après un instant d'hésitation, il prit l'enveloppe et résolut de l'emmener à Kayla afin qu'elle l'ouvre. Se pourrait-il que ce fût le fameux certificat de mariage que Kenneth aurait confié à sa sœur ?

- Regardez ! s'exclama Miffy, qui n'avait pas ouvert la bouche jusqu'à présent.

Elle désignait un volume mince coincé entre deux chemises, et l'ouvrit.

- Il s'agit du journal intime d'Aileen.

Duncan le lui arracha presque des mains et en parcourut fébrilement les dernières pages.

- Les dernières entrées parlent bien d'une idylle qu'elle entretenait… mais elle ne dit pas le nom de son amoureux.

- Comment ? demandèrent Fiona et Miffy, stupéfaites toutes deux.

- Regardez vous-mêmes, grogna Duncan en leur passant le livre.

Après quelques minutes de lecture, Miffy remarqua.

- Elle dit cependant qu'ils auront besoin d'argent. Et le plan de s'enfuir pour gagner Gretna Green est clairement mentionné.

- Regardez ici ! dit Fiona, tout excitée. Elle parle des bijoux de sa mère…

Fiona lut à haute voix.

« Je n'ai pas le choix pour mener la vie que j'entends avec celui que j'aime. Il n'aura pas d'argent et mes parents en ont plus qu'il ne leur en faut... mais ils me le refuseraient. J'ai pensé aux bijoux de Mummy. En les mettant en gage, on peut en tirer une belle somme et Mummy les rachètera après coup. Mon cher fiancé a eu tant d'intelligence d'y penser pour notre vie future après notre mariage. Je ne regrette pas du tout Rory

depuis que j'ai rencontré le cher élu de mon cœur. Hélas, je ne l'appellerai par son nom dans ces lignes qu'après que je me sois enfuie, car si on découvrait ce journal avant notre fuite cela pourrait avoir des conséquences terribles pour lui et sa famille... la mienne les mettrait sur la paille. »

- Au moins, Rory est bien hors de cause, murmura Duncan. C'était d'un autre qu'elle s'était entichée... mais de qui ? Est-ce que vous étiez là au château pendant cet été-là, Madame Mc Innery ?

- Oui, bien sûr, mais confinée à la cuisine toute la journée, je ne voyais guère les allées et venues des uns et des autres.

- Mademoiselle Andrews a dit que Mark Galbraith était venu à plusieurs reprises au château en compagnie de son père. C'est vrai ?

- Oui, bien sûr. Il est venu lorsqu'il faisait son stage au cabinet de son père après l'obtention de son diplôme, mais aussi plusieurs fois auparavant... un beau jeune homme.

- Y aurait-il eu... une amourette entre lui et Aileen Farquart ?

- Ils étaient sûrement des amis, au moins des connaissances, mais je ne sais pas s'il y avait plus. De toute façon, le baron n'aurait pas vu cela d'un bon œil, et encore moins la baronne.

- Pourquoi cela ?

- Ils couvaient la petite Aileen comme la prunelle de leurs yeux, aucun d'eux n'aurait approuvé une amourette avec l'homme de loi de la famille, voyons ! Je pense qu'ils avaient plutôt en vue un riche mariage avec une famille américaine de la haute société. Et puis, la baronne détestait Madame Galbraith.

- Pourquoi cela ?

- Oh, il s'agissait toutes deux de femmes très autoritaires, fières comme Artaban et arrogantes en diable. C'était inévitable qu'une folle rivalité s'installe tout de suite. On en avait parlé aux cuisines à l'époque. Madame Galbraith essayait sans cesse de surpasser la baronne avec ses fourrures, ses bijoux et son luxe, mais bien sûr elle n'avait pas les mêmes moyens. Je crois qu'une nuit, Barbara avait surpris une scène de ménage entre les époux, qui avaient été invités à je ne sais plus quelle occasion. Ça chauffait ! Mais excusez-moi, mon petit, dit-elle un peu honteuse, je n'aurais pas dû… comment va le petit Mark ?

- Plus trop petit, maintenant, sourit Duncan. Il ne s'en est pas trop mal sorti, entre la lecture du testament et les crimes qui ont suivi. Binoclard et terriblement premier de classe, je dirais. Mais il est devenu mort de trouille avec ces crimes, même s'il essayait de faire bonne figure. Quoi qu'il en soit, même s'il avait entretenu un flirt avec Aileen Farquart vingt ans auparavant, comme beaucoup d'autres d'ailleurs, cela ne lui donne aucun motif pour trucider toute la famille deux décennies plus tard. Je suis plutôt enclin à le plaindre, vu le casse-tête légal dans lequel il se débat.

- Le pauvre, dit Fiona en secouant la tête.

- Madame Mc Innery, dit tout à coup Duncan, que pouvez-vous me dire de Mademoiselle Fairchild ou de Mademoiselle Andrews ? Est-ce qu'elles avaient des raisons d'en vouloir à la famille ?

Fiona se permit un petit rire.

- Pas Mademoiselle Andrews, voyons ! Elle a toujours été amoureuse du baron.

- Comment ? s'écrièrent Duncan et Miffy en même temps.

- Presque plus personne ne s'en souvient, bien sûr. Mais lorsque j'ai pris mon poste pour travailler à Argyllion, il y a de cela trente ans – j'étais alors seulement une aide de cuisine – tout le monde l'avait deviné. Le baron était un très bel homme, à l'époque, et il fallait voir comme elle le suivait des yeux !

- Et alors ? Ont-ils eu une liaison ?

- Qu'allez-vous imaginer ! C'était un amour aussi platonique que sans espoir… et puis, ce n'était pas partagé. Le baron tenait à l'honneur de son nom. Oh non, cette passion a dû se calmer avec le temps. Mais si elle devait enrager de s'occuper des enfants de la baronne, je pense qu'elle le faisait surtout grâce à la position privilégiée qu'elle occupait. Elle pouvait voir celui qu'elle aimait tous les jours, et entrer ainsi dans l'intimité de la famille. Lorsque l'accident de Neil s'est produit je pense qu'elle a été flattée qu'on lui demande de s'occuper de lui et de rester à Argyllion… cela lui permettait de se croire indispensable auprès du baron, même si les enfants étaient devenus grands.

Miffy intervint.

- On devrait peut-être revenir au pub, et montrer cette enveloppe à Kayla. Le téléphone fonctionne, elle peut demander à sa mère la permission de l'ouvrir pour elle.

- Bonne idée, approuva Duncan. Venez, Fiona. Toutes les informations que nous pouvons collecter et donner à la police d'Inverness nous seront utiles.

De retour au pub, le maire les accueillit avec un air soucieux.

- On m'a raconté cette histoire de meurtres pendant ton enfermement à Argyllion, constable Webster. Toute la famille Farquart ! C'est incroyable ! Comme si ça ne suffisait pas, le docteur Campbell vient de me dire que tu avais retrouvé le corps de cette fille Farquart disparue il y a vingt ans… As-tu des suspects ? Sais-tu qui a tué tous les Farquart ?

- Non, pas pour l'instant.

- Mais tu étais là ! reprit Daniel Murray, exaspéré. Tu dois bien avoir une idée, non ? On a prévenu la police d'Inverness, elle sera là dès que le barrage des routes sera levé. Quatre meurtres qui se produisent sous ton nez, mon petit Duncan ! Ce ne sera pas bon pour nous si tu ne leur présentes pas au moins un début de piste.

- C'est-à-dire que le suspect auquel j'ai pensé une bonne partie du temps a été retrouvé à l'état de squelette, Monsieur le maire, ne put s'empêcher de préciser Duncan.

- Alors, qui d'autre ?

- Je n'en sais rien. On a dit que la famille était maudite, et je finis par le croire. Je ne vois aucun mobile à ces crimes.

- Qui hérite, maintenant qu'ils sont tous morts ? demanda le maire, pragmatique.

- L'homme de loi se trouve au château, je lui demanderai.

- C'est ça, grommela Daniel Murray. Essaye de fournir une solution, peu importe que ce soit la bonne ou non, à la police d'Inverness. Qu'ils ne croient pas que tu es resté là à te tourner les pouces pendant qu'on assassinait à qui mieux mieux autour de toi !

Duncan comprenait l'inquiétude du maire, mais ne s'inquiétait pas outre mesure. Il avait vu une fois ou deux l'inspecteur-chef Briggs au poste d'Inverness, et s'entendait bien avec lui. Il monta à la chambre de Kayla où celle-ci finissait un plateau déjeuner.

- Alors, constable ? Quelles nouvelles ?

- Il s'agit bien du corps d'Aileen Farquart, sans erreur possible. La question est de savoir ce qu'elle faisait là toute seule, et pourquoi elle a apparemment dissimulé du mieux qu'elle a pu l'entrée du passage pour mourir à des kilomètres de là.

- Avait-elle des indices sur elle ?

- Oui, En particulier, nous avons trouvé ceci dans sa valise.

Il lui tendit l'enveloppe, et les sourcils de Kayla s'élevèrent dans les airs lorsqu'elle déchiffra l'adresse.

- Une lettre adressée à ma mère ! Que voulait-elle lui dire ?

- J'ai vu les lettres écrites par Aileen Farquart, et ce n'est pas son écriture, précisa Duncan. Tenez, fit-il en lui tendant son smartphone, appelez-la et demandez-lui si nous pouvons ouvrir ce pli.

Kayla s'exécuta aussitôt, et expliqua la situation à Tessa Mc Iver.

- Elle est d'accord, précisa-t-elle à Duncan. Vous pouvez y aller.

- A-t-elle une idée de ce dont il peut s'agir ?

- Non, aucune.

Duncan coupa avec soin le coin de l'enveloppe et en retira plusieurs papiers. Il hocha la tête.

- Dites-lui que nous disposons bien de son certificat de mariage avec Kenneth Farquart. Il n'y a aucun doute, vous êtes bien Kayla Farquart, et votre mère se trouve du fait être la nouvelle baronne.

- Ce serait une splendide nouvelle, s'il n'y avait pas eu tous ces crimes. Maintenant je suis la suspecte toute désignée.

- Justement, intervint Duncan. Gardez le secret sur tout ceci pour l'instant, vous entendez ? Je voudrais parler aux habitants du château avant que l'un d'entre eux n'apprenne qu'une dernière Farquart existe. Également, une dernière héritière du titre et du château…

- Bonjour les droits de succession, grimaça Kayla sans beaucoup d'enthousiasme. Et puis, il ne fait pas bon appartenir à la famille Farquart, ces temps-ci.

- Et vous ? demanda brusquement Duncan. N'avez-vous eu de soupçons contre personne ?

- Si, reconnut-elle lentement. Depuis longtemps, en fait depuis le début je soupçonne quelqu'un. Mais je ne vous dirai pas qui.

- Pourquoi pas, si ce ne sont que des suppositions ?

- Parce que cela ne tient pas debout, voilà tout. Cette personne n'a aucun mobile. En fait, elle a même tout à perdre d'avoir ainsi éliminé toute la famille.

- Vous ne voulez vraiment pas me dire de qui il s'agit ?

Une ombre de sourire se dessina sur le visage de Kayla.

- Je pense que vous me connaissez maintenant pour connaître ma réponse.

- Et comment, grogna Duncan. Fichue tête de mule.

Duncan se leva, puis lui tendit une feuille de papier pliée.

- Je vous laisse ceci, qui est de nature personnelle et était joint au certificat, dit Duncan. Il s'agit d'une lettre de votre père à votre mère. Je pense que vous voudrez la lui lire hors de ma présence.

Kayla prit la lettre, la parcourut, et ses yeux s'humidifièrent. Elle répondit simplement.

- Merci.

Chapitre 28 – Retour à Argyllion

Duncan Webster se tenait à côté de Daniel Murray, qui conduisait en silence le long de la route qui menait à Argyllion. La police d'Inverness les avait prévenus qu'elle s'y rendrait directement. La pluie battait le pare-brise mais il s'agissait d'une ondée normale, la tempête appartenait bel et bien au passé. Dans la tête de Duncan s'agitaient toutes sortes d'hypothèses et de suppositions qu'il rejetait les unes après les autres. En tout cas, il avait dûment chapitré le maire sur le fait de le laisser mener les interrogatoires. Quel que soit le coupable, celui-ci devait savoir que le cadavre d'Aileen Farquart gisait là, dans le passage. Sinon pourquoi avoir cherché à s'y introduire à deux reprises ?

- Toute l'affaire paraît liée à cette maudite famille, grommela à brûle-pourpoint Daniel Murray tandis qu'il se garait dans le parking des visiteurs, où la voiture de police de Duncan était restée sagement protégée dans son coin et paraissait ne pas avoir trop souffert de la tempête.

Duncan inclina la tête, et les deux hommes sonnèrent à la porte d'entrée. Au bout d'une demi-minute l'huis s'ouvrit en grand sur une Gail échevelée, visiblement très énervée, qui poussa un cri mélangé de stupéfaction et de soulagement en apercevant le policier.

- Duncan ! C'est bien toi ? Ils m'avaient dit que tu étais resté piégé dans ce damné passage, on attendait que la police arrive pour te sortir de là !

- Le passage débouchait sur Lochmory, Gail, j'ai rejoint les autres au quartier général. Tout va bien.

- Oh, bonjour, Monsieur le maire ! fit confusément Gail, qui venait de le remarquer. Il faut dire qu'on est si chamboulés en ce moment… entrez, je vous prie.

- Où sont les autres ? demanda Duncan lorsqu'ils furent dans le hall.

- En haut, fit Gail. Dans le petit salon à côté de la salle à manger. On y reste tout le temps, maintenant. Barbara est descendue avec moi, elle s'est rendue à la cuisine pour nourrir ton chien pendant que j'allais ouvrir.

- Et justement, Clancy ? Comment va-t-il ? demanda Duncan. Le pauvre, je l'ai entendu gémir au-dessus de moi dans la chapelle.

- Barbara et moi nous sommes bien occupées de lui, répondit aussitôt Gail, ne t'inquiète pas pour Clancy. Mais il lui a fallu du temps avant que je puisse le décider à partir de la chapelle. Il restait là à gémir sans cesse. Tiens, justement…

Barbara sortit de la cuisine et posa sa main sur sa bouche, ahurie, tandis qu'un jappement joyeux se fit entendre, et vif comme l'éclair, Clancy dévala le hall vers la porte d'entrée. Tandis que le fidèle chien faisait la fête à son maître retrouvé, le maire demanda, anxieux.

- Je suis au courant de tout. Il n'y a pas eu de nouvelles catastrophes en l'absence du constable Webster ?

- Je crois que Kayla, la fille qu'ils avaient enfermée dans sa chambre là-haut, s'est fait la malle. Mademoiselle Fairchild a failli s'étouffer de rage. Ils ont cherché partout sans la trouver. Apparemment elle s'était enfuie en ayant fabriqué une corde avec ses draps. Mark Galbraith était certain qu'elle n'avait pas pu s'enfuir bien loin, mais lui et Ferguson ont fouillé partout sans résultat. Peut-être que la police d'Inverness aura plus de chance.

Daniel Murray ouvrait la bouche pour révéler l'endroit où se trouvait Kayla, mais la referma aussitôt, le bout de la chaussure du constable Webster venant de lui heurter subrepticement la cheville. Duncan avait bien chapitré le maire sur le fait que personne ne devait savoir qu'ils avaient recueilli Kayla à Lochmory, ni que le cadavre d'Aileen Farquart avait été découvert dans le tunnel. Il voulait tester les réactions des uns et des autres en les prenant au dépourvu, et sourit.

- Nous allons les retrouver au premier, merci Gail.

Dans le petit salon, les participants se tournèrent tout de suite vers Duncan et le maire, et les cris de joie se mêlèrent aux exclamations d'étonnement, comme pour Gail. Le premier moment d'émotion passé, Duncan demanda :

- Gail vient de me dire que Kayla Mc Iver s'est enfuie ? Comment cela s'est-il produit ?

- Oui, s'empressa de préciser Mark Galbraith. Ceci à mon avis confirme surabondamment sa culpabilité dans les crimes. Elle s'est échappée par la fenêtre de sa chambre, nous avons retrouvé une corde faite avec des draps. Je ne sais toujours pas quel motif de haine elle pouvait avoir contre la famille, mais c'est elle la coupable, sans aucun doute. En tout cas elle se trouve toujours dans les environs, sa voiture n'a pas bougé.

- Excusez-moi constable, se permit d'intervenir Ferguson, mais comment avez-vous fait pour vous sortir de ce fameux passage secret ? Il conduisait au village, c'est ça ?

- Oui, par un tunnel qui longe la falaise. Je suis sorti là-bas.

Mark Galbraith ouvrit la bouche, parut sur le point de la refermer, puis demanda avec un air un peu contrit.

- Nous vous devons des excuses, nous avons cherché partout le mécanisme pour vous faire ressortir… comment fallait-il faire ?

- Les deux mots « mortuos » à enfoncer sur la devise qui borde la table de l'autel, expliqua succinctement Duncan. Ils étaient cachés sous le rebord, c'est normal que vous n'ayez pas trouvé. Il faut se tenir derrière l'autel pour bien les voir.

- Et où débouche-t-il ? demanda Mademoiselle Fairchild.

- Sous l'autel de l'église du village. Les habitants sont venus à mon secours.

A la dérobée, Duncan observait chacune des personnes présentes, en se disant que parmi eux se cachait certainement le mystérieux meurtrier. Aucun ne trahissait de nervosité particulière, sauf peut-être Mark Galbraith qui ne cessait de regarder le bout de ses pieds, et Mademoiselle Fairchild qui semblait sur le qui-vive.

- Vous… heu… vous savez, finit-il par avouer l'homme de loi, Kayla Mc Iver était notre principal suspect… Alors, heu… les esprits se sont un peu échauffés, nous étions sur le point de l'interroger en votre absence. Et lorsque nous avons ouvert sa chambre, elle s'était enfuie. Mais j'ai vu la fameuse cape noire de l'assaillant de Ian Farquart dans sa chambre. Certains d'entre nous ont de nouveau fouillé le château à la recherche d'un éventuel intrus et de Mademoiselle Mc Iver que nous supposons être ensemble. Nous n'avons rien trouvé pour le moment.

- Peut-être ne cherchiez-vous pas au bon endroit, remarqua Duncan.

Le policier remarqua le regard involontaire que lança Mark Galbraith en direction de Mademoiselle Fairchild qui le regardait placidement, et trahissait à la fois sa gêne et la principale personne à cause de qui Kayla avait failli passer un sale moment.

- Le maire et moi pouvons-nous vous poser quelques questions en privé, Maître ? s'enquit Duncan.

- Oui, bien sûr.

Lorsque Daniel Murray, le constable Webster et Mark Galbraith se trouvèrent seuls sur le palier du premier étage, à bonne distance de la porte du petit salon, le policier demanda de plus amples explications et les détails des legs des deux châtelains à leur domesticité, que l'homme de loi fournit non sans étonnement. Ils rejoignirent ensuite le salon tous trois et Duncan résolut d'attaquer de front.

- Mademoiselle Andrews, pourriez-vous également nous accorder quelques minutes d'entretien en privé ? demanda-t-il courtoisement.

La vieille femme releva la tête et accepta avec un air de défi. Elle les suivit dans le grand salon du rez-de-chaussée sans desserrer les dents, tandis que Duncan enlevait les scellés de sécurité qu'il avait fait poser sur la porte.

- Mademoiselle Andrews, il nous a été rapporté certains faits, commença le policier sur un ton officiel.

Elle haussa le sourcil en signe d'interrogation, sans répondre.

- Je voudrais tout d'abord faire appel à vos souvenirs ? Lorsque nous avons été drogués, avez-vous remarqué si vos voisins de table avaient terminé leur assiette ?

- Voyons... j'étais placée entre Mademoiselle Fairchild et Maître Galbraith... il me semble que Maître Galbraith avait commencé depuis quelques minutes, tandis que Mademoiselle Fairchild avait presque fini. Ou était-ce le contraire ? Je ne me rappelle plus.

En cachant sa déception, Duncan continua.

- Je vous préviens, je me dois maintenant de vous poser une question très personnelle. Existait-il des sentiments entre vous et feu le baron Farquart ? Je vous demande de faire très attention à votre réponse.

- Je vois que vous avez eu accès aux ragots des cuisines, à Lochmory, siffla-t-elle, méprisante.

- Je note que par ailleurs, vous n'êtes pas mentionnée dans le testament de la baronne Farquart, au contraire de la plupart des domestiques qui bénéficient d'un legs... pourtant, vous étiez ici depuis fort longtemps.

- Et alors ?

- Ce qui est curieux, c'est que vous êtes mentionnée dans le testament du baron Farquart pour une assez grosse somme...

- Eh bien ?

- C'est peut-être vous qui l'avez tué, dans ce cas. Pour hériter.

Mademoiselle Andrews rejeta la tête en arrière et hennit presque de rire, tandis que Daniel Murray parut stupéfait.

- Quelle ânerie ! J'aurais attendu tout ce temps pour cela ? Et pour quelle raison ?

- Peut-être espériez-vous qu'il se remarierait après le décès de la baronne... et peut-être a-t-il mis au clair dans les derniers jours qu'il n'avait aucune intention vous concernant. Déçue, vous vous êtes peut-être dit que vous pouviez au moins profiter de cet argent tout de suite. C'est un motif valable, non ?

- Vous délirez. Il n'y a jamais rien eu entre le baron et moi.

- Pourquoi vous laisser une pareille somme d'argent, dans ce cas ?

- Je travaille ici depuis presque quarante ans, constable. Je pense que le baron voulait me remercier de tous les services que j'avais rendus à la famille, d'abord comme nurse, puis comme gouvernante de Neil. Mes relations avec la baronne étaient plus distantes, elle a dû se dire que le legs proposé par son mari suffisait. Pourquoi me soupçonner ? Vous avez déjà une coupable toute désignée avec cette Mc Iver qui s'est enfuie. Mais je vous avertis, je ne pense pas qu'elle soit coupable, elle non plus.

- Ne vous inquiétez pas. Mademoiselle Andrews, je sais de source sûre que Kayla Mc Iver ne peut pas avoir commis ce premier crime. C'est matériellement impossible car c'est moi qui lui avais ouvert la porte en même temps que Gail.

- Et vous ne pensez pas non plus qu'elle ait été la complice d'Aileen Farquart ? demanda anxieusement la vieille gouvernante.

- Je ne vois pas la raison d'une diversion. Car personne ne savait qu'un policier allait rester dans le château avant que le baron ne me présente à tous dans le grand salon. De plus, vous vous trompez sur la manière dont le baron a été assassiné. Aileen Farquart ne peut pas avoir tué son père, ni ses frères et sa sœur.

- Que dites-vous ?

- Son cadavre a été retrouvé, elle a été positivement identifiée par Madame Mc Innery et portait encore son bracelet d'émeraude, celui qu'elle avait reçu pour son anniversaire. J'ai peur qu'il n'y ait aucun doute.

- Comment ? Aileen est morte ?

Le teint de Mademoiselle Andrews avait viré au gris, et elle semblait avoir de la difficulté à respirer. Elle se passa la main sur le visage. Revenu de sa surprise, Daniel Murray la fit asseoir en toute hâte sur un des divans du salon.

- Aileen est… morte ? Je pensais que peut-être… J'avais toujours espéré, malgré tout… comment est-elle morte ?

- Un accident, alors qu'elle s'enfuyait du château, l'informa Duncan sans autre précision.

- Oh mon Dieu ! Elle aussi !

- Comment vous sentez-vous ? demanda Daniel Murray avec sollicitude.

- Cela va aller, ne vous inquiétez pas pour moi. J'ai la carcasse solide comme un roc, je l'ai déjà dit au constable Webster.

- Alors, Mademoiselle Andrews ?

La vieille femme releva la tête, et sembla retrouver sa fermeté et ses manières rigides de directrice d'école.

- Je jure solennellement que je n'ai rien à voir ni dans le meurtre du baron Farquart, ni dans celui de chacun de ses enfants, dit-elle avec netteté. Croyez-le ou non, je les aimais tous.

Fronçant soudain les sourcils, elle demanda.

- Vous dites que le corps d'Aileen portait encore son bracelet ?

Duncan acquiesça. Dans un souffle, Mademoiselle Andrews murmura.

- Mais… mais alors… qui lui a pris ses boucles d'oreille ?

Chapitre 29 – Malversation

Après le départ de Mademoiselle Andrews, Daniel Murray était mal à l'aise. Il tourna en rond autour des divans et des fauteuils somptueux du grand salon, semblant à peine les voir. Finalement, il apostropha Duncan.

- Constable Webster, vous n'avez aucune idée ? Vraiment aucune ?

Le policier était pensif. Il regarda à nouveau tous les dispositifs de fermetures de la pièce, fenêtres et portes intérieures comprises, et refit exactement les mêmes gestes que Kayla en les faisant tous jouer plusieurs fois. Il finit par tapoter sa lèvre d'un air pensif.

- J'aurais presque une idée… et je crois que je vois ce que Kayla avait vu, elle aussi, mais je suis d'accord avec elle. Cela semble complètement fou.

A cet instant, Mademoiselle Fairchild entra en trombe, l'air choqué.

- Qu'est-ce que Mademoiselle Andrews vient de m'apprendre en confidence ? Aileen Farquart a été retrouvée morte ?

- C'est exact.

- La pauvre, elle est dans un état affreux. Je lui ai donné quelque chose pour son cœur, il faut dire qu'après toutes ces émotions, c'est bien naturel de flancher. Mais alors… si ce n'était pas Aileen Farquart, qui s'est donc terré pendant tout ce temps dans le château ? Qui a assassiné tous les membres de la famille Farquart ?

- Voilà des questions très intéressantes, Mademoiselle. Quelle est votre opinion ?

- Ma foi, je n'en sais rien. Nous étions tellement sûrs… à moins que cette jeune fille, Mademoiselle Mc Iver, ait été de mèche avec quelqu'un d'autre ? Elle est peut-être l'héritière légale d'Aileen Farquart ? Sa fille ou je ne sais quoi ? De votre côté, avez-vous identifié d'autres suspects ?

Duncan la regarda intensément.

- Une complicité… Votre suggestion est dans le domaine du possible, bien sûr, dit-il lentement. Mais alors, il aurait fallu que Kayla Mc Iver sache qui était sa véritable mère, et qu'elle était morte. Que quelqu'un le lui ait dit.

- Et ce quelqu'un aurait donc été le véritable intrus ? Voilà qui expliquerait tout !

- C'est cela.

L'infirmière semblait très contente de son hypothèse. Duncan savait très bien que cette supposition ne pouvait pas être la bonne, mais ceci semblait plaider en faveur de l'innocence de l'infirmière qu'il n'avait d'ailleurs jamais sérieusement suspectée des crimes. Cependant… s'agissant d'un soupçon qui lui avait traversé l'esprit, puis avait grandi peu à peu à propos de l'infirmière, il résolut de la provoquer.

- Il y a peut-être une autre explication, Mademoiselle Fairchild.

- Laquelle ?

- Lorsque le vieux baron a dit vouloir me parler, il a mentionné des malversations. Je me demande s'il n'avait pas suspecté que des armes avaient disparu de l'armurerie. Un des membres du château pouvait les revendre comme antiquités et amasser une véritable fortune. Peut-être l'a-t-on tué à cause de cela.

- C'est possible bien sûr, reconnut l'infirmière, l'air dépité.

- Vous n'avez rien dit de la découverte du corps d'Aileen Farquart aux autres ?

- Non, bien sûr. Mais il faut que je retourne voir Mademoiselle Andrews, la pauvre a subi une série de chocs dernièrement, et son cœur n'est pas de la première jeunesse. Pour ne rien vous cacher, j'attends avec impatience qu'elle puisse aller faire des examens à l'hôpital, je l'y accompagnerai en voiture. Avez-vous besoin de moi pour autre chose ?

- Oui, Mademoiselle. Vous rappelez-vous le soir où nous avons été drogués ?

- Comment l'oublier ! s'exclama-t-elle avec chaleur.

- Je vous demande de faire appel à vos souvenirs. Tout le monde mangeait-il de bon appétit à notre table, ce soir-là ?

- Il me semble, oui, répondit l'infirmière qui paraissait surprise.

- Où étiez-vous située à table ?

- Entre Kayla Mc Iver et Mademoiselle Andrews. Les deux avaient un solide coup de fourchette, et je me rappelle que leurs deux assiettes étaient presque vides lorsque j'ai commencé à me sentir somnolente. Pourtant, en ce qui me concerne, je n'avais encore mangé que la moitié.

- Très bien, merci. Ce sera tout, Mademoiselle.

Après le départ de l'infirmière, Duncan fit remarquer au maire qu'il s'agissait d'une nouvelle circonstance qui plaidait pour l'innocence de Kayla Mc Iver.

- Et celle de Mademoiselle Andrews, remarqua Daniel Murray.

- Je dois maintenant me rendre à ma chambre pour vérifier quelque chose. Peux-tu rester avec eux dans le salon ?

- Pas de problème.

Le policier vérifia que toutes ses affaires étaient restées en l'état, y compris les armes découvertes sous la console soigneusement emballées dans leur papier. A ce sujet, il commençait à avoir sa petite idée, et sa récente expérience ne faisait que la confirmer. Un crissement caractéristique lui fit tourner la tête vers l'extérieur et il eut un sourire de satisfaction en voyant les deux voitures de police rutilantes se garer dans la cour du château, ainsi que deux ambulances.

Il descendit dans le grand hall en même temps que Gail, qui allait ouvrir la porte. L'inspecteur-chef Briggs se tenait sur le porche. Grand, blond et mince, il tenait davantage de la sauterelle que de l'être humain, et sourit d'un air chaleureux en apercevant Duncan.

- Alors, mon garçon ? demanda-t-il avec bonne humeur. Tu ne peux pas te plaindre d'avoir subi une tempête ennuyeuse, en tous cas ! Quatre morts, c'est un record !

- En fait, cinq si on compte ma récente expérience dans ce passage secret, sourit Duncan.

- Cinq morts ? s'exclama Gail, horrifiée.

- Ne t'inquiète pas, je t'expliquerai. Il ne s'agit pas d'un nouveau meurtre, la rassura hâtivement Duncan.

Il se tourna vers l'inspecteur-chef Briggs.

- As-tu pu faire les vérifications que je t'avais demandées suite à mon coup de fil à Lochmory ? Nous allons nous rendre dans le grand salon maintenant.

- Pour les vérifications, oui, c'est bon. Et je pense que tu as vraiment du flair, sourit Briggs. Où se trouve ce qu'on doit expertiser ?

- Dans ma chambre, voici la clé.

L'inspecteur chef Briggs lança la clé à un sergent derrière lui, qui l'attrapa au vol.

- Pendant ce temps, allons les rejoindre, proposa-t-il. Constable Dempsey, vous avez le nécessaire ?

- Oui, inspecteur.

- Bon. Le doc et son assistant vont se rendre à la chapelle ainsi que les brancardiers. On les emmène à la morgue ce soir. Tu me disais que tu avais une petite idée ?

- Je ne sais pas encore si elle est directement reliée aux crimes, expliqua Duncan. Vois-tu, je pense qu'un voleur professionnel se trouve à Argyllion depuis quelques temps.

- Celui qui avait chapardé les bijoux de la baronne ? Ou les boucles d'oreille de sa fille ?

- Non, pas des vols aussi anciens… mais plutôt des disparitions d'objets récentes, qu'on a remplacés par des copies au fur et à mesure. En tout cas, ce voleur s'est retrouvé au beau milieu d'une histoire de crimes, ce qui ne lui a pas plu. A-t-il tué pour qu'on ne le dénonce pas, c'est possible mais c'est ce que je cherche à établir avec certitude.

Lorsqu'ils arrivèrent dans le petit salon, tout le monde s'empressait autour de Mademoiselle Andrews qui venait de perdre connaissance dans son fauteuil.

- C'est dû à l'épuisement et à tous ces chocs consécutifs, certainement, dit Mademoiselle Fairchild. Pour tout vous dire, je le redoutais. Elle n'est plus d'une santé florissante. Puis-je aller avec elle dans l'ambulance ? Il faut faire des tests à l'hôpital d'Inverness d'urgence.

- Non, répliqua tranquillement Duncan, à l'ébahissement des autres participants. Vous restez ici, Mademoiselle Fairchild. Quant à Mademoiselle Andrews, elle va revenir à elle très vite et son cœur est aussi solide qu'un roc.

Il demanda par-dessus son épaule.

- Sergent Dempsey, voulez-vous commencer les tests par Mademoiselle Fairchild ?

- Comment osez-vous ? s'indigna l'infirmière. Inspecteur, je dois accompagner ma patiente à l'hôpital le plus vite possible ! Allez-vous sérieusement mettre en danger une vie ?

- Mademoiselle Andrews ne risque rien, répliqua Duncan toujours aussi calme.

Vif comme l'éclair, il garrotta l'infirmière et sortit de sa poche un minuscule aérosol.

- Un anesthésique puissant, qui fait perdre conscience instantanément. Et vous aviez beaucoup insisté sur sa soi-disant fragilité cardiaque dans notre entretien, afin de nous préparer à ce malaise. Quel dommage pour vous que je tienne de Mademoiselle Andrews elle-même qu'elle n'a jamais eu aucun problème vasculaire et possède une santé de fer. Voyez-vous, Mademoiselle Fairchild, vous étiez tranquille tant que quelqu'un ne vous soupçonnait pas.

- Que voulez-vous dire ? C'est une insulte !

- Plusieurs choses ont commencé à me sembler étranges à votre sujet. En fait, je me suis posé des questions lorsqu'on vous a découverte terrée près de l'escalier, le soir de la mort de Ian Farquart. Que faisiez-vous là, et pourquoi vous cachiezvous ? Pourquoi n'aviez-vous pas allumé l'électricité avant de descendre ?

- Je vous ai déjà expliqué que…

- Oui, et cela ne tenait pas debout. Lorsque vous avez vu la silhouette remonter en courant, et Ferguson courir vers la chapelle, je pense que vous avez réalisé que ce pour quoi vous aviez quitté votre chambre ne pouvait plus être réalisé. De plus, il était dangereux d'essayer de remonter. Vous avez donc caché ce que vous portiez avec vous au premier endroit disponible – en l'occurrence, sous la console qui se trouvait derrière l'escalier – et vous nous avez rejoints dans la chapelle. Vous espériez sans doute pouvoir reprendre les armes le lendemain, mais vous étiez immobilisée par votre garde auprès de Nora Farquart. Il se trouve que j'ai été plus rapide que vous.

- Les armes ? Quelles armes ? demanda Mark Galbraith, qui semblait éberlué.

- Des épées et des couteaux avaient disparu de l'armurerie, Maître, expliqua Ferguson. Le constable Webster m'avait demandé de n'en parler à personne.

- Ce qui nous pose une autre question, continua Duncan avec bonne humeur. Mademoiselle Fairchild, je viens de vous évoquer en privé la disparition de ces armes et vous n'avez marqué absolument aucune surprise. Comment expliquez-vous cela ?

Pour la première fois, l'assurance de l'infirmière sembla lui manquer.

- Sergent Dempsey, veuillez prendre les empreintes digitales de Mademoiselle Fairchild, s'il vous plaît. Je pense qu'elles correspondront à celles que vous trouverez sur les lames entreposées là-haut, elle n'a certainement pas eu le temps de les faire disparaître. Voilà pourquoi elle désirait tant s'éclipser d'Argyllion avant que la police ne relève les empreintes.

- Espèce de salopard ! éructa Lynn Fairchild, le visage tordu par la fureur, tandis que deux policiers la maintenaient et prenaient les empreintes de chacun de ses doigts. Dempsey quitta aussitôt la pièce avec son carton en vue de procéder aux comparaisons.

- Mauvaise perdante, hein ? ironisa Duncan tandis que Mademoiselle Fairchild, furieuse, essayait encore de se débattre. Ferguson m'avait bien dit que ces armes anciennes valaient une fortune… et rien n'était plus simple que de les photographier sous tous les angles pour en faire des copies, puis les échanger à la faveur de la nuit. Vous aviez les codes du détecteur de mouvement du rez-de-chaussée, et également les codes des vitrines de l'armurerie. Vous aviez accès à tous les papiers confidentiels du baron, n'est-ce pas ? Et vous saviez très bien ouvrir son coffre privé, comme vous nous l'avez prouvé en allant chercher cette lettre par laquelle notre pseudo Aileen annonçait son retour.

- C'est du délire !

- Oh non, il s'agissait au contraire d'un trafic très bien organisé et pratiquement sans risque. Des collectionneurs privés peuvent se montrer peu regardants lorsqu'il s'agit d'acquérir de véritables antiquités, ici ou Outre-Atlantique. Je pense que les visites de votre cousin servaient à lui livrer les véritables armes et les photos des suivantes, afin qu'il puisse arranger la fabrication des copies. Votre cher Gérald se chargeait ensuite d'écouler les véritables antiquités ici ou aux Etats-Unis n'est-ce pas ? Car vous avez omis de nous dire qu'en sus de travailler sur les planches pour des petits rôles, il occupe également le poste de chef accessoiriste de ce petit théâtre. Rien de plus facile pour lui que de glisser poignards, coutelas, épées et autres parmi la réserve de costumes et partir avec en tournée.

- Vous n'avez pas de preuves de ce que vous avancez !

A cet instant, Dempsey entra avec un large sourire et eut un signe de tête affirmatif vers le constable Webster et l'inspecteur-chef Briggs.

- Il semble que nous disposions maintenant de toutes les preuves nécessaires, Mademoiselle Fairchild, l'assura plaisamment ce dernier. Êtes-vous sûre que vous n'avez aucune déclaration à nous faire, maintenant que vous êtes convaincue d'escroquerie et de vol ? Car il est tout à fait possible que le baron ait découvert votre petit manège, et voulait en informer le constable Webster. Auquel cas vous êtes également suspectée de meurtre.

- Je n'ai tué personne ! s'écria l'infirmière, cette fois avec de la panique dans la voix.

- Vous n'avez rien à dire ?

- Mais j'ignore qui a commis ces crimes et pourquoi ! Vous devez me croire !

- Nous vous déferons à Inverness, où vous serez de nouveau interrogée, fit l'inspecteur chef. En attendant, vous êtes en état d'arrestation. Je vous remercie de bien vouloir suivre ces policiers jusqu'à l'une de nos voitures, pour nous y attendre.

Effarés, les protagonistes suivirent du regard l'infirmière qui, très droite, les pommettes rouges, quitta la pièce en compagnie des policiers sans desserrer les dents.

- C'est incroyable ! s'écria Mark Galbraith, qui semblait ébahi. *Mademoiselle Fairchild ?*

- On ne l'avait jamais soupçonnée de quoi que ce soit, renchérit Ferguson, secoué.

Barbara et Gail, quant à elles, béaient de stupéfaction et s'étaient presque désintéressées de la pauvre demoiselle Andrews, qui commençait pourtant à remuer faiblement et à reprendre connaissance.

- Oui, confirma Duncan. C'est bien elle la responsable des vols de l'armurerie, et d'un trafic très habile.

- Mais est-elle également coupable des meurtres ? Ou s'agit-il de cette demoiselle Mc Iver ? demanda Mark Galbraith, qui avait l'air déboussolé par ce nouveau rebondissement.

- Aucune des deux n'a tué qui que ce soit.

- Mais alors, de qui s'agit-il ? D'Aileen Farquart ?

- Non, ce n'est pas elle non plus. Pour l'excellente raison qu'elle a été découverte à l'état de squelette dans le passage secret qui mène à Lochmory. La pauvre fille a dû connaître une mort affreuse.

Mark Galbraith porta la main à sa bouche, et Mademoiselle Andrews semblait près de s'évanouir de nouveau.

- Mais alors, si ce n'est pas elle… qui a tué toute sa famille ? balbutia Gail.

Chapitre 30 – La vérité

Les personnes restantes, à savoir Mark Galbraith, les époux Ferguson, Gail qui soutenait Mademoiselle Andrews, n'avaient d'yeux que pour les deux policiers.

- Où se trouve Mademoiselle Mc Iver ? Avez-vous retrouvé sa trace ? demanda l'homme de loi anxieusement. Je suis sûr que c'est elle la coupable.

- Nous l'avons retrouvée, et elle se trouve en sécurité, lui dit l'inspecteur-chef Briggs.

- Va-t-on l'interroger ?

- Je l'ai déjà fait, lui expliqua Duncan.

- Et alors ? Avez-vous réussi à la confondre sur ces crimes ?

- Vous savez, Monsieur Galbraith, c'est votre insistance à la suspecter qui a tout d'abord attiré mon attention sur elle. Ce que j'ai découvert semble aller dans votre sens. Etant la dernière des Farquart, elle avait effectivement le meilleur des mobiles de nous tous.

- Comment ?

- Que dites-vous ?

Des exclamations effarées retentirent. Seule Mademoiselle Andrews baissa la tête, et se mordit la lèvre.

- Vous le suspectiez, n'est-ce pas ? lui demanda Duncan avec douceur. Je vous ai vue parler plusieurs fois à Kayla de sa mère, et insister sur sa ressemblance avec elle… vous saviez qu'elle et Kenneth Farquart avaient une relation ?

Mademoiselle Andrews se passa la langue sur ses lèvres.

- J'ai compris tout de suite qui elle était, et pourquoi elle se rendait à Lochmory, reconnut-elle. J'avais tellement peur qu'on ne l'accuse d'être la fille d'Aileen, ou d'être complice de ces meurtres… je n'ai pas osé vous révéler ses origines, elle aurait tout de suite été suspectée. Par la suite, lorsque les meurtres se sont multipliés, j'ai cru un moment qu'elle voulait se venger d'eux tous. Mais si je vous disais qu'elle était très certainement la fille de Kenneth, vous m'auriez demandé pourquoi je n'avais pas parlé plus tôt.

- Pourquoi étiez-vous si sûre de son innocence ?

- Tessa et Kenneth se rencontraient en secret à l'extérieur, elle n'aurait jamais pu connaître tous ces détails sur la famille... et puis Tessa ignorait tout d'Aileen ou des circonstances de sa disparition. Voilà pourquoi j'étais certaine que sa fille n'avait rien à voir là-dedans. Si seulement Kenneth avait vécu plus longtemps, il l'aurait certainement épousée. Lui se fichait des préjugés de classe, au contraire de son père.

Une certaine amertume perçait dans la voix de la vieille gouvernante en prononçant ces derniers mots.

- Il l'a bel et bien fait, Mademoiselle Andrews. Nous avons retrouvé le certificat de mariage dans les affaires de la morte, dans le passage. Pourquoi Kenneth l'avait-il confié à sa sœur, à votre avis ?

- Comment ? Tessa et Kenneth s'étaient mariés ?

Après une minute de silence, Mademoiselle Andrews continua.

- Sans doute Kenneth voulait-il cacher cela à ses parents si imbus de leur position sociale... il a dû dissimuler le document par crainte qu'on ne fouille dans ses affaires ou qu'un domestique ne le découvre. Mais je pense que l'acte de mariage aurait été plus en sécurité avec Tessa.

- Il s'était fait la même réflexion, Mademoiselle Andrews. On l'a retrouvé dans une enveloppe affranchie destinée à celle-ci.

- Alors Aileen a dû la prendre pour la poster, puisqu'il n'avait pas eu le temps de le faire avant l'accident... et avec le choc de la mort de son frère, elle n'a certainement pas dû y penser tout de suite. Mais Aileen s'est résolue à le faire en s'enfuyant à son tour. Oui, cela cadre bien.

- Mais alors, s'il s'agit de la dernière descendante des Farquart, elle seule parmi nous avait un mobile ! s'écria Mark Galbraith.

- Oh non, elle n'était pas la seule.

- Que voulez-vous dire ?

- Vous savez, j'ai dressé une liste de questions qui demeuraient sans réponse. Et l'une d'entre elles me semble très importante, Maître Galbraith. *Qui hérite maintenant de la fortune des Farquart ?*

Le jeune homme de loi cligna des yeux.

- Maintenant ? Euh… eh bien… avec cette nouvelle Farquart surgie de nulle part, je suppose que…

- Oubliez Kayla, coupa Duncan. Si elle n'entrait pas en ligne de compte, qui hériterait ?

- Personne, je suppose. Ou peut-être la famille américaine de feue la baronne, s'il lui reste des membres. Mais cela prendrait du temps pour les retrouver.

- Vous avez raison, Maître. *Personne* n'hériterait de la fortune et des biens des Farquart, ou seulement des étrangers éloignés après un laps de temps considérable. Voilà notre mobile, celui que nous avons cherché si longtemps.

- Que voulez-vous dire ?

- Je veux dire que c'est *vous* qui les avez tous tués, Maître Galbraith, et précisément pour cette raison. Pour que personne n'hérite.

- Vous m'accusez moi ? Vous êtes malade ! Il s'agissait des clients les plus fortunés et les plus prestigieux de notre étude !

- Les plus prestigieux, certainement. Mais pas les plus fortunés. Car leurs fonds ont été dilapidés au cours des années, n'est-ce pas ? Votre mère était extravagante et dépensière, vous me l'avez laissé entendre vous-même. Pour la faire vivre au-dessus de vos moyens, votre père a donc puisé largement dans les fonds laissés à sa garde… il ponctionnait directement le capital pour verser de bons intérêts, ce qui maintenait les

Farquart dans l'ignorance, mais la fortune privée de la baronne fondait à vue d'œil… et à l'ouverture du testament tout serait découvert des malversations de votre père. Il n'aurait pas supporté une humiliation pareille, n'est-ce pas ? Pour le sauver il n'y avait qu'un seul moyen : geler la succession et la reporter aux calendes grecques.

- Vous êtes fou !

- Non, je ne suis pas fou, répliqua Duncan calmement. Kayla m'a dit qu'elle avait remarqué une anomalie dans le grand salon… je m'y suis rendu et ai répété exactement les mêmes gestes sur les loquets de sécurité. Et j'ai remarqué, moi aussi…

- Quoi donc ? Demanda Mark Galbraith avec hauteur.

- Les crans de sûreté des portes et fenêtres grinçaient lorsqu'on les faisait jouer, sauf celui de la bibliothèque. Celui-ci brillait comme un sou neuf et avait été récemment huilé, il se tournait facilement et sans aucun bruit. Dès le début il me semblait bizarre que vous vous isoliez ainsi sur une minuscule table de travail tandis qu'un grand bureau vous tendait les bras de l'autre côté du hall… admettons que vous soyez entré dans le grand salon sous un prétexte quelconque, et ayez donné un document à lire au vieux baron, celui-ci se serait positionné exactement de la manière dont il a été retrouvé mort. Il n'aurait témoigné aucune méfiance… mais comment rentrer ensuite dans la bibliothèque sans vous faire remarquer ? Vous avez tiré la fausse porte derrière vous, mais un ruban ou un fil entourait le cran de sûreté, n'est-ce pas ? Lorsque la porte s'est refermée, le loquet est entré dans le sol, ce qui explique le bruit qu'avait entendu Ian Farquart. Il ne vous restait plus qu'à tirer sur le ruban pour faire pivoter le cran de sûreté et verrouiller la porte semblait-il de l'intérieur, puis tirer par un des bouts pour amener ce ruban vers vous, de l'autre côté. Simple mais efficace, et impossible à prouver.

- Impossible à prouver ! C'est avec ces brillantes déductions que vous comptez prouver ma culpabilité ? lança Mark Galbraith, méprisant.

- Oh non. Je prouverai votre culpabilité par deux moyens. Le premier, c'est qu'en ce moment une saisie a lieu à votre cabinet d'Inverness. Tous les papiers et relevés de comptes relatifs aux Farquart sont en ce moment examinés par la justice, et je ne doute pas qu'on découvre que l'argent a presque totalement disparu. Voyez-vous, comme Mademoiselle Fairchild, Monsieur Galbraith, vous étiez sauf aussi longtemps que personne ne pensait à vous comme suspect. Je vais vous confondre également d'une autre manière… à cause de quelque chose que vous avez dit.

Il attendit, puis remarqua.

- Je pense que les jours de votre père sont comptés… il ne supportera pas un déshonneur pareil.

- Assassin ! siffla Mark Galbraith haineusement.

- C'est un lâche, et vous le savez bien. Il a toujours baissé pavillon devant son épouse… devant ses clients… même devant vous, car il devait se douter de votre culpabilité depuis vingt ans… et il le fera aussi devant le scandale à venir. Je ne pense pas que vous le reverrez vivant, Monsieur Galbraith.

Le constable Duncan considéra un instant le jeune notaire qui semblait anéanti.

- Pourquoi avoir tué tout le monde ? Le vieux baron seul suffisait pour reporter la succession, non ?

- Alors, je n'aurais éliminé que lui ! cria Mark Galbraith. Ce que vous dites n'a pas de sens !

- Ce qui veut dire que le meurtre de Ian était ce que nous avions toujours pensé, n'est-ce pas ? Un meurtre de précaution ?

- Je ne dirai rien. Vous n'avez aucune preuve de ce que vous avancez !

Duncan l'observa, et changea de sujet.

- Où avez-vous vu la cape noire du déguisement de l'intrus de la chapelle ?

- Dans le placard de cette Mademoiselle Mc Iver. Alors ? Cela ne prouve pas sa culpabilité ?

- Allez la chercher, Mc Nab, dit le constable par-dessus son épaule.

Le policier disparut comme une flèche, et revint quelques minutes après avec une grande cape noire sur le bras et un léger signe du pouce à l'attention de Duncan Webster.

- Alors ! S'exclama Mark Galbraith avec un accent de triomphe. Doutez-vous encore ?

- Non, Maître. Je n'ai plus aucun doute sur votre culpabilité, car vous venez de vous incriminer vous-même.

- Vous délirez !

- Cette cape a bien été retrouvée par Mc Nab dans la chambre de Kayla Mc Iver, mais pas dans son placard. C'est là qu'elle l'avait effectivement découverte, mais elle nous a dit l'avoir dissimulée sous le tapis avant de s'enfuir par la fenêtre. Sergent Mc Nab, où avez-vous retrouvé la cape ?

- Etalée bien à plat sous le beau tapis Axminster de la chambre, constable, confirma le policier.

- Vous ne pouvez pas avoir vu cette cape dans le placard à moins de l'y avoir placée vous-même, Maître. Seul celui qui avait placé la cape dans la chambre savait où elle serait en théorie découverte. Vous aviez besoin d'une preuve définitive pour incriminer Kayla Mc Iver, et c'est cette précaution supplémentaire qui vous a paradoxalement perdu, dit calmement Duncan. C'est fini, Maître Galbraith.

Mark Galbraith s'assit lentement sur une chaise, tandis que tous le regardaient avec horreur.

- Pourquoi avez-vous tué Ian Farquart après son père ?

- C'était un accident… Je remontais en courant, et lui ai donné un coup de couteau seulement pour le faire s'écarter de mon chemin ! Je ne voulais pas le tuer, il n'avait pas allumé l'électricité et ne m'avait pas reconnu !

- Je serais enclin à vous accorder des circonstances atténuantes sur l'assassinat de Ian, répliqua sévèrement Duncan, mais je n'éprouve aucune pitié pour vous lorsque je pense à la pauvre Nora Farquart.

Le misérable baissa la tête.

- Je me déteste aussi lorsque je repense à cela… j'ai même de la peine à croire que c'est moi qui ai fait une chose pareille, vous savez. J'ai travaillé comme un fou dans la chapelle pour faire coulisser ce damné passage… il m'avait déjà demandé assez d'huile de coude la première fois. Et lorsque j'ai réussi à m'y glisser…

- Le cadavre d'Aileen Farquart avait disparu, n'est-ce pas ?

- Je savais qu'il ne fallait pas poser le pied sur la dernière marche, ou le passage se refermait. J'ai cherché partout, partout sans résultat.

- Pourquoi avez-vous tenu à tout prix à y descendre ?

- C'est là que le corps d'Aileen Farquart se trouvait. Je pensais… enfin…

- Dites-moi si je me trompe. Après les crimes, on aurait découvert qu'une voiture manquait à l'appel, probablement incendiée par quelque moyen ingénieux à un peu de distance d'Argyllion… et un beau squelette à l'intérieur authentifié de façon certaine comme étant celui d'Aileen Farquart aurait clos l'enquête avec une coupable idéale, n'est-ce pas ?

- C'était ce que je voulais faire. Lorsque j'ai vu qu'elle n'était plus dans la crypte, je ne savais plus comment agir… Vous alliez tous vous demander pourquoi vous aviez été drogués. Alors j'ai pensé à Nora… si je la jetais par cette même fenêtre où elle avait déjà tenté de tuer sa sœur, personne ne douterait de l'existence d'Aileen dans le château et de soi-disant vengeance… j'espérais presque qu'elle serait endormie, et qu'elle ne m'ouvrirait pas, ajouta-t-il d'une voix étouffée. Mais c'était la seule d'entre nous qui n'avait pratiquement pas touché à son déjeuner. Elle est venue m'ouvrir, et nous avons lutté… c'est après que je suis sorti lui mettre la boucle d'oreille d'Aileen…

- Et Neil ? demanda Duncan encore plus sèchement. En quoi vous dérangeait-il ? Il n'était même pas héritier !

- Je sais… mais j'avais peur que vous ne finissiez par comprendre qu'il me désignait comme le fameux « Prince Charmant » en s'inclinant sans cesse devant moi. Aileen se confiait à lui, et j'avais peur que me revoir lui ramène aussi d'autres souvenirs à la mémoire. Neil savait que j'étais le dernier petit ami de sa sœur. Il nous avait vus aussi faire pivoter le passage secret… j'ai été vraiment effrayé lorsqu'il m'a désigné me tenant derrière l'autel, j'ai cru que quelqu'un allait tout comprendre sur l'entrée du passage et qui était avec Aileen lors de sa disparition… pourtant lorsque vous l'avez enfin découvert, personne n'a fait le rapprochement.

- Comment étiez-vous au courant de son allergie alimentaire ?

- Lors d'un de mes séjours au château, il a été malade devant moi.

- Vous saviez donc comment l'assassiner sans risque. D'où ces friandises placées dans l'ancienne chambre d'Aileen Farquart. Vous êtes une belle fripouille doublée d'un assassin sans cœur, et n'essayez pas de me faire croire à la panique. Ces friandises ont été placées dès le départ dans la chambre, n'est-ce pas ? Et quant à vos malversations… C'était ce que le vieux baron voulait m'apprendre en privé, n'est-ce pas ?

- Je ne l'ai jamais su, murmura Mark Galbraith. Lorsqu'il a demandé à avoir la présence d'un policier, j'ai songé à nous protéger, mon père et moi. Mais il avait commencé à se douter de quelque chose, c'est certain. Je lui avais déjà demandé deux fois de repousser la lecture du testament. Finalement, il m'a mis au pied du mur. Mais lorsque je suis venu, je ne voulais éliminer que lui, je vous le jure ! Nous aurions prétexté des délais légaux et des formalités pour retarder l'avancement des fonds aux autres héritiers…

- Alors, pourquoi avoir continué ?

- Ma seule chance d'écarter les soupçons était de relier étroitement le crime à une histoire de famille. Plus on pensait que les crimes étaient reliés à la lignée des Farquart, moins on soupçonnerait que le mobile était extérieur.

- Je vois. Tant que l'on croyait au mythe de la réapparition d'Aileen Farquart, on ne songerait pas à examiner d'autres personnes que les membres de la famille de trop près. Compliquer un crime simple avec d'autres assassinats pour détourner l'attention… vous êtes monstrueux.

- Non, non ! Je vous jure que je ne voulais tuer que le baron, sauf si Neil me mettait en danger lui aussi ! Pour Ian, Nora et même Neil, c'était un véritable cauchemar, je me sentais acculé chaque fois à devoir tuer de nouveau, comme si cette damnée malédiction prenait le contrôle de mes actes… après que j'ai vu le passage vide, j'ai cru un moment, moi aussi, qu'Aileen était revenue et qu'elle se trouvait là avec nous dans le château… je la sentais si proche, en train de rire de moi et de ce que je devenais…

- Nous en arrivons maintenant au cœur du problème, dit Duncan d'une voix incisive. *Que s'est-il passé avec Aileen Farquart cet été-là, il y a vingt ans ?*

Chapitre 31 – Aileen parle

Du bout du pied, la jolie jeune fille aux cheveux d'or taquina une fougère qui bordait le muret de pierre où elle se tenait assise… la température était estivale pour ce mois d'août, enfin estivale pour les Highlands… on avoisinait les vingt degrés, soit carrément la canicule pour l'endroit. Un sourire de commisération se dessina sur les jolies lèvres boudeuses… la dernière fois que l'oncle Matt les avait emmenées Nora et elle dans sa villa de Floride, elles avaient pu bénéficier d'une véritable chaleur. Voilà une des raisons pour lesquelles elle ne regretterait pas l'Ecosse.

Aileen s'étira, paresseuse. Il faisait si bon prendre le soleil à cet endroit… mais il fallait aussi songer à préparer ses bagages. Un soupir d'ennui lui échappa. Pour s'enfuir avec un amoureux, difficile de demander à une femme de chambre de préparer la valise… Elle devrait donc faire le travail elle-même.

Avec un mouvement adroit, elle revint sur le chemin de gravier qui menait à Argyllion. Le château qui se découpait dans un magnifique soleil paraissait d'autant plus vieux et presque anachronique avec ses tourelles grises et ses murailles massives. Avec légèreté, Aileen pénétra dans le grand hall et gravit l'escalier ouvragé qui en occupait le centre. C'était le début d'après-midi et elle était sûre de ne croiser personne. Dans sa chambre, elle referma soigneusement la porte sur elle et sortit une valise en fer d'un placard, qu'elle ouvrit en grand sur le lit. Que sélectionnait-elle pour partir de ce maudit endroit ? Après avoir trié ses robes préférées, elle prit sa boîte à bijoux et son journal intime, et découvrit, surprise, la grande enveloppe que Kenneth lui avait demandé de poster au village peu de temps avant cet affreux accident… A cause du choc de sa mort toute récente, elle l'avait complètement oubliée. Elle la tourna et la retourna entre ses doigts, indécise. Que devait-elle en faire ? Après tout, il n'était pas mort depuis bien longtemps et il lui répugnait de ne pas remplir ce dernier service à son frère préféré. Elle la posterait sur le chemin… d'un geste vif, elle mit la grande enveloppe sous ses vêtements, au fond de la valise. S'assurant qu'elle n'avait rien oublié, elle glissa la valise sous le lit où attendait déjà un gros sac en tissu plein de petites boîtes carrées, oblongues et rectangulaires, et quitta la pièce.

Elle descendait l'escalier lorsqu'elle entendit le crissement caractéristique d'une voiture qui se garait dans le coin des invités. Son cœur bondit dans sa poitrine. Mark arrivait avec son père ! Vite, elle se regarda dans la glace la plus proche et se recoiffa à la hâte, puis sourit à sa beauté. Elle descendait en trombe l'escalier, puis s'arrêta devant la porte d'entrée, indécise. Peut-être valait-il mieux ne pas paraître trop empressée. Elle se dirigea vers la cuisine, qu'elle ouvrit. Une agréable odeur de pâtisserie sortant tout juste du four l'accueillit, Fiona venait de préparer des muffins pour le thé de cinq heures.

- Bonjour, Fiona ! Je peux me servir ?

- Vous ne prendrez pas le thé au salon, Mademoiselle Aileen ?

- Non, je serai avec un ami. Mettez m'en deux de côté, s'il vous plaît.

- Voilà, Mademoiselle Aileen.

La jeune fille saisit les gâteaux enveloppés dans du papier de cuisine et quitta la pièce. Comme elle s'y attendait, Mark se tenait dans le hall, indécis et cherchant quelqu'un des yeux.

- Hello, lui dit-elle en lissant inconsciemment sa chevelure.

- Bonjour, fit-il en lui rendant son sourire, peut-être un peu crispé.

- Tu t'inquiètes ? demanda-t-elle.

- Un peu quand même, reconnut-il. Alors, tu me le montres ?

- Viens avec moi.

Le prenant par la main, elle se dirigea vers l'aile de droite où des voix se faisaient entendre depuis le bureau.

- Ils en ont pour des heures, fais-moi confiance, indiqua Mark à mi-voix.

Ils dépassèrent la pièce en question sur la pointe des pieds et poussèrent la porte capitonnée de la chapelle. Aileen entraîna aussitôt Mark vers l'autel.

- C'est là, indiqua-t-elle. Il faut appuyer sur ces deux mots-là en même temps, et faire coulisser le gros bloc en diagonale. J'ai tout bien huilé, mentit-elle effrontément, oubliant de préciser que Rory s'en était chargé quelques jours auparavant.

Mark obéit, et siffla d'étonnement lorsque le passage s'ouvrit sous sa poussée, après quelques efforts.

- Tu as une torche ? demanda-t-il en se baissant.

Aileen courut prendre près d'un banc celle dont Rory et elle s'étaient servis lorsqu'ils avaient ouvert le passage, même si seul Rory y était descendu. Mark balaya la cavité de la lumière puissante et dit :

- Je ne vois pas de tunnel. Mais il faut sans doute descendre pour cela. Cela a l'air d'une antichambre. En tout cas, ça pue. Attends ici, je vais descendre. Il y a des marches.

Mark disparut dans la cavité sombre. Lorsqu'un « clang » sonore retentit, Aileen sursauta. La dalle se refermait ! Instinctivement, elle sut que le repousser ne servirait à rien, et se saisit du lourd chandelier qui décorait le côté de l'autel, qu'elle coinça juste à temps entre les deux rebords. Mark sortit deux secondes plus tard, pâle et haletant.

- C'est lorsque j'ai mis le pied sur la dernière marche, expliqua-t-il. Cela referme l'entrée. Merci, j'aurais pu y rester. Tu étais au courant ?

- Non, dit-elle, réalisant que Rory avait dû enjamber plusieurs marches à la fois. Tu as vu le passage ?

- Non, aucun. J'ai pourtant bien regardé avec la torche en descendant.

- Mais il doit bien y être ! s'exclama la jeune fille, agacée.

Rory lui avait pourtant assuré en remontant que ce fichu tunnel s'y trouvait. Qu'avait-il dit, déjà ? *Il est bien caché ?*

- Je t'assure que non. Il n'y a rien, là-dessous.

- C'est fichu, fit la jeune fille avec une moue. *Damné Rory, il a dû mentir*, ajouta-t-elle mentalement.

- On peut peut-être s'enfuir par une autre route. Tu as fait tes bagages ? Et tu as les bijoux de ta mère ?

- Oui, tout est sous mon lit. Mais est-ce qu'on continue ? On peut attendre une autre occasion, non ?

Mark la regarda d'un œil bizarre.

- Je te rappelle que je commence mes études de droit à Londres le mois prochain répliqua-t-il, acide. C'est maintenant ou jamais. Tu as toujours envie qu'on se marie à Gretna Green, non ?

- Oui, bien sûr, acquiesça-t-elle.

- Alors va tout chercher. On va trouver un autre moyen.

Mark semblait plongé dans ses pensées. Sans un mot elle tourna les talons et alla chercher sa valise et ce qu'elle avait subtilisé dans le grand coffre de sa mère. Elle ouvrit une des boîtes au hasard et une magnifique rivière de diamants étincelants reposait sur du velours noir. Un bref instant, un remords la traversa. Voler les bijoux de Mummy… son regard s'accrocha au beau bracelet orné d'émeraudes qu'elle portait au poignet, ce qui accentua son malaise. S'être disputées pour une raison si futile semblait si dérisoire, maintenant. Elle referma la boîte d'un coup sec, et essaya de se motiver.

Prenant sa valise et le gros sac de bijoux, elle quitta sa chambre, espérant presque être vue. Au contraire de Ian et Nora qu'elle n'appréciait pas, quel dommage que Mademoiselle Andrews se soit absentée du château… elle lui aurait volontiers demandé conseil. Depuis la mort de Kenneth, elle n'avait plus personne à qui se confier. Au départ certaine de s'émanciper de la tutelle étouffante de ses parents, dont son frère aîné souffrait aussi, elle ne savait plus trop maintenant si la décision qu'elle avait prise était la bonne. Presque instinctivement, elle se hasarda vers la chambre de Neil, et le trouva seul, à essayer d'imbriquer des cubes les uns dans les autres.

- Neil ?

Il leva les yeux vers elle, et sourit.

- Je vais devoir m'absenter, tu sais… mais je reviendrai. C'est promis.

- Partir ?

La lueur d'inquiétude qu'Aileen lut dans son regard lui fut un remords de plus.

- Ecoute, je te jure que je reviendrai. D'accord ? Je pensais avoir trouvé un passage secret, mais cela n'a pas l'air de marcher.

- Marche pas ?

- Il fallait appuyer sur « les morts » à deux endroits de la devise de la famille, mais cela n'a pas l'air de marcher. En tous les cas, je vais partir mais ne t'inquiète pas, je reviendrai.

- Promis ? demanda-t-il anxieusement.

- Promis, dit-elle en partant et lui envoyant un baiser.

Pauvre Neil, sans la fidèle Mademoiselle Andrews les garde-malades remplaçantes s'absentaient au moindre prétexte pour bavarder avec les autres domestiques. Et pourquoi pas, après tout ? pensa-t-elle rageusement. Ni Mummy ni Daddy, perdus dans leur bulle de hauteur, ne se seraient jamais donné la peine de s'assurer qu'elles faisaient bien leur travail… elle mit son imperméable léger avec colère.

Remords grandissants, elle descendit lentement le grand escalier, et à mi-chemin se décida brusquement. Non, pas question de fuir ainsi. Elle souhaitait presque être remarquée, mais c'est sans rencontrer âme qui vive qu'elle revint dans la chapelle, où Mark attendait en faisant les cent pas devant la cavité rouverte. Aileen essaya d'affermir sa voix.

- Mark, si on ne peut pas s'enfuir par-là, on n'a qu'à abandonner. Si on utilise la voiture de ton père, il sera accusé d'être notre complice.

- On doit réussir !

Un instant, Aileen se mollifia, croyant qu'il tenait autant qu'elle à cette cérémonie romantique devant l'enclume du forgeron, mais il ne put retenir un regard en coin au gros sac plein d'écrins qu'elle tenait à la main.

- Alors, c'est uniquement pour l'argent ? siffla-t-elle rageusement. Tu as osé te jouer de moi ?

- Mais non, voyons, ma chérie, dit-il, mais sa voix manquait de conviction et il se passa la langue sur les lèvres.

- Tu pourras attendre longtemps le moindre sou de ma part ! Je ne pars plus, tu entends !

- Tais-toi ! répliqua-t-il, affolé. Ils vont t'entendre !

- Et alors ? Qu'est-ce que cela peut bien me faire ? Espèce de...

Aileen vit trop tard la main qui brandissait le chandelier.

*****

Ce fut une douleur lancinante à la tête qui réveilla Aileen, puis une autre sensation peu agréable. Instinctivement, elle porta tout de suite la main à ses narines. Qu'est-ce qui pouvait autant empester ? En se redressant dans l'obscurité la plus totale, elle comprit que ce salopard l'avait emprisonnée dans la cavité sombre qu'ils avaient découverte sous l'autel. Elle s'efforça de contenir les vagues de panique qui montaient à son esprit. Il fallait rester calme, se répéta-t-elle. Voyons, Nora rentrait le soir même... il faudrait trouver un moyen de signaler sa présence, même si peu de monde n'entrait jamais dans cette fichue chapelle. Les visiteurs, peut-être ? Cet espoir disparut lorsqu'elle se rappela qu'ils se trouvaient en plein mois d'août, les visites du château ne reprendraient que quelques semaines plus tard.

Elle fit quelques pas et buta sur quelque chose de lourd et dur. Elle avança sa main devant elle, mais rien ne s'y trouvait et se baissa lentement jusqu'à sentir une surface dure, froide et métallique sous ses doigts. Sa valise ! réalisa-t-elle. Fébrilement, elle l'ouvrit et à tâtons, réussit à trouver la veilleuse qu'elle avait emmenée et qui lui permettait de lire dans son lit, qu'elle enclencha aussitôt. Elle regarda sa montre, et constata qu'il faisait presque nuit. Peut-être que le lendemain, des interstices de lumière apparaîtraient… elle braqua la veilleuse autour d'elle. La faible lumière parut ensoleiller la petite cavité sombre comme un projecteur. Aileen regarda autour d'elle. Des vieilles caisses et tonneaux dans un coin constituaient le seul ameublement de la petite cave aux murs de pierre.

Elle avala sa salive, constatant qu'elle était emmurée vivante. Frénétiquement, elle inspecta chaque recoin et chaque pierre, jusqu'à constater la présence d'un vieux trou d'aération qu'elle dégagea au maximum et y poussa des cris jusqu'à s'époumoner, sans résultat aucun. Des sanglots l'étouffèrent, et une crise de désespoir l'envahit. Elle s'assit lourdement sur sa valise, essayant de réfléchir, et se résolut à éteindre la veilleuse. Autant sauvegarder la seule source de lumière qui lui restait. Elle se passa la main sur le visage et se caressa l'oreille, jusqu'à réaliser avec un sursaut, que ses boucles d'oreille avaient disparu. Cette ordure les lui avait certainement prises avant de la porter en bas… plongeant la main dans sa poche d'imperméable, elle constata que son portefeuille ne s'y trouvait plus, et il contenait une somme d'argent importante en argent liquide en prévision de leur fuite romantique. La rage l'envahit. Fuite romantique, tu parles ! Heureusement qu'il lui avait laissé sa montre ! Elle tâta son autre poignet et constata à sa satisfaction que le bracelet était toujours là. Mummy avait raison, il n'avait pas dû trouver le fermoir secret… elle bondit debout et hurla encore ce qui lui sembla des heures, jusqu'à avoir la voix éraillée et comprendre l'inutilité de ses efforts. Aidée de la veilleuse, elle revint s'asseoir sur la valise mais ce faisant une sensation étrange l'envahit. Elle refit une, deux puis trois fois le même geste. De l'air ? D'où pouvait-il venir ? Aileen promena la veilleuse autour d'elle, jusqu'à constater que le souffle semblait provenir des caisses et tonneaux en décomposition, qu'elle dispersa à l'aide de sa valise. Le mur à l'arrière semblait tout à fait identique aux autres, et pourtant lorsqu'elle passa la main sur chaque pierre dans le sens de la largeur deux d'entre elles semblaient plus froides que les autres. En plissant les yeux, elle essaya de voir entre elles si une fente quelconque s'y trouvait. Ouvrant sa valise, elle sortit de sa trousse de toilette son petit couteau à cuticule et entreprit de l'insérer entre les deux pierres.

Elle travailla longtemps et monta puis descendit sur cette précieuse ligne, d'où l'air froid filtrait maintenant sans erreur possible. Lorsqu'elle appuya enfin de tout son poids sur la paroi elle fut récompensée par un grincement caractéristique. Galvanisée, elle s'escrima encore sur ce roc jusqu'à ce qu'il tourne brusquement et elle se trouva précipitée les mains en avant sur le sol dur. Elle reprit sa veilleuse dans sa poche et constata que le passage étroit voûté s'avançait dans l'ombre jusqu'au-delà du champ de vision de sa faible lumière. Elle s'apprêtait à s'y engager joyeusement lorsqu'un signal interne la fit se retourner. Mark pensait peut-être qu'elle était morte, et viendrait récupérer son corps ? Son cœur bondit de joie à l'idée de lui jouer un bon tour. Avec soin elle repoussa grâce à sa valise les planches pourries et les restes de tonneaux exactement où ils se trouvaient avant de refermer le passage derrière elle, notant avec satisfaction que ce côté-ci offrait une poignée en ferrure fichée dans la pierre. Puis elle s'avança résolument dans l'ombre, serrant la poignée de sa valise contre elle. Aileen marcha pendant ce qui lui sembla des heures, finissant par tituber plus qu'avancer. L'air devenait de plus en plus frais, et elle frissonna. Tout à coup, un son cristallin de plus en plus fort lui fit tendre l'oreille, incrédule. De l'eau ? Elle vit le mince filet couler contre la roche et s'en abreuva à éclater, débordante de joie, et remplit aussi la petite gourde qu'elle avait placée dans sa valise. Elle continua avec plus d'ardeur sur le chemin jusqu'à déboucher dans la pièce circulaire et constater que le petit puits en hauteur menait à l'église de Lochmory, également sous l'autel. Quelle chance…

si elle n'avait rien pour grimper, elle avait de quoi faire du bruit et lancer des choses contre l'autel pour signaler sa présence… et on était samedi, demain matin l'église serait pleine de monde.

Rassurée, elle s'installa sur sa valise car sa tête bourdonnait et une intense céphalée lui faisait mal aux yeux. Elle but encore de longues gorgées d'eau fraîche jusqu'à vider sa gourde. Bah, pas d'importance. La source se trouvait à deux pas. Elle ferma les yeux pour essayer de calmer la douleur qui s'intensifiait et la paralysait peu à peu.

Tout à coup, un souvenir très ancien et malvenu remonta à son esprit et glaça ses os. Elle marchait dans la lande à côté de Mademoiselle Stewart, sa perceptrice privée, des années auparavant. Celle-ci lui avait parlé des roches volcaniques de la région et des particularités géologiques.

- On n'utilise que l'eau de la rivière, ici. Celle qui arrive directement des terres. Il y a des années il y avait une importante usine dans les environs, et…

Aileen n'écoutait que d'une oreille, et jouait dans un minuscule cours d'eau avec un bâton lorsque sa perceptrice avait poussé un cri et lui avait demandé d'arrêter.

- Ma chère petite, ne vous approchez pas de cela ! N'avez-vous pas entendu ce que j'ai dit ? La plupart des sources sont empoisonnées par de l'arsenic, ici.

Aileen ouvrit les yeux avec peine, tandis que ses membres s'engourdissaient et que la douleur devenait intolérable. Elle avait bu des litres de cette saleté… Pourvu qu'elle soit encore vivante demain… mais si elle devait finalement mourir, alors tout son être se révoltait contre celui qui avait provoqué sa perte. Elle concentra ses dernières pensées conscientes sur lui. *Je te retrouverai… je te ferai payer… et je te maudis de tout mon être, sale traître… tu paieras… maudit sois-tu…*

Epilogue

Plusieurs semaines après l'arrestation de Mark Galbraith, deux voitures de police s'arrêtèrent devant le château d'Argyllion. L'inspecteur-chef Briggs et le constable Webster en sortirent et sonnèrent à la grande porte, où une Gail au large sourire et aux joues rosies leur ouvrit.

- Bonjour, messieurs. Elles vous attendent avec impatience. Le maire est déjà là.

Arrivés dans le grand salon, ils virent Kayla, qui regardait par la fenêtre, se tourner vers eux d'un geste vif. Duncan remarqua que le portrait de Kenneth avait été déplacé du salon de musique à la place d'honneur du grand salon, reléguant une des têtes d'animaux empaillées aux oubliettes.

- Bonjour, inspecteur-chef Briggs. Salut, Duncan.

- Asseyez-vous, je vous prie, fit une fragile dame d'âge moyen aux cheveux d'un blond platine presque blanc.

- Merci, Madame la baronne, répondit respectueusement l'inspecteur-chef.

Celle-ci eut un rire cristallin.

- Savez-vous que j'ai encore du mal à m'habituer ? Il faut dire que j'ai vingt ans de retard !

- Je venais vous apporter quelques nouvelles des avocats de Glasgow, dit l'inspecteur-chef. Ils ont fini par débrouiller les arcanes juridiques de la famille Farquart, même si la situation est - vous vous en doutez - une première dans leur histoire. Les droits de succession vont engloutir une bonne partie du tout, mais Kayla est l'héritière légale d'Argyllion et de la maison de Londres par son grand-père… Heureusement, l'étude de Galbraith ne pouvait pas toucher à ce bien-là. Pour ce qui est de la fortune personnelle de l'ancienne baronne, ils en ont récupéré une partie grâce à la saisie des biens personnels des Galbraith et à la vente de leur étude.

- Au fait, vous aviez raison, Duncan, fit l'inspecteur-chef Briggs, Galbraith père n'a pas supporté… il s'est pendu dans sa maison en laissant une note où il expliquait que tout était de sa faute, tandis que la police était en route pour le cueillir.

- Il n'a jamais été plus véridique, observa Duncan. C'est à cause des dépenses folles de sa femme auxquelles il n'osait pas s'opposer que son fils a basculé dans tous ces crimes…

- Que s'est-il passé exactement avec ma tante Aileen il y a vingt ans ? demanda Kayla avec curiosité.

- Madame Galbraith avait commencé à faire des siennes, et ils n'avaient pas un sou pour payer les études de leur fils à Londres. Mark a assuré à son père qu'il allait se débrouiller, et a commencé un flirt intéressé avec Aileen, qui était une adolescente suffisamment romantique, naïve et crédule pour s'y laisser prendre. Il l'a persuadée de voler les bijoux de sa mère et de l'épouser sans le consentement de ses parents à Gretna Green, mais au dernier moment elle a reculé et a refusé de partir. Apparemment ils n'avaient pas trouvé tout d'abord la porte dissimulée derrière les tonneaux… Mark a dit qu'il avait paniqué, et…

- Et il l'a emmurée vivante ? Quel monstre ! gronda Kayla.

- Au départ, il voulait vraiment s'enfuir avec elle – ç'aurait par ailleurs été une mainmise sur une partie des héritages futurs. Il était en effet peu probable que la baronne ait gardé longtemps de la rancune contre sa fille préférée, et il comptait là-dessus.

- Je ne pense pas que son excuse de panique sera retenue, vous savez, intervint l'inspecteur-chef Briggs. Il n'avait pas suffisamment perdu la tête pour lui chaparder tout son argent et ses boucles d'oreille avant de l'enfermer. Et il aurait pu la délivrer par la suite. Imaginez sa tête lorsqu'il est descendu et que le corps ne s'y trouvait pas !

- Pauvre Aileen… quelle fin atroce, soupira Tessa Farquart, en hochant la tête avec tristesse.

- Sa mort a été plus rapide que vous ne le pensez, Madame, ce qui vous sera une petite consolation, l'informa Daniel Murray. Malheureusement pour elle, la source qui coule à l'intérieur du passage était empoisonnée par un fort taux d'arsenic, qui se retrouve sur les roches et dans l'air ambiant. Je l'ai faite analyser. Grâce au ciel, Duncan n'a seulement fait que goûter l'eau lorsqu'il y est passé. Je n'ose imaginer ce qui se serait passé s'il en avait bu davantage…

- J'ai eu chaud, mais cela me fera une aventure à raconter, voyons le bon côté des choses, répliqua Duncan de bonne humeur.

- J'ai quelques papiers à vous faire signer de la part de vos avocats de Glasgow avant de repartir, Madame, intervint l'inspecteur-chef Briggs.

- Quant à moi, je voulais vous entretenir de quelques sujets en rapport avec le village, s'empressa de continuer le maire.

- Bon, eh bien… en ce qui me concerne, je dois retourner au poste de Lochmory. Merci de votre accueil, dit Duncan en se levant.

- Inutile de sonner Gail. Je vous raccompagne, constable, proposa Kayla.

Dans le hall, Duncan lui demanda avec un regard en coin vers la cuisine ce que sa mère et elle comptaient faire pour la suite. Kayla saisit aussitôt l'allusion et répondit.

- Ne vous inquiétez pas, les époux Ferguson et Gail vont rester au château. Tous les employés que nous pourrons garder aussi. Nous voulons par ailleurs embaucher Stuart, car deux des domestiques nous ont donné leur congé avec cette histoire de quadruple meurtres… sans compter Mademoiselle Andrews qui est partie vivre chez sa sœur.

- C'était à prévoir… que comptez-vous faire pour rétablir la réputation de l'endroit ?

- Mais rien, répondit-elle avec surprise. On s'attend à une armée de visiteurs avec tous les articles qui sont parus dans les journaux. Et puis, un scandale chasse l'autre… et avant peu, le château des meurtres des Highlands fera partie du paysage touristique.

- C'est répugnant, fit Duncan en plissant le nez de dégoût.

- Je suis bien d'accord. Mais la nature humaine est ainsi faite. Et j'ai d'autres projets pour la suite.

- Ah bon ?

Kayla l'embrassa longuement sur la bouche, à son ébahissement. Il en laissa tomber sa casquette par terre.

- Je n'oublie pas tout ce que vous avez fait pour m'innocenter alors que tout le monde me croyait coupable. C'est quand tout va mal qu'on reconnaît ceux qui comptent pour vous. Un des projets suivants est de vous faire prendre mon nom.

- Quoi ? Jamais je ne…

- Oh mais si, insista-t-elle sans ciller. Je n'ai que vingt ans, et vous guère plus. Mais nous avons le temps. Et nous serons forcés de nous revoir très souvent, non ?

- Kayla…

Elle rejeta la tête en arrière et éclata de rire.

- Croyez-moi, ne luttez ni contre le destin ni contre la lignée des Farquart !

Collection « Ombres et Mystères »

REVENANT

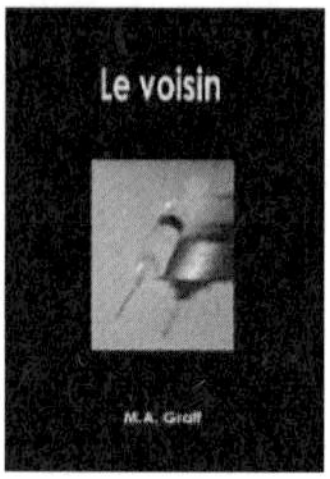

LE VOISIN

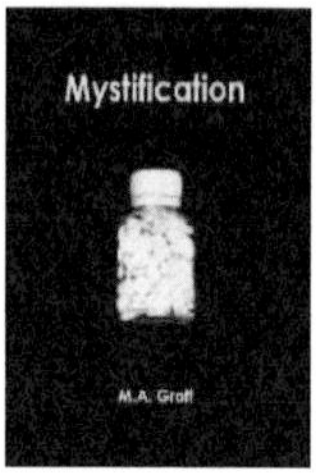

MYSTIFICATION

SANG BLEU

POKER FACE

LE SERPENT

BRUMES

CONTINUUM

DYSTOPIA

ECHO FUNEBRE **FLEUR DE MORT** **GALATEA**

HORTENSE **INTRA MUROS** **JEU DE DUPES**

Série « Les enquêtes d'Edgar Spencer »

L'AFFAIRE LE GUIERREC
Tome 1

L'AFFAIRE MARIE MORGANE
Tome 2

Composé et édité par les éditions Ramsès VI
Achevé d'imprimer en juillet 2022
Par
SOBOOK SARL
A Roubaix (Nord-Pas-de-Calais)

Imprimé en France

Dépôt légal : juin 2020
Numéro d'éditeur : 978-2-919578
N° ISBN : 978-2-919578-30-6

Achevé d'imprimer chez SoBook le 06-07-2022

Linselles - France

N° impression : 782 161